破局·象牙塔

POJU
XIANGYATA

李晓丹◎著

时代出版传媒股份有限公司
安徽文艺出版社

图书在版编目（CIP）数据

破局·象牙塔/李晓丹著.—合肥:安徽文艺出版社,2017.6
ISBN 978－7－5396－5995－4

Ⅰ.①破…　Ⅱ.①李…　Ⅲ.①长篇小说－中国－当代
Ⅳ.①I247.5

中国版本图书馆 CIP 数据核字（2017）第 029361 号

出　版　人：朱寒冬
责任编辑：姜婧婧　　　　　　　　　　　装帧设计：褚　琦

出版发行：时代出版传媒股份有限公司　　www.press-mart.com
　　　　　安徽文艺出版社　　www.awpub.com
地　　　址：合肥市翡翠路 1118 号　邮政编码：230071
营 销 部：(0551) 63533889
印　　　制：安徽联众印刷有限公司　　(0551)65661327

开本：710×1010　1/16　印张：17.25　字数：300 千字
版次：2017 年 6 月第 1 版　2017 年 6 月第 1 次印刷
定价：39.80 元

（一）

饭局，真正吸引人的不是"饭"，而是"局"。

同学会的饭局更是如此，吃喝是小事儿，暗中较劲攀比才是正题。

可是，今天这顿毕业五周年饭局的风头谁都别想抢走，因为班上唯一的海归萧航回国了。

"萧航，你小子牛啊，伦敦政治经济学院公共管理博士！"

"博士现在遍地走，海归也是处处有。不过，刚回国就能应聘到无州大学，这绝对是给咱们班争脸。"

"是啊，当年咱们学校和无州大学隔壁，人家是全国重点一类本科，跟清华北大同一梯队，咱们只是省重点二本，就连去路边摊撸串吃麻辣烫都要让人家先走 VIP 通道。"

"咱们今天同学聚会，不谈今事，只聊旧情。"萧航面对同学们的恭维，谦逊淡定，想要引开话题，却不留意给自己挖了个更大的深坑。

"旧情？对呀，康梅怎么没来？"

好事者挑起了萧航前女友的话题，被同学拉了拉衣角，示意黄建安就在现场。

"嗨，没事儿，都是老同学，谁的根底不清楚，瞒不住躲不过……"好事者有了几分酒意，"黄建安，你把康梅藏哪儿了？这么多年过去了，放心，萧大博士现在眼光多高，不会和你计较当年的夺妻之仇。"

黄建安硬着头皮接过话茬："同学会同学会，拆散一对是一对，你这臭嘴,五年了都没改一改啊。"

黄建安斟满两杯酒,一杯递给萧航:"康梅去医院看她弟弟康松,今儿来不了,我敬你一杯,老同学,很是想念啊。"

一饮而尽,很是豪气,可谁都看得出黄建安的紧张。

萧航举杯环顾四周:"来,咱们老同学一起干一杯! 为友谊! 为青春!"

"为友谊! 为青春!"

有人的地方,就有江湖,更有气场。如果说,上学时通常是班长发号施令,毕业后就变成"混得好的"一呼百应。

气场这玩意儿听起来很虚,看不见摸不着,却能让人挤出谄媚的笑,让人低下高贵的头,让人举起原本并不想喝的酒……

手机铃响——

萧航还没来得及接听放在桌上的电话,好事者就瞄到了来电屏显为"无州大学人事处"。

"开免提,开免提。咱班这么多同学就出了你这么一位名牌大学教授,让我们也听听,雨露均沾,鸡犬升天。"

醉意蒙眬的同学们也跟着起哄,根本顾不上好事者的成语用得恰不恰当。

萧航无奈按开免提:"喂,你好,我是萧航。"

"萧博士,您好,我是无州大学人事处,很遗憾地通知您,您参与的应聘考核因涉嫌违规操作,您的录用资格被取消,请您明天来我校参加重新举行的考试。"

一片寂静……

酒醒了!

取消录用资格? 再考一次?

作为堂堂伦敦政治经济学院全优成绩毕业的博士,萧航内心感受到一种不被信任的屈辱。

要不是昨晚同学聚会后，无州大学校长白莫生亲自打来电话，可能萧航今天真的就赌气不来参加招聘复核了。

电话里，白校长先感谢所有应聘者对无州大学的认可，也自责疏于管理，造成这样的招聘丑闻，给各位应聘者带来不便，恳请大家原谅。

萧航多少也听闻了事件缘由：主管上次招聘工作的副校长张国庆收受他人贿赂，与部分评委老师勾结，操控录用名单，经人举报，已被检察机关依法逮捕。但此事对于一流名校无州大学影响恶劣，为了还招聘工作与应聘老师以清白，在校长白莫生的建议下，书记李庆丰邀请纪委领导现场监督，重新进行招聘复核。

说实话，能与清华北大校长平起平坐的白莫生，能够如此谦和地给每位应聘者打致歉电话，其爱才之心还是让这些应聘者深受感动。

知识分子，有时犟得像头驴，有时一句暖心话就能使之泪如雨下。

士为知己者死！

知识分子，就这德行！

没有任何悬念，萧航再次高分通过应聘复核！

不论是笔试口试，还是试讲答辩，萧航的知识结构、专业素养、学识眼界、治学精神都远胜同期竞争者，活脱脱一位青年学者"高富帅"——高端学历、学富五车、帅气俊朗！

几家欢乐几家愁，胡昊辰愤愤不甘，暗骂窝囊，要真是排名倒数靠后，我也就认了。十个招聘名额，我第十一?！他妈的，再多一个就是我！

胡昊辰偷偷瞄了眼自己的博导，坐在评委席角落边上的传媒学院院长默守正，还是往日的学究模样——老实巴交、闷不作声。

男怕入错行？呸，入错师门也够倒霉！

胡昊辰这边还没出门，那边就已经开始联系下家："喂，您好，请问贵单位下周的招聘需要哪些材料?"

胡昊辰故意大着声调，权作一种示威，此处不留爷，自有留爷处！

见人打电话，萧航这才蓦然想起手机调成静音，打开一看，好几个未接电话。

回拨电话。

传来一个女人的声音:"……是我……康梅……"

从决定回国那天起,萧航头脑中就过了无数遍与康梅相遇的场景,可当康梅真真切切坐到自己面前时,萧航的心还是不由得隐隐作痛。

康梅未语,泪已流。

萧航心中默念"过去就过去了,放手就放手吧",这才总算克制住想要一把将康梅搂入怀中的双手。

康梅平复心境,轻拭眼泪,微红的眼眶中似哀似怨的眼神,宛如夏日雨后清风淖影的嫩荷,让人怜爱。

"昨天康松去医院复查,我要陪着,没能参加咱班同学会。"

"没关系。"

"听建安说了你聘用取消的事儿,担心你心情不好,就给你打了电话。"

"谢谢你。"

"怎么样? 今天面试还算顺利?"

"录用了。"

"你肯定行!"

"谢谢你。"

"昨晚我就告诫建安别一副幸灾乐祸的样子,你肯定是受冤枉被牵连,凭你的实力,以你的个性,绝对不会做走后门的事儿。"

"谢谢你。"

康梅突然沉默几秒钟,低着头幽幽问道:"你除了'谢谢你'这仨字,就没有想对我说的话了?"

"……"

半晌,两人无语。

康梅站起身,掏出一封信,默默放在桌上,离开……

信笺上，还是熟悉的笔迹——娟秀小楷。

萧航的手竟然有些微微颤抖，时光仿佛回到大学时代。

那时候，他是校书法协会的副会长，有一天协会来了个温婉柔美的女同学，竟然也写得一手好字。一来二往，萧航爱上了这个叫康梅的女生，而他俩的恋爱方式也充盈着书香墨卷的美感，在这个电子信息的时代，选择用墨笔一个字一个字写下对彼此的感情，用信封装着手写的情话悄悄放入对方的衣袋里、书包中、座位下、饭盒内……

不出萧航所料，康梅留下的信还是为了解释当年的往事：萧航被伦敦政治经济学院录取，为了凑足学费，萧家借了很多外债。可偏偏此时，康梅的弟弟康松遭遇车祸，下肢瘫痪。以萧航的情义，若得知康松的病情与花销，说不定他会放弃出国，留下来陪康梅共渡难关。一方面康梅不愿拖累萧航，二来康松的医疗费远不是萧航能承担起的。因此，康梅这才答允一直暗恋自己、家境富裕的黄建安，放弃了与萧航的感情，也许这就是对自己、对萧航、对弟弟都好的抉择！

这些事儿，萧航在留学后期也陆陆续续从同学处知晓一二，但那时出国三年有余，康梅也早已是黄建安的女友，萧航便只能将这份情感深埋心底。

萧航写了删，删了写，写了再删，删了再写……

最终，短信发出，四个字——祝你幸福！

幸福，很简单：居有房，食有粮！

尊重人才，凭的不是口头上的空头支票，一套使用期三年的海归人才过渡房让萧航感受到无州大学的诚意。

这是个一居室，不算太大，但对于单身的萧航来说足足够用。而且，本次新入职的十名教师中，只有包括他本人在内的三名海归有此福利，其他七名教师都只能自行解决住房问题。

得知此事，萧航倍感幸运，也暗自发誓一定要好好教课，不辜负无州大学的善意与期望！

萧航精心准备了几袋西点作为小礼物，逐个敲开邻居房门，打招呼求认识。对于萧航的这种西式做法，有的邻居微笑致敬，有的邻居满脸茫然，还有的邻居则是一脸的警觉与怀疑。

整个楼层，一梯六户，左右各三。

转了一圈，只有隔壁无人应答，萧航只好找个小线绳将礼物袋吊到门把手上。

正在鼓捣着，背后一声断喝："你谁？动我的门干吗？"

萧航吓得手一抖，礼物袋掉到地上，里面的小果酱瓶摔碎了，果酱洒得门口满地都是，黄乎乎一摊。

"你好，我是你新来的邻居，我叫萧航。刚才敲门你不在，我就想把见面小礼袋拴到门把手上，结果……"

邻居这才明白了原委，心中也有些过意不去，但看到门口一摊黄乎乎的果酱，有些洁癖的邻居心中微微一丝不快，勉强敷衍了声"你好"，开门进屋。

等邻居戴着塑胶手套，拿着纸巾再次打开屋门，发现萧航已经蹲在地上清理完了地上的果酱，只得对萧航说了声："谢谢。"

"我惹的祸，应该做的。"

邻居刚要关门，萧航抬起头："你忘了件事儿。"

"什么事儿？"

萧航灿烂一笑，露出白白的牙齿，很是阳光："你忘了告诉我你的名字。"

"……沈墨。"

沈墨是无州大学有名的冰美人。

美，有目共睹，沈墨上大学时就是校花级的风云人物。冰，是她与人相处时，彬彬有礼但也拒人千里。

其实，熟悉沈墨的人都知道，她是典型的外冷内热。与沈墨深交的人更知道，她之所以冷，是因为她的父亲是沈净——对，无州大学常务副校长沈净！

由于父亲的原因，沈墨从开始在无州大学读书，到两年前硕士毕业留校，一直都迷惑于究竟有多少同学同事是为了巴结父亲才和自己交朋友，有多少男生是为了攀附高枝才对自己发动追求。

所以,沈墨要保护自己,保护自己不被利用,保护自己的真诚交友之心不被一次次势利的现实所玷污。

无事献殷勤,非奸即盗,沈墨斜了眼萧航。

啪,关上屋门。

萧航来到校长办公室时,白莫生正在听取财务处副处长王一波汇报工作。

萧航识趣地退到门外等候,琢磨白校长为何会通知自己来办公室。

王一波带着白校长的指示出了办公室,萧航友好的打招呼:"你好,我是新来的老师萧航。"

王一波稍微愣了一下,勉强一笑,嗯了一声,匆匆离去。

萧航的思维行动都还停留在国外大学的既定模式,习惯于平等友好地问候礼节,却没有意识到,国内的大学虽然被称为远离社会的象牙塔,却是一个微缩的小官场。

对于王一波来说,年轻教师年年有,可他这么年轻就已经升为副处级干部的财务副处长不常有,更何况由于招聘贪腐事件导致财务处长被撤职从而空缺的"财务处正处长"一职,非他莫可属。

萧航刚进单位,就接连被沈墨和王一波弄了两次热脸对冷屁股,他只能耸耸肩,嘴角一撇,进了校长办公室。

白校长摘掉老花镜,和蔼一笑,化解了萧航心中郁结之感。

"小萧,入职办得怎么样了?"

"谢谢白校长关心,一切顺利,就等着过几天正式上课了。"

"好,年轻人就要对工作有激情。"

萧航何止有激情,他早就盼着找人聊聊专业建设。既然白校长提及,萧航立马打开话匣子,将自己的教学规划讲了一通。

白校长微笑倾听着,不时微微颔首,以示鼓励。

萧航边说边想,怪不得无州大学能有今天在学界的地位,多亏了眼前这位白校长开明能干,课程设置、校园规划、教师福利、学生就业,各个方面在他的领导下都取得了卓有成效的发展与进步,据说连清华北大的校领导都专程带队来取经交流过。

白校长听完萧航的汇报,面露满意之色:"嗯,不错,以后你的这些教学想法可以多和你们管理学院的主管领导交流,根据你们学院的实际资源,将你的想法更大限度地发挥出来。"

"谢谢白校长鼓励。"萧航直到多年后,随着年龄和阅历的增加,才品出白校长这段话除了鼓励之外的另一层含义——院系问题院系解决,不要越级上报。

"小萧是哪里人?"

"就是咱无州省的。"

"听你说话没有无州口音。"

"噢,我爸妈都是北京人,当年知青下放到无州,所以我们在家都说普通话。"

"知青?"

"对,听我爸说,好像是无州省虚山市乌马河镇四……四……"

"四柳村?"

"对,对,四柳村。白校长你也知道这地儿?"

白莫生微微一笑,答非所问地说了一句:"年轻人,好好干吧。"

说完,白校长就拿起手边的老花镜,戴上,取出一份文件,作势要看……

萧航见状,起身:"白校长,你忙,我先走了。"

白校长没有抬头,只是轻轻点了点头。

教师公寓一片寂静,很正常,现在是上课的点儿。

萧航掏钥匙开门,心想后天就是我的处女课,一定要好好备课,来个开门红。

正想着,隔壁沈墨家隐约传来男女争吵声。

萧航本非张家长李家短的是非之人,也许是沈墨的冷美人形象让他记忆深刻,也许是担心女邻居的安危,萧航停住了开门的手,竖着耳朵听了起来。

其实,这些小坏事,调皮捣蛋的萧航小时候没少做,现在顶着"海归博士大学教师"的光环,做起来还真有些心惊肉跳。

——唉,人的社会属性制约人的自然属性!

起初还只是听两句就行,结果争吵声中隐约辨出的"招聘、留校、校长"等字眼激起了萧航那颗害死猫的好奇心。

来不及细听,沈墨屋门后传来脚步声,萧航急忙闪身进屋。

"墨墨,你也想想我的感受,好不容易读了个博士,导师不会来事儿,没有门路,我怎么办?咱俩怎么办?求一求你爸,来个双保险不好吗?"

门外传来一名男子的声音,萧航蹑手蹑脚,摆了个特工的侦察姿势,贴着猫眼向外看,只看到一名男子离去的背影。

沈墨委屈地站在自家门口,突然,似乎觉察到什么,朝着萧航屋门看了一眼。

萧航吓得急忙缩下身子,快速在胸前画了个十字,双手合十,嘴里小声念念有词:"你是博士,你是老师,坏事做不得,君子慎独,君子慎独!"

正祈祷着,门铃响了!

——不会吧?隔着门都能看到我偷听?这下糗大了,啥都没听到,就落个偷听女邻居的恶名,这让我今后还怎么为人师表?

叮咚——叮咚——叮咚——

门铃声不依不饶,一副不开门决不罢休的态势。

既然躲不过,萧航噌地站起身来。

——怕啥?不做亏心事,不怕美女来敲门。不是我要偷听,两家离得这么近,空气又是声波的载体,我有啥办法阻挡自然界的物理规律?有本事你把教师宿舍抽成真空!

心意已定,萧航硬着头皮打开房门。

不是沈墨,而是一名陌生男子。

"你是萧航?"

萧航点点头。

"留英的?博士?管理学院新来的老师?"

"对。请问,你是?"

"吃饭没?没吃跟我走。"

萧航一头雾水:"……你,到底是谁?"

"放心,我不是坏人,你一大男人,刚回国工作也没啥存款,我图你啥?"

男子边说边按电梯:"快点,教师公寓门口有人搬家,我的车不能停时间长,你快点下来,有人让我带你去吃饭。"

电梯门开,男子进,下楼。

——什么路子?

汽车在校园内缓缓穿行。

男子开着车:"听说在国外,与陌生人初次见面,聊几句,就能一起去酒吧坐坐,搭车走走。你这还真是留学的做派啊。"

萧航:"像你这种到人家门口,二话没说,拽着就走,我这还是头一回见。"

男子咧嘴一笑:"我叫泓涵,一泓清泉的泓,涵涵水源的涵。"

萧航:"泓涵,意水深广,喻学识博。出自唐韩愈《蓝田县丞厅壁记》'博陵崔斯立,种学绩文,以蓄其有,泓涵演迤,日大以肆'。能取这名字,你爸妈应该是老师吧?"

"哟嗬,不错啊,不愧是海归博士。我妈是艺术学院教授张欣曼,她让我来喊你到家吃饭。"

萧航更是迷惑:"艺术学院?张欣曼?……对不起,我好像……不认识。"

"那我爸你总认识吧?"

"你爸?"

"白莫生!"

白校长家布置得古香古色,一看就是大知识分子之家,书卷感极强。

萧航带着一肚子的疑问进了门,可还是想不通为何高高在上的一校之长会请自己这么个刚参加工作的年轻教师吃饭。

迎接萧航的是一位气质优雅的五十来岁的女士,浑身散发着艺术气息。

"小萧,快,过来坐,饭一会儿就好。"

女士一边张罗萧航入席,一边介绍自己:"我是泓涵的妈妈,你叫我张阿姨就好。你白叔叔在楼上忙点公事,一会儿就下来。"

白叔叔?难道她指的是白莫生白校长?

白泓涵看着萧航一脑门子糨糊的窘样,坏笑:"我爸妈和你爸妈是知青老友,听说你爸当年还跳河救过我妈的命,所以我妈今儿一听说你来无州大学教书,就一定让我去请你来家里吃饭。"

萧航:"有这事儿?我爸从来没有对我说过。"

"给你说,就不是你爸了。"白莫生从楼上下来,"你爸的性格偏,一身文人傲骨,他肯定是知道你来无州大学应聘,反而更不告诉你这层关系。"

"你爸呀,万事不求人。"张欣曼将热腾腾的鱼头汤端上桌。

一顿家宴,宾客尽欢。

席间,白校长话语不多,都是张欣曼在不停回忆往事,可白莫生偶尔颔首微笑的样子,还是让萧航有种莫名的亲近感,慢慢从一开始的拘束感中放松下来。

尽管如此,"白叔叔"三个字还是叫不出口,依然尊称白校长。

萧航终于弄明白,自己应聘复核表现出色,引起白校长注意。他随手翻了应聘者资料,发现"家庭关系"一栏填着"父亲萧松华",才有了今天上午的办公室言语探问,确认故交之子。

萧航告别时,张欣曼亲自送到门口,白泓涵主动嚷嚷开车送萧航回去。

等到张欣曼折身回到屋内,白莫生一脸严肃:"你今天先斩后奏,让萧航到家中吃饭,下次不要再这么做了。"

"你不喜欢小萧这孩子?"

"萧航很有才华,举止得体,我很喜欢。"

"那不就得了,还反对个啥?"

"我不是反对你请萧航吃饭。老萧是我的好友,更是你的救命恩人,这个恩情咱要报,也正因如此,我才默许了你的先斩后奏。但是你有没有想一想,无州大学刚刚经历一场招聘贪腐风波,事态还没完全平息,我这位校长就让刚应聘录用的老师到我家来吃家宴。你觉得别人会怎么议论?"

"怕啥?咱又没暗箱操作,你也是录用萧航后才知道他的身份,别人愿怎么议论就怎么议论。"

"你啊……咱们结婚都这么多年,还是艺术家的个性和思维。"

"艺术家怎么了?简单!纯粹!没有你们官场那么多弯弯绕,活着不累。"

"不是所有的官员都是你想得那么复杂厚黑。我身在其位,在这个敏感时期,不能不为了无州大学的平稳发展慎重处事。"

"好啦,我知道了,不就吃个饭,能有啥事儿?"

还真有了事!

党委书记李庆丰把一张照片放到白莫生面前时,白校长就意识到,不仅有了事,这个事儿还不小。

照片上,正是萧航与张欣曼在白莫生家门口告别的场景。

李庆丰面色冷峻,口气严肃:"今天纪委收到一封匿名举报信,检举你隐瞒与应聘者的私人关系,利用职权,操纵应聘流程,买通现场评委,违规录用萧航。"

窗外,乌云密布,起风了……

（二）

一场秋雨一场凉。

萧航踩着校园内满地的金黄落叶，走进管理学院教学楼。

还真有些冷，萧航嘴里嘀咕一声，感到一丝寒意。

教学秘书刚刚打来电话，让萧航来院长办公室，他猜测和本学期课程设置有关，所以随身带来了自己的教案材料。

萧航敲门进了办公室："孟院长。"

孟吉凡副院长瞄了眼萧航，没有答话，只是用手指了指访客沙发，示意他坐下。

一晃几分钟过去了，孟吉凡还是慵懒地靠在真皮高背沙发上，对着手中的书勾勾画画，没有说话。

萧航是学霸，但绝不是书呆子。

他知道孟吉凡是故意将自己晾在一旁，用这种无言的压迫力在心理上构筑院长的权威。对比第一次去白校长办公室的热情礼待，萧航不禁感慨，官越小，官威越大。

萧航百无聊赖，索性掏出自己的教案看了起来，一来化解沉默的尴尬，二来就是不先主动开口说话，压根不给孟吉凡打官腔的机会。

这就是萧航的脾气，也是大部分海归刚回国时的心理"通病"——官阶大小只是工作岗位不同的自然属性，绝非身份人格上的高下贵贱之分。君以国士待我，我必国士报之；君以官僚压我，我以阿屁放之……

想念至此，萧航嘴角不自觉扑哧轻笑一声。

孟吉凡从书后偷瞄了眼萧航，终于开了口："萧航，今天让你来，是有件事请你配合。"

萧航放下教案："孟院长，您说。"

"过一会儿，纪委有关同志会来跟你核实一些问题，其实也是出于对你的保护，请你理解。"

"纪委?"

孟吉凡打量着萧航,似乎想要从他脸上看出是否心虚与慌张:"具体情况我不太清楚,组织纪律,我也不能问太多。"

萧航一脸茫然。

萧航走出办公室,拉着脸,冷着相,甩门而去。

身后是热情与纪委同志握手告别的孟吉凡。

其实,听完萧航向纪委同志的陈述,孟吉凡还是相信萧航与白校长之间没有所谓的裙带黑幕,只是巧合而已。但是看到萧航发怒而走的样子,心中嘀咕这小子如此喜怒于形色,刚到学校就甩脸子,这样学生气的愣头青,有机会一定要敲打敲打,先灭灭他这一身海归的傲气。

不是萧航愣头青,实在是这肚子里的火太憋屈。自己成绩优异,名校海归,当初回国应聘可是拿了好几个重量级单位的 offer(录用信):有的是跨国公司,薪酬比"教书匠"工资高;有的是政府机关,职位比"孩子王"头衔响。

可最终萧航选择了高校老师这份工作,还不是因为他从性格上淡泊名利,从喜好上热爱学术,更向往象牙塔这种简单纯粹的工作环境,看着一张张渴求知识的青涩面孔,在三尺讲台上,用自己的才华演绎一幕幕传道授业的"独角戏"。

现在倒好,一堂课都没上,就稀里糊涂被冤进招聘丑闻,还接连两次!

相比于萧航的年轻气躁,白莫生对待莫须有的诬告却很淡定,不急不躁,诚恳向李庆丰书记表示,愿意接受组织调查,相信组织会还自己一个清白。

李书记交代完组织调查的纪律规定后,告诉白莫生:"按规定,在问题没有调查清楚之前,我作为学校的党委书记不应该提前表态。但是,无州大学刚刚因为招聘腐败事件撤职了一名副校长、两名处长和五名教职员工。新学期开学,正是千头万绪事务繁杂的时候,越早恢复正常教学秩序,就能越早还师生们一个良性的教学环境。所以,我,李庆丰,不以党委书记的身份,仅仅作为个人在此表态,充分相信白校长的组织原则与人品操守,希望组织上能尽快给出调查结果。"

清者自清,组织上很快就做出结论:举报信所述不实!

"荒唐!吃个饭就是裙带关系?到家里就是暗箱操作?我觉得这举报信根本不是针对小萧,压根就是冲着你来的。"

也许是出于自己先斩后奏惹出这场风波的愧疚感,也许是出于妻子维护丈夫的责任感,张欣曼在家已经气了老半天。

"从照片来看,拍摄地就在门外不远。我们家在家属区内的僻静之处,平时少有师生经过,所以应该不是有人偶遇拍照。"白莫生逻辑清晰。

"你是说有人故意偷拍?"张欣曼更是火大,"谁呢?有这闲工夫拍照诬告?"

白莫生没有答话,静静沉思着……

张欣曼还在愤愤不平:"莫生,这次都怪我,没有考虑你的处境,让小萧来家吃饭,给你惹了这么个麻烦。"

"……欣曼,给萧航打电话,让他来家吃饭。"

萧航刚接到张欣曼电话时,是拒绝的。

他担心再给白校长惹麻烦,也不想刚到学校来就陷入没来由的是是非非。

张欣曼电话里安抚他不要多想,并说是白校长找他有事,他这才不再推辞。

挂上电话,张欣曼直勾勾盯着白莫生。

这么多年夫妻,还能不明白老伴的心思,白莫生解释了几个理由:

一、我们问心无愧,若因为诬告不敢让萧航登门,反而显得心虚。

二、萧航是个单纯的孩子,刚从国外回来,就遇到这档子事儿,我担心对他的工作热情会有挫伤。就算我不是他爸爸的老友,作为校长,我也应该保护有才华的青年教师不要被杂事所累。

三、这事儿有些蹊跷,我想和他聊聊,也好查查是谁在做手脚。明枪易躲暗箭难防,我一把年纪啥都不怕,他刚参加工作,不得不防啊。"

张欣曼看着丈夫的白发,有些心酸:"莫生,我捅的娄子,让你费心了。"

白莫生:"我是校长,问深问浅都不方便。过会儿,萧航来了,你和他闲聊几句吧。"

萧航一进门,就歉意地说道:"白校长,真抱歉……"

"这事儿又怪不得你。"白莫生和蔼一笑,"只要我们行得正,坐得端,相信组织,就不怕任何跳梁小丑。"

萧航愤愤不平:"白校长,你说这是谁告的黑状? 太可恨了。"

白莫生没有接话,而是转了话题:"是谁不重要,最重要的是你不能因此对教学工作意志消沉,有抵触情绪。高校生活全凭个人选择,安稳是安稳的活法,奋进是奋进的做法,没有了对工作的激情,很多像你一样有才华的教师就一步步开始混日子了。"

"白校长,您放心,要说这事儿对我的心情没有影响,那是假话。但我一定不会让它干扰到我的教学工作。"

"这我就放心了,也没有辜负你张阿姨对你的期望。"

白莫生很自然地将话头丢给张欣曼,拿着杯子起身去了厨房。

张欣曼顺势热情地与萧航攀谈起来……

萧航离开白校长家,心情已经好了很多,他本就不是一个心事重的人,乐天的性格帮助他度过了海外留学的孤独岁月。

尽管如此,萧航刚出白校长家门,还是下意识地警觉起来,左右审视一圈,以防潜藏在四周的"敌特分子"再拍照诬告。想到此,萧航噗的一声哑然失笑,心中自嘲,一朝被蛇咬,直接变特工!

张欣曼把刚才与萧航的对话一字不差地复述给白莫生。

白莫生沉思片刻:"这么说来,应该是泓涵去接萧航时,被人看见了。"

"泓涵? 他开车去开车回,就上了个教师公寓楼,能有谁看见?"

白莫生踱步……

张欣曼疑惑地问道:"会不会是有人真的刚巧从咱家门口经过,看到我送萧航出门,就顺手拍了?"

"不会!咱家门口只有这条步行道,并无太多遮挡之物。若是有人经过,他看得见你们,你们也看得见他。再说照片比较清晰,若是偶遇,偷拍不可能这么从容,遮遮掩掩地拍照肯定模糊。我觉得,一定是有人提前就躲在暗处,专等萧航出门抓拍。"

"这就奇怪了,会是谁呢?是和你有仇,还是看萧航不顺眼?"

突然,白莫生停下踱步。

"你刚才说,萧航告诉你,泓涵敲门的时候,他还以为是邻居来兴师问罪?"

"对啊,逗得我笑了半天。萧航这孩子在邻居门口偷听了两耳朵,就把他吓得成这样,一看就是没做过坏事的乖孩子……"

"他有没有告诉你,邻居叫什么?"

"你说巧不巧,他邻居就是我们艺术学院的沈墨。"

"沈墨?"

张欣曼猛然一拍脑门:"哎呀,你说幕后主使会不会是——沈净?"

沈净今晚情绪看来不错,破例喝了几杯小酒。

刚要再斟一杯,酒杯就被从他手中一把夺走。谁敢对无州大学常务副校长如此无礼?只有一个人,他的女儿——沈墨!

"爸,医生说不让你喝酒,你怎么又喝了?"

"今儿我的宝贝女儿回家吃饭,爸爸高兴,当然小酌两杯以示庆贺。"

沈墨撒娇一噘嘴:"瞧你说的,就像我十年八年不回家看你似的。"

谁能想象到,无州大学冰美人也有这么调皮可爱的一面?

沈净拿女儿没办法:"好好,爸爸不喝。"

沈墨忽闪忽闪眨着眼睛,小侦探似的凑到沈净面前:"爸,你今天兴致这么好,是不是因为白校长被纪委调查了啊?"

沈净一下子绷紧脸:"墨墨,不许胡说。"

看到老爸真的严肃起来，沈墨还是有点小怕："开个玩笑，这么认真干吗？"

"开玩笑？这玩笑是能随便开的吗？被人听见了，还不破坏工作关系？"

"还要破坏啊？你和白校长不和，全校谁不知道？再说这不是在家里，就咱俩嘛。"沈墨满脸写着委屈。

"这孩子，从她妈去世后，我是有些太惯着她了。"

想虽这么想，沈诤还是软下心来："好了，在一个学校住着，也难得你回来一趟。来，吃饭，不聊工作的事儿。"

沈墨端起饭碗，小声嘟囔："唉，这次招聘要是真的有裙带黑幕，刷掉一个，倒也挺好。"

沈诤瞪着眼，嗔怒："还说？！过几天不想要生日礼物啦？"

沈墨立马放下碗，双手环搂着爸爸的胳膊，一脸谄媚："土豪，你准备买啥？"

白莫生心里清楚，张欣曼的怀疑不是没有道理。

自己和副校长沈诤的矛盾由来已久，虽然都是因校务公事的管理理念起的冲突，自己也尽量缓解避让，但沈诤还是慢慢地由公转私，仗着在省教育厅有靠山，很多地方故意和自己对着干。

张欣曼越琢磨越肯定："我觉得，就是沈诤指使人干的。"

"没根据，别乱说。"

"根据？泓涵上楼去接萧航，被沈墨看见，告诉沈诤，沈诤派人来偷拍，借机来整你。"

张欣曼很满意自己的判断，收获的却是白莫生的一盆冷水："早就跟你说，少看点宫斗戏，你就是不听……"

张欣曼给他一个白眼。

白莫生："我和老沈在工作上是有分歧，他也在有些地方故意给我制造过困难，但总体上说，毕竟是知识分子出身的官员，这种下作的伎俩他还是不会用的。"

张欣曼总算逮着一个机会:"尊敬的白校长,你这是典型的阶级歧视啊。什么叫知识分子出身的官员不会做下作之事?难道在你眼里,广大工农兵出身的领导干部都不是正派之人?……"

张欣曼是那个年代走过来的知青,很熟悉这一套革命语汇。白莫生心里清楚,不论男人在外官居何位,回到家,你只有一种角色——丈夫!

丈夫,就要听妻子唠叨,这是你的责任,也是你的义务。

萧航终于盼来了自己的处女课。

可他万万没有想到,自己的第一堂课是在一种诡异的氛围中开场。

讲台下的学生交耳私语,嘀嘀咕咕,眼神中有迷惑,有怀疑,有打量,也有一丝鄙视。

也难怪,学生这个年龄段,正是好奇心大于理性判断的时期,平静而又略显单调的大学生活中突然听说自己的老师涉嫌一场裙带招聘黑幕,哪能不激起满堂的八卦心?

萧航稳住心神,深吸一口气,开始讲课。

课堂其实很像舞台,表演者的水平是一方面,观众的反应是另一方面。换句话说,观众的反应程度可以影响甚至左右表演者的发挥。

萧航接收到学生的"敌意",第一次上讲台的他心里开始有些发慌,口齿打结,不知不觉漏讲了一些知识点。

学生们也开始嘀咕议论:

——"这水平,不行啊,看来传闻应该是真的。"

——"我觉得也像,校长用权压下了这个丑闻而已。"

——"其实,我听他讲得还行,但也没啥出彩的,这水平进个普通高校还行,进咱们无州大学,弱了点。"

这就像生活中,当我们带着预设的概念审视某人,他的一举一动都会根据你的预设而产生"合理"的解读。

萧航意识到,自己需要时间调整状态,这样下去,处女课非讲砸不可。

"同学们把教材翻到第八页,给你们三分钟,先看一下这个理论模型,过会儿我带着大家来了解一下这个理论产生的背景、影响与当代研究趋势。"

学生们闷头看书，窃窃私语。

萧航喝了口水，缓解心情。

开了静音的手机屏亮了，收到一条短信。

——"萧航，刚知道有人告你有裙带黑幕，我也不知道如何帮你，相信你有能力处理好。我只想告诉你，你的身边不光有小人，还有朋友！康梅。"

萧航瞬间被触动最隐秘深处的心弦，鼻头一酸，赶紧忍住。

萧航默默放下手机，环视教室，看着眼前这群本该心无旁骛、静心研读的莘莘学子还在交头接耳。说白了，他们之所以能相信谣言，无非是从心底接受了所谓的"社会规则"——现在这世道，干啥事都要有关系！

萧航心中有了一个决定："同学们，请先合上书。"

学生们爱答不理，静观其变。

"今天我们讲了这么多管理学理论、方法、流程，其实，我认为管理过程中最重要的环节是沟通！"

萧航迎着学生的目光："沟通的原则，第一要诚恳，第二要及时。我讲得头头是道，可却一直在犯着纸上谈兵的错误……"

学生们好奇起来。

"课一开始，我听到了同学们的议论，也感受到了同学们的怀疑，可我选择了回避，而不是沟通。这让我想起了美国学者特立普在《有效的公共关系》一书中所提出的有效沟通'7C原则'，第一条就是Credibility（可信赖性），即建立对传播者的信赖。"

学生们停止了交头接耳，虽态度还消极，但明显有了些兴趣。

"在今天这种课堂教学语境中，我作为老师，就是传播者。同学们不愿听我的课，就是因为对我没有信赖感。"萧航索性开诚布公，"因此，我决定直面你们的疑问——这位老师有没有裙带黑幕？"

学生们私下议论还行，真的没有想到萧航会主动抛出这个议题，一时间反而面面相觑，不知如何作答。

萧航微微一笑:"其实,你们好奇、你们议论都没错。我当学生那会儿,隔壁寝室张大毛和他女友情人节没有一起看电影,我们上课都能研究半天,还分组讨论,更何况你们听说的关于我的黑幕诱惑。"

学生们被逗乐了。

"但是我和你们不一样,眼见为实,耳听为虚,我们绝不会光听张大毛信誓旦旦地说他忙着考研忘了节日,我们会自己分析独立判断,推论出张大毛爱上了睡在他上铺的兄弟,才会在情人节这天,冒充学习小组,两个大男人守在空无一人的图书馆,从而忽略了他的伪装女友。"

学生哄堂大笑。

"所以,我恳请大家,在大家还没有确凿证据之前,先不要相信你们听到的,而要注意你们看到的,然后做出你们自己的判断。"

萧航再次环视教室,从学生的眼神反馈中,他知道,他重新掌握了主动。

"我想和同学们来个君子之约。一节课,判断我的教学能力;一个月,判断我的人品实力。若听完这节课,大家觉得不好,也许可以间接证明我走了后门;一个月,欢迎各位喜欢推理侦探小说的同学搜集证据,调查应聘过程,看看我是不是靠着和校长的关系才能站在这个讲台。大家说好不好?"

学生没有答话,但是都善意地笑了。

毕竟是上课时间,萧航见火候已到,见好就收:"好,如果同学们不反对,那咱们就继续上课。毛主席说,一万年太久,只争朝夕。咱们也来个一个月太久,先听一节课!"

学生们纷纷摘下笔帽,打开笔记本……

下课铃响,掌声雷动。

萧航尽力了,也满意了。

学生们鱼贯而出,脸上写满了崇拜与尊重。

"萧老师再见……萧老师再见……"

对于萧航来说,这一声声"老师"包含了太多太多。

从今天起,他不是通过学校聘用才得到了教师这个职位,而是通过自己的才华赢得了教师这个身份！

对于很多知识分子来说，学生能够发自内心地称呼"老师"，就是对自己查资料、写教案、做课件、编教材的最大褒奖，也是最直接、最真实的褒奖！

学生散去，空荡荡的教室只剩下萧航一人。

萧航拿起手机，拨通了康梅的电话，告之学校纪检部门已经做出诬告的结论，刚刚结束的第一堂课也非常成功。

"多亏了你的短信，给了我力量。"

"我还以为你只会说'谢谢你'三个字。"

萧航听到康梅主动开起玩笑，欣慰她的情绪调整过来了。

萧航："你在校外，怎么知道有人诬告我的事儿？"

"你们无州大学校内 BBS 上中午 12 点左右发了一条帖子，现在已经被删了，我有截图，一会儿发给你。"

"校内 BBS？我都还没申请 ID，你怎么看到的？"

"……自从知道你回国到无州大学工作，我就申请了一个 ID……"

剩下的话，无须再说，萧航心里明白，康梅希望能够默默关注着自己，哪怕不抱任何希望地从 BBS 上看到一星半点关于自己的消息。

唉，这个傻姑娘……

萧航挂了电话，很快就收到康梅发来的截图。

——《无州大学招聘惊现裙带黑幕，象牙塔也非净土！》

（三）

萧航明白了，按规定，纪委约谈的事儿只有当事人和主管领导知道，大家也都遵守组织原则，不会刻意闲谈此事。学生能够知道，原来是有人在网上抹黑。

此人选择在 12 点左右发帖子，是算好这个时间：第一，学生们习惯于吃完午饭刷刷网络，影响力扩散快；第二，这个时间段，学校网络管理人员不上班，等到发现后删除，最快也要等到下午 2 点上班后；第三，自己的这堂处女课在下午2点钟,也就是午休后的第一堂课,这刚好是话题扩散的峰值时期。

萧航隐约感到背后一股冷意,自己刚参加工作,应该没有与谁有任何恩怨,究竟是谁这么处心积虑?

白校长听说此事,也意识到这是有人在刻意抹黑。

张欣曼气得脸通红:"还有完没完?吃了顿饭,校纪委都已有定论,还有人在散播谣言。莫生,沈净若还这样,你是校长不方便说,我就是一个普通教职工,我要向组织反映情况。"

白莫生冷冷一笑:"出了这个帖子,我反而确定,这事儿绝对不是老沈干的!"

"你怎么确定?"

"沈净政治上不会这么幼稚,用一件组织上已有定论的事儿来打击同志,这等于公开质疑校纪委和领导班子的决策力,既达不到政治目的,还会使自己落人口实。更何况,招聘过程和调查现场他都在,很清楚这只是捕风捉影,根本形不成致命一击。"

"那你觉得会是谁?"

"我也不知道,没有头绪。"

"……有没有可能是被撤职的那几个人的家属?毕竟他们在招聘中贪腐的事儿是在你的主抓下得以暴露,对你记恨报复,也是有可能。"

"有可能,但可能性不大。撤职的几个人现还在公审机关拘禁,他们的家属哪里认识我,还知道咱家住哪儿?再说,你想想,萧航来家里吃饭,是多么偶然的事件,他们更不会知道。"

张欣曼又急又气。

白莫生安慰妻子:"好了。生气是拿别人的错误惩罚自己,若是被诬告扰乱了咱们的生活,那就真中了小人的奸计。我就坚信一句话:一身正气,妖魔自避!"

张欣曼看着陪伴自己走过大半辈子的男人,心中感慨,真男人的魅力绝不是一身疙瘩肉,两个铁拳头,而是内心的坚韧与自信。

张欣曼起身去做饭,刚走到厨房门口,禁不住停住:"哎,你说,有没有可能是沈墨？"

白莫生摇头苦笑："张欣曼同志，你这是准备当女版福尔摩斯？"

张欣曼又开始分析："你看，沈墨，沈诤的女儿，年轻人，懂网络，住在萧航隔壁，看到泓涵去接萧航……"

"沈墨？她和诬告有关？"

不知何时，儿子白泓涵走了过来，听到对话。

张欣曼赶紧收声："没啥没啥……快去洗手，马上吃饭。"

今天的会议室人满为患。

这在艺术学院不常见，艺术家们都很有个性，通常开会能来个四分之三，院长孙同泰就已经很是满足。

今天教职工这么捧场，和本次会议的议题有关——新颁布的《课题财务报销制度》。

台上，校财务处副处长王一波讲解着新规，回答着问题。

台下，老师们听着、记着、疑惑着、算计着、比对着、抱怨着……

——"晕死，报个账比课题本身还麻烦。"

——"可不是，为了凑够报销的票据，我找了不少朋友帮忙。"

——"唉，有啥法子，在高校谁不评职称？评职称没课题怎么行？"

——"何止职称，现在考核、评优、竞聘，哪一样不要求看你的课题、发表的论文、弄的科研？"

——"其实吧，做课题搞学术也是应该，但是别耽误正常教学。现在好，一天到晚课题、论文、报销，学生没人管，课程凑合教……"

——"课程能不凑合教吗？反正现在各种评比晋升都没和教学直接挂钩，谁还傻呵呵出苦力，而且还是书舍百年无人知的苦力。"

沈墨依然一副冰美人的样子，仿佛身边教师们的议论与她没有关系。

其实，沈墨作为艺术学院"嫡出"的学生，知道这些老师平日里并非糊弄学生的撞钟僧，也都在各自的领域颇有成就，只是被杂事琐事所累，发些牢骚而已。

不发牢骚，还叫知识分子?！说好听点，这叫"为天地立心，为生民立命，为往圣继绝学，为万世开太平"的社会责任感！

想至此，沈墨不禁微微一笑。

"小沈，你还笑，我告诉你，你是刚留校才一年，还没经历这些，等你讲师评副高，你就知道不亚于鬼门关走一遭。"

"评不上副高就不评呗，讲师有什么不好?"沈墨随口应答，满脸不在乎，对职称不以为然，"咱们学院的柳青山老师都快退休了，不还只是个讲师?这也没妨碍他的课堂堂爆满，连外系学生都来蹭课啊。"

"柳青山?谁能和他比，他就一仙儿！别说咱艺术学院，你就看整个无州大学，或者说全国高校，有几个他这样一辈子不写论文，不做课题，压根没拿职称当回事儿的人?"

沈墨在人群中扫了扫，没有看到柳青山老师的影子。

柳青山在上课。

课堂真的如沈墨所说，一个空座都没有，连墙边都站满了人。

墙根处，站着一人，年龄比学生们稍大了一点——萧航。

柳青山这种特立独行的艺术家，在无州大学听不到他的名字与逸事，比晚7点转台看不到《新闻联播》都难。

据说，每年开学伊始，他的两门课——中国书法史和历代书论在学校的选课系统上分分钟被秒杀，难怪很多学生感叹，"双十一"网购抢单都没这么刺激。

所以，萧航怀着谦卑之心前来听课，一是自己本身对书法就很感兴趣，既然有此名师，近而不听岂不暴殄天物;二是萧航真心希望可以提高自己的教学水平，入职报到那天就暗下决心，多听前辈老师的课，博采众长，形成自己的讲课风格。

讲台上，柳青山身着浅色亚麻复古唐装外套，长袖、手工盘扣、中式立领，面容清瘦，一种说不出的仙风道骨之感。

柳青山讲起金石字画、名家流派，理论深入浅出，雅事信手拈来，语言风趣幽默,逻辑条理清楚,互动频频,掌声阵阵。

萧航大呼过瘾,心想一定要认下柳青山这位老师。

财务制度讲解会结束了。

原本是来答疑解惑的,谁知一讲解,这么多规定,这么多细节,条款限制着条款,规范约束着规范,在座的老师们不仅旧问题没搞懂,反而又添了许多新疑问。

财务处副处长王一波左躲右闪,总算脱离了询问报销规则的老师们,快步追上刚要离开会场的沈墨。

"墨墨……哦,沈墨老师。"王一波见周遭人来人往,急忙换了个称呼。

沈墨停下脚步,揶揄道:"王大处长,请指示。"

一贯少言寡语的冰美人如此轻松答话,不难看出,她与王一波绝非泛泛之交。这也难怪,王一波拜到导师沈诤门下读研的时候,沈墨才是大一的新生。

那时候,沈墨获得去华盛顿大学交流学习的机会,沈诤让王一波帮沈墨补习英语,所以,沈墨眼中的王一波就是个天天管自己学习的大哥哥,而王一波眼里的沈墨却是漂亮聪慧的小师妹。

对,就是武侠小说里那种"落花有意流水无情"的小师妹!

王一波满腹的心里话想对沈墨说,奈何人多眼杂,只能找话题:"沈老师最近好吗?"

沈墨知道王一波口中的"沈老师"指的是父亲沈诤,但却故意调皮道:"沈老师就在你面前,你看气色好不好?"

王一波也不气恼,其实他从心里挺喜欢无州大学冰美人能够在自己面前如此放松与真实:"这位小沈老师气色是不错,就是不知道刚才有没有认真听讲?"

"王大处长亲临我们艺术学院,我岂敢不来捧场。"

"不是要你捧场,是要你认真听,毕竟这对你未来评职称做课题有实际用处。不过,也没关系,你要是有什么不懂,直接找我,我专门给你再讲一遍。"

沈墨当然知道王一波对自己的那份情意,可惜对他一点感觉都没有。当年他给自己补习英语时的严厉形象历历在目,而且做财务工作的王一波的性格过于沉稳,有些木讷,这对艺术气息浓厚的沈墨来说,无疑是种折磨。

"救兵"来了——院长孙同泰!

"对,小沈,有啥不懂的,趁王处长还在,赶紧问。他是大忙人,这次能亲自来咱们艺术学院宣讲财务制度,是对我们工作的大力支持啊。"

王一波对孙同泰的示好投桃报李:"孙院长客气了,您能主动组织这次讲解会,是对我们财务工作的支持,给我们机会来化解老师们因为不了解而产生的误会。您可真是尽心尽职为学院教职工考虑的好领导啊。"

孙同泰心里美滋滋:"嗨,在其位,就要谋其职。老师们满意了,我这做院长的也就放心了。"

沈墨虽有身居高位的校长老爸,但骨子里很不喜欢这些套路的官场客套话,这可能也是她当初拒绝了沈净建议的管理专业,坚持考入了自己喜爱的艺术设计专业的原因。

"两位领导,你们慢慢聊,我还有点事儿,先走了。"沈墨转身想要离开。

孙同泰赶紧说:"小沈,上次我给你说的课题的事儿要抓紧,为评副高做准备,不然到时候材料不足,硬扛扛过不去,我作为主管领导想帮忙也无能为力呀。"

沈墨点点头。

孙同泰抛出正题:"沈校长主抓职称评估,整个无州大学这么多教职工,太辛苦,也顾不过来。你既然是我的兵,你的事儿我会上心,从咱们学院内能解决的,就尽量不给沈校长增加负担。"

——唉,堂堂高校院长,在书画界也是名流大家,绕了大半天圈子,就是为了在校长女儿面前卖个好。

沈墨心中奇怪,孙同泰与柳青山是同门师兄弟,一个是自称艺术家的假清高真官僚,一个却是对名利权势毫不在意的闲云野鹤。

同是一个师门的两师兄弟,做人的差距咋就这么大呢?

说曹操,曹操到。

沈墨一出艺术学院大楼,就看到柳青山站在门口不远处与人闲聊。

沈墨兴冲冲走了过去:"柳老师,下课了?"

柳青山一回头:"哟,沈墨,你怎么知道我刚下课?"

"您抱着两本教材,手指头上还有粉笔末,还不是刚下课?"

柳青山爽朗一笑:"嗯,不错,善于观察生活细节是艺术家创作的基本素质。来,沈墨,我给你介绍下,这位是管理学院刚来的老师……"

"萧航!"

沈墨这才注意到,和柳青山攀谈之人竟然是自己的邻居。

萧航笑着告诉柳青山:"沈老师是我隔壁邻居。"

"邻居?这么巧?!"

柳青山来了兴致:"萧老师今天来听我的课,下课就过来和我聊对课堂内容的一些想法,我听他讲得很有见地,原以为他是咱们艺术学院新招聘的青年才俊,谁知竟是管理学院的海归老师。不简单!"

萧航赶忙自谦道:"柳老师过奖了,我上大学时就喜欢书法诗词,略懂皮毛,今天听您一讲,很多地方还真是拨云见日、豁然开朗。"

沈墨没有说话,冷冷看着萧航,心中嘀咕,这人有点意思,和白校长有关系,跨系跑到我们学院和柳老师交朋友,交际花啊?!他那天给我送小礼物,估计也是知道了我爸是副校长沈诤。

沈墨心中将萧航误解成左右逢源之人,脸上越发冷淡,转头冲柳青山问道:"柳老师,前阵子我准备申报课题,一堆材料要填,没空去看您,不知您家每周五的'抱香雅集'还弄不弄?"

"当然弄!"柳青山语气坚定,"师者,传道授业解惑!如今课堂教学受到课时所限,传道授业已属不易,解惑的空间所剩无几。抱香斋每周五的雅集就是给我与学生课后交流的机会,答疑解惑,教学相长。"

"抱香斋?好名字!"萧航禁不住击掌叫好。

柳青山微微一笑。

沈墨却冷冷撇了下嘴角，心想，这又是个附庸风雅，见啥都叫好的主儿。

萧航似乎读懂了沈墨的轻视，从容说道："花开不并百花丛，独立疏篱趣未穷。宁可枝头抱香死，何曾吹落北风中。如果我猜得不错，柳老师的斋名是出自宋代诗人郑思肖的这首《寒菊》。"

沈墨愣了一下。

柳青山也有些吃惊，随即很赏识地用手轻拍萧航的肩膀："小萧，不错嘛，你这个年龄，有此学识，不容易！本周五的雅集，你必须来！"

沈墨可知道，柳青山是连院长校长都从不放眼里的主儿，竟然主动邀请初次见面的萧航，这人有点小能耐。

沈墨正想着，耳边传来柳青山的"命令"——"沈墨，小萧不认识我家，周五来的时候，你把他带来！"

秋日暖阳，满地金黄。

走在回宿舍的路上，不时有学生给沈墨打招呼，更有三三两两的女学生打完招呼，窃笑私语。

沈墨也是女生，也从学生时代刚过来，当然知道这帮小八婆在议论着与自己并肩而行的这位男人——萧航。

沈墨有些脸红，很后悔刚才为什么要跟柳青山打招呼。他老人家是生性洒脱的不羁之士，聊完抱香雅集之约，轻飘飘甩了一句"既然你俩是邻居，萧航，给你个光荣的任务，护送我们学院的院花回家"。

这倒好，一男一女，男帅女靓，并肩而归，又都是年轻老师，还有比这更劲爆更有想象空间的学生八卦素材吗?!

萧航也感到了沈墨的尴尬，为了化解沉默，主动与沈墨攀谈起来。

"上次不小心把果酱打翻在你家门口，不好意思啊。"

"没事。"

"那是我专门从英国带回来的，可惜啦。不过，你若是喜欢，我可以让我英国的同学寄过来。"

"不用。"

“……”

萧航这才体会到康梅的感受，自己对康梅的回答好歹还是客客气气的“谢谢你”三个字，而这位冰美人永远都是随口两个字，没有任何温度。

“要是换了别人，也许直接打了退堂鼓，我堂堂海归帅哥，对你又没啥企图，为何要受你的气？”可是萧航并不气馁，相反更是激起了他的斗志。

“对！斗志——你跩？我偏偏要让你在我面前放下架子！”

萧航的情商不低，敏锐地找到话题突破口：“你是柳老师的学生？”

“嗯。”

“我今天专门去听过他的课，超赞！只是不知为何这么优秀的老师竟然连个副高都不是？”

沈墨冷眼斜了下萧航：“副高怎么了？职称怎么了？难道一位老师的真实水平只有职称这么一个评估标准？”

萧航听出了沈墨的敌意，赶忙解释：“我只是问问，并不是看不起柳老师的职称，相反是为他鸣不平。”

“像柳老师这种早就活明白的洒脱之人，还需要旁人为他鸣不平？他的学识与声望压根不需要职称这种虚衔做背书。”

“是。”萧航心中偷偷一乐，话题就这样被展开，“我刚回国，大概也了解了一下，国内高校的晋升体制与职称紧密相关，一些岗位设置了很多硬性条件，比如硕导必须副高以上职称，重大课题申报的主负责人必须高级职称等等，这也就造成了许多老师为了争取学术资源，必须挤破头抢占职称名额。”

沈墨闻言，暗暗腹诽，这才回国就惦记着职称，研究得门儿清啊。

萧航话锋一转：“但是学术研究岂能拔苗助长，没有了沉淀积累，职称评审的申报材料大都是拼凑的论文、无用的课题、唬人的项目，我想柳老师并非是对职称有意见，而是对职称评比的游戏规则打心底瞧不上，所以索性超然物外，做自己喜欢的事儿，读自己喜欢的书。”

沈墨终于正眼瞧了下萧航，心中嘀咕，难怪柳老师与他一见如故，听口气倒像是与柳老师对脾气之人。

不过，高校里也有一群嘴上对职称不在乎，实则暗地里各自为战，相互争抢的"假超脱",不知眼前这位海归究竟是柳老师的真知音,还是假奉承。

所以,沈墨没有接着萧航的话说下去,而是转到了抱香雅集:"我佩服柳老师,不光是他注重真学问,不喜虚名,更是钦佩他为了学生,能够十几年如一日,将这个课后与学生交流沟通的抱香雅集坚持下来。试想,现在很多老师为了职称,为了养家,为了仕途,为了名望,要么待在学校内,专攻课题与论文,要么混到学校外,做自己的项目和私活,谁愿意拿出自己的课余时间,与学生谈经论道,答疑解惑?"

"对啊,就像刚才柳老师所说,现在的老师只有'传道',鲜有'解惑'。这既是老师的问题,也是激励制度的问题。"萧航越听越兴奋,"听你这么一说,本周五的抱香雅集,咱们一定要去一趟。"

谁和你"咱们"?还挺自来熟?沈墨扭过头,不置可否……

无州大学的教师公寓可不是八九十年代的筒子楼,有点像大城市兴起的白领公寓,楼体建筑很有造型感、时尚感。

萧航与沈墨缓步走来,有人正在宿舍楼前拍艺术照。

看样子,模特应该是在校大学生,并未涂脂抹粉,也未刻意着装,青春自然的脸上略带些许腼腆羞涩,反而更有一番味道。

摄影师长枪大炮,一通抓拍,看了眼相机里的照片,应该是觉得效果不错,比了个"OK"的手势:"同学,留个微信,我稍微修修图,传给你。"

女学生有些迟疑……

摄影师:"其实,学妹这种清纯之美,根本不用修图,直接就是封面女郎。"

千穿万穿,马屁不穿,女学生笑了。

摄影师:"来,加个微信,传完照片,你要是觉得我是坏人,直接拉黑!"

第一句直接攻势,第二句拉近距离,第三句瓦解警惕,是个撩妹高手!

女学生掏出手机,扫描微信二维码。

摄影师脸上一副"小妞,哪儿跑"的得意样儿——白泓涵!

"泓涵,你怎么在这儿?"萧航没想到撩妹高手竟然是老熟人。

白泓涵听到招呼,看到萧航与沈墨。

沈墨看了眼白泓涵,匆匆离去:"你们聊,我先上楼。"

白泓涵加了微信:"学妹,过会儿有wifi(无线网络)我就传啊。"

萧航看着女学生离去的背影,调笑白泓涵:"可以啊,有手段。"

"艺术!为了艺术——"白泓涵一脸坏笑。

萧航端着红酒杯,正在发呆。

刚才楼下与白泓涵相遇,沈墨也不打招呼,直接扭头上楼,留下萧航与白泓涵闲聊。也正是这几分钟闲侃,开了萧航的眼界,知道了些无州大学的恩怨往事,但也得知了一个让他不寒而栗的可能性,所以他回到宿舍,开了瓶红酒压压惊,静心想一想。

他得知,白泓涵酷爱摄影摄像,上大学时没少耽误学业,多亏白莫生的一名学生在国企任高管,将其照顾进工会,享受国企待遇,工作也很清闲,拍拍照,剪剪片,做做企业文化宣传。所以,白泓涵有着大把的时间,背着相机设备,闲逛校园,为如花似玉的学生妹"义务拍照"。

他也得知,他所住的这栋教师公寓正是当年白莫生与沈净的共同政绩,也是两人工作矛盾的导火索。据说沈净在基建招标过程中有违规行为,被白莫生发现,勒令整改,后因证据不足,再加上沈净上面有人,最后不了了之。由此,沈净记恨在心,在校务会上经常对白莫生阳奉阴违。

白泓涵神秘兮兮地压低嗓音:"沈墨是沈净的女儿,你小心点她。"

"她当她的校长女儿,我也不想巴结谁,没啥好小心的。"

白泓涵不屑摇摇头:"你还真以为高校就是象牙塔,与世隔绝,醉心学术?我告诉你,有职位就有官场,有人事就有内斗,学校也不例外。"

萧航不置可否。

"你可知道,我今儿出门的时候,听我爸我妈猜出了谁有可能是诬告者?"

萧航来了兴趣,侧耳倾听。

"沈墨!"

隔壁邻居就是诬告者的可能性,萧航从来没有想过,有些不寒而栗。

——会是沈墨吗?

——她为何要诬告?

——诬告对她有什么好处?

——若真是她诬告,会不会和沈净有关系?

——难道自己刚参加工作,就被无端地卷入校长之间的权斗旋涡之中?

萧航将杯中红酒一饮而尽,思考需要酒精的刺激。

第六感上,萧航觉得应该不是沈墨所为,可白泓涵刚才添油加醋的语气,已经不再是白莫生在家说话时的猜测口吻,而是一种被白泓涵夸张演绎的板上钉钉!

而这种推断如果据说出自一校之长之口,可信度直接就化成一种定论!

很多时候,可信度的基础不是证据,而是身份、地位、权威!

萧航又倒了满满一杯,盯着杯子中的红酒,他心中感叹,自己当初之所以拒绝别的offer,舍弃企业高薪与仕途职位,就是为了省心,不愿意将有限的生命搅和到无限又无聊的办公室政治中去。

谁知,象牙塔也……

叮咚——

门铃声打断了萧航的思绪,他仰头又是一口,喝干了杯中酒,起身开门。

沈墨站在门外:"柳老师打来电话,说刚才课后你问他的一个问题,他回家翻书找到原文释解,可又忘了留你的联系方式,让我过来问一下。"

萧航面无表情地打量沈墨,试图看出某些端倪。

"这是柳老师手机号码,还是你俩直接联系吧。"沈墨将一张纸条递给萧航,转身要走。

萧航默然地接过纸条,冷冷一声:"沈老师,咱们是邻居,也是无州大学的教职工同事,我真心希望今后咱们能够和平相处。"

突然这么一句,沈墨不知所云。

萧航刚从国外回来,习惯了直来直去的西式沟通:"有件事你一定听说了,我被人诬告在应聘过程中有裙带黑幕,我希望这和你没有关系。若是我有冒昧得罪之处,请明言,我会尽量去改。"

沈墨冷冷道:"你什么意思?"

萧航回道:"没别的意思,只是希望可以和邻居处好关系,有个互不干扰的生活与工作环境。"

"互不干扰?"沈墨有些不快,"要不是柳青山老师让我问你,我才不会主动找你。"

萧航本意只是化解误会,并没有兴师问罪的意思,他不知是因为自己太过西式、直接,才会让沈墨如此激动。

萧航并非不懂得国内习惯委婉含蓄,可毕竟沈墨是门挨门的邻居,若真是她诬告,这个疙瘩越早解开越好,不然今后生活肯定很不方便。

"我回国,就是想要学有所用,回报故土,单单纯纯教好书。"

萧航话中有话,意思是只想做个本本分分的教书匠,不想掺和任何政治斗争。

沈墨有些愠怒:"你回国当不当老师,我不关心,就像你和不和我处好邻居关系,我无所谓!"

冰美人,果然名不虚传。

萧航还想理论,正在此时,电梯间兴冲冲走出一名男子:"墨墨,你站门口干吗呢?"

沈墨见有访客,不再理会萧航,回屋,关门。

萧航隐约觉得,这名男子有些面熟,一时半会儿又想不起来在哪儿见过……

也难怪萧航想不起来,要不是这名男子在应聘复核现场大声打了个电话,萧航和他都不会有一面之缘。

对,这名男子就是胡昊辰。

胡昊辰还有一个身份——沈墨男朋友!

今天，胡昊辰兴冲冲跑来，就是要告诉沈墨一个好消息："那句话怎么说来着，上帝关上一扇门，还会给你开扇窗。无州大学不要我，无州省社会科学发展基金会录用了我。"

"恭喜你。"

"这么大的好消息，你怎么不高兴？"

"我当然替你高兴，可是刚和对面那个怪人拌了嘴，我这气还没消呢。"

沈墨将刚才与萧航的怪异对话向男友倾诉，却发现胡昊辰的眼睛中闪过一丝惊慌："墨墨，听说这个萧航是靠白校长的关系才进来的，这种人，你以后离他远点。"

"你也听说学校的事儿了？他人是有点烦，不过今天和柳老师聊了会，发现他还是有点水平的。"

胡昊辰不以为然："敢应聘无州大学，水平肯定都有。不过，除了水平，关系！关系！关系！占了很多便宜。"

胡昊辰有些聒噪地反复重复着的"关系"二字将沈墨拉回到几天前的场景，那天胡昊辰来宿舍找沈墨，又再次抱怨自己的导师默守正虽是管理学院院长，但却是个不懂官场规则的老学究。

据说当年默教授凭着著作等身的学术威望被民主推选为院长后，担心行政工作会影响学术研究，还有些不情不愿。这么一位不折不扣的学者当然不会利用人脉关系为博士生留校左右逢源。

"唉……"胡昊辰摇着头叹着气，"我导师默老爷子要是也能像白校长照顾你对门邻居一样照顾我，凭他在无州大学的威望与资历，我还能落选？"

"昊辰，我爸和白莫生有矛盾，对门的萧航我也不是很了解，可若没有真凭实据，裙带的帽子也不好想当然就这么乱扣。"沈墨轻轻握住胡昊辰的手，"我不是替他们说话，我只是不想你心中一直留着这个结，带着这种怨气，对你将来的工作不利。"

"这不是怨气，这是事实！这就是社会！"胡昊辰一副愤世嫉俗的样子，仿佛全世界都亏欠他一般，"证据？这种事怎么拿证据？能让你轻易拿到证据，他白莫生这么多年的官场岂不是白混了？"

"昊辰,你的实力我知道,你的才华我也了解,一次的失利不算什么,你现在不也凭着自己的本事应聘到无州省社会科学发展基金会这么好的单位,又有地方可以继续你的学术梦想了。"

"学术梦想?我这单位好是好,可都是为别人做嫁衣,帮别人实现他们的学术梦想。"胡昊辰越说越憋屈,早已没了刚进门时的欢喜劲儿。

"墨墨,不是我埋怨你,当初咱无州大学刚招聘初试时,我就让你给你爸打声招呼,一来我这地下男友也早该见见未来准岳父,二来你爸身为常务副校长,稍微暗示一两句,打分评委还能不照顾照顾?"

沈墨心中隐隐有一丝不快,或者说一丝反感:"昊辰,上次你和我说这事儿,我都解释了,我爸最烦的就是走后门蹭捷径,我若真打招呼,反而适得其反。还有,我之所以一直没有将你介绍给我爸爸,是想等你凭自己的真才实学通过招聘,再将你正式推出……我很小就没了妈妈,爸爸是我生命中最重要的人,我喜欢你,当然也希望他也能发自内心地接受你、看重你!"

"你就是幼稚。真才实学,我没有吗?没有的话,你会喜欢我?"

胡昊辰言语已经不再客气:"关系!关系!我说了多少遍,这个社会就要有关系!哪怕你有真才实学,也要有关系!"

沈墨一开始还安慰胡昊辰,可一句句听他完全将自己的落选归罪于导师不识相、别人有关系等外在因素,也渐渐失去耐心,毫不客气地顶回一句。

"昊辰,我觉得事已至此,你需要的不是吐槽负能量,而是要从别的录用者身上发现他们的优点与长处。这一次技不如人没关系,可别故步自封、步步落后。"

这句话戳到了胡昊辰的痛处,与沈墨吵了起来,摔门而出。而前几天萧航因为偷听邻居而暗暗自责的事儿,正是当日沈墨与胡昊辰的这段争吵。

想起上次的不愉快,沈墨脑海里突然闪过一个画面:那天争吵后不久,胡昊辰又重新上楼敲门,询问刚才这个楼层来的访客是不是白校长的儿子。

原来,胡昊辰从沈墨房间出来,等电梯下楼,电梯到了楼层,门开时刚好走出来请萧航到家吃饭的白泓涵。胡昊辰坐电梯下楼后一直没走,躲在暗处,直到看见萧航下楼坐上白泓涵的车离去,这才匆匆上楼,找沈墨确认。

沈墨那天也刚好在关门的瞬间,看到白泓涵从门前经过去按萧航家的门铃,所以对胡昊辰点头确认。

想至此,沈墨心中突然涌起一个想法:胡昊辰就是诬告者!

(四)

"我是告发,不是诬告!"

面对沈墨的逼问,胡昊辰倒也是个爷们。

胡昊辰振振有词:"我是复核招聘的当事人之一,发现有裙带黑幕的可能性,正常行使作为一个公民检举揭发的义务,我不认为有什么错。"

沈墨的怀疑得到证实,心中对男友多少有些失望。

胡昊辰还在为自己辩解:"虽然学校现在给出的官方结论是没有任何黑幕,可谁又知道白校长没有以权压人?萧航没有用钱封口?官官相护,这都不懂?"

沈墨有些生气:"昊辰,你的才华我知道,这也是我特别喜欢你的地方。但你总是这么心高气傲,总是觉得怀才不遇,好像全社会都对不起你,全天下都没有清白之地,这种负能量早晚会毁了你的才情。"

"墨墨,你是堂堂副校长的女儿,我这种独自打拼的心情你很难理解。"

"你别动不动就副校长的女儿,难道当官人家的孩子必须个个混得惨不忍睹,才能彰显父辈的清白,才能给社会一个交代?"

"那倒也不是,不过你不能否认,就算你沈墨不是那种仗势腾达的官二代,社会中也还有很多享受着父辈的资源不劳而获的人。"

"对,我不否认,但你也不能否认,社会上还有很多像你这种,张口闭口厌恶官权,却又时时刻刻渴望攀附官权的嘴皮子愤青!"

冰美人,冰的不仅是不苟言笑的面容,话锋也像冷飕飕的刀子。

沈墨毕竟是集万千宠爱于一身的校长千金,女人的小任性自然不缺,嘴上不依不饶:"你敢说,你告发萧航和白校长,不是因为你排名第十一位,若是告掉一人,你就能顺利补位,进无州大学当老师?"

沈墨一针见血地榨出胡昊辰皮袍下的"小"来,这让他有些心虚,语气也软了下来:"好了,咱们何必为别人的事儿烦心……现在我应聘上无州省社会科学发展基金会,也算是失之东隅,收之桑榆!"

沈墨还在生气,胡昊辰已经换上一副谄媚的笑脸,开始甜言蜜语哄了起来。

这就是胡昊辰,就像社会上的一类人,他们可以完美地剥离内心感受与面部表情的逻辑关系,为了达到自己的目的,瞬间的切换比遥控器下的电视画面还要频繁与简单。

对有些人而言,这是一种后天锻炼得来的能力,可对于胡昊辰来说,这是一种与生俱来的"天赋"!

萧航刚到饭店门口,黄建安就迎了上来。二人来到包厢,没想到康梅和弟弟康松也在。

"小松,你嚷嚷着要见的萧航哥哥来了。"黄建安将康松的轮椅转个方向。

当年,萧航与康梅谈恋爱的时候,康松还是个小学生,时不时缠着当时的准姐夫萧航学书法练字,感情很是融洽。后来康松遭遇车祸,下肢瘫痪,这么多年了,定期要去医院做康复治疗。所以,当康松前两天从医院回家,一听说黄建安在同学聚会上遇到了萧航哥哥,小孩子哪里懂得成年人的感情纠葛与尴尬,才不管姐姐是否已经与之分手,当着黄建安的面就嚷嚷起来,非要见萧航不可。

黄建安不愿在康梅面前丢了男人的面子,好像自己很怕萧航的魅力似的,掏出电话就约萧航来此吃饭一聚。

尽管萧航、康梅和黄建安都尽量放松聊着,可毕竟这是他们毕业后第一次三人重聚,要知道上次三人在一起吃食堂小炒时,康梅还是萧航的女朋友。

幸亏康松在场,东扯西问,多少化解了弥漫在包厢内说不清道不明的尴尬之感。尤其当他兴奋地向萧航汇报自己的书法在姐姐的指导下进步飞快,获得了无州残联青少组书法大赛的冠军,萧航发自内心为康松高兴,也暗自感慨康梅的辛苦与坚韧。

酒足饭饱,黄建安主动提出送萧航下楼,握手告别时,看似随意说道:"老同学,听说你和无州大学白校长很熟。"

萧航没有答话,心中嘀咕小道消息的传播速度绝对合乎互联网节奏。

"你也知道,还没毕业,我就倒买倒卖,啥赚钱做啥。"黄建安递给萧航一张名片,"你下次见白校长时,帮我递张名片,我们公司也做办公用品,要是能靠上无州大学这棵大树,这么多学院、系科、教职工,那每年的采购量还不至少翻两番。"

萧航恍然明白,这才是今天这顿饭的正题。

萧航心中一阵悲凉,他知道,出了校园这个象牙塔,被现实生活裹挟着的老同学们,再也回不到当年一起泡妞踢球翘课玩桌游的纯粹岁月了。

"好的,放心吧。"萧航将名片放入兜中,并没有向黄建安解释自己与白校长并无深交,位高权重的白莫生也不会因为他萧航的一句话就插手干涉后勤采购事务。

不是萧航有心机,糊弄老同学,而是他并非死读书的书呆子,此时任何解释在黄建安眼里只有一种解读——你小子混跷了,忘了朋友!

人,活在社会,谁不欠人情,谁又不为人情所累?

当然,更多时候,人是为情所累!

就像今天这顿饭,明明清楚感受到坐在对面的康梅,时不时投来柔情百转的眼波,却不敢抬头与之相视。

人们常说,人生中最大的悲哀莫过于在没有物质能力的时候遇到想要照顾一生的人。萧航没想到这种平日里嗤之以鼻的烂俗煽情桥段竟然活生生出现在自己的生活中。而如今,工作稳定了,物质能力有了,想要照顾的人近在眼前,却远在另一个男人的身边!

当你觉得她已经被时光冲刷着逐渐远去时,一句不经意的提醒又将她重新塞回你的心中。就如黄建安点完餐,服务员询问菜品有无忌口时,康梅随口说出的话：

——"微辣，忌蒜，少放香菜，不吃姜。"

这是萧航的饮食习惯，五年来不曾改变。至今，康梅也不曾忘记。

突然的一瞬间，萧航涌出一个斗胆的想法，将这五年来黄建安花在康梅姐弟身上的钱都一次性赔偿他，只要能换得康梅重回自己身边。

这个想法刚刚起念，便被良心深处的理智打回原形。钱，可以赔；这些年的感情、时间、精力、青春……如何折算？

毕竟，黄建安陪着康梅渡过了难关；毕竟，黄建安陪着康梅照顾了康松；毕竟，不管黄建安有再多的小毛病，他对康梅的心是真的。

其实，在康梅心里也是五味杂陈。深爱的男人坐在对面，久压心底的情愫像是被重新点燃，忍不住时不时看他一眼。可每一眼看过后，紧接而至的是良心的鞭挞，毕竟身边这个男人黄建安在五年前帮助自己走出困境，在这五年中慢慢变成了有爱情的亲人、有亲情的爱人。

一切，被时光雕琢成今日的模样；将来，也只有交给时间去慢慢遗忘……

转眼到了周五。

萧航主动敲响了沈墨的房门，邀其一起前去柳青山的抱香雅集。

"……我……有点事儿，你自己去吧。"自从得知自己男友就是诬告者，沈墨的良知就一直让她很纠结，不知该如何面对这位邻居。

"那天我喝了点红酒，有些冒昧，若是你还因此生气，我向你道歉。"

沈墨看着萧航诚恳的样子，心里更是愧疚。

"其实，事情过去这么多天，就算是你告发的，我也不记恨。也许是你不了解，也许是你想监督，也许是某种误会……"萧航主动伸出手，"不管什么原因，清者自清，我会通过教学水平和科研能力证明自己。"

他这是说反话，还是真大度？

沈墨心里一边琢磨，一边打量着萧航。

真诚，是一种可以被快速感知的信息。萧航的眼中一片孩童般的清澈，沈墨感受到他的善意。

终于,沈墨轻声低语:"我只能说,不是我告的!"

这是事实,但也隐瞒了事实;这是真话,却也不是全部的真话。

沈墨选择了折中,仿佛自己做错了事,不敢抬头……

"我相信你!"

萧航的语音似乎有股暖流,莫名地让沈墨放松了许多。

柳青山已经成仙了。

这是萧航与沈墨穿过满满一书斋的学生,挤到柳青山面前时,脑海里蹦出的第一个念头。

在自家的书斋,柳青山穿着上更加仙风道骨,古琴玄曲的背景音乐,简约雅致的古风装修,抱香斋地上几张草编藤席拼在一起,学生们或席地而坐,或依墙而立,倾听着、交流着、疑问着、互动着……

活脱脱一派山野草堂之中,玄学大隐坐而论道的魏晋之风。

萧航眼尖手快,将一堆书籍杂物下掩盖的软布坐垫抽出,一屁股坐在藤席上,竟然没坐软布坐垫,而是将其放在身旁,掸了掸上面的灰,这才示意请沈墨坐下。

"敢情不是给自己抢的坐垫,还挺绅士。"沈墨冲萧航感激地点点头,坐到他的身边。

"……清人刘熙载言,'书如也,如其学,如其才,如其志。总之曰,如其人而已'。虞世南位列唐太宗凌烟阁二十四功臣,风骨傲群,是以字如其人,圆融遒丽,外柔内刚……"

柳青山说到兴起,润墨悬腕,运力落笔。

笔锋收起,宣纸上,"天道酬勤"四个大字。

沈净心满意足地将毛笔放下,候在一旁的孙同泰嘴里啧啧称赞:"沈校长,您这字笔走龙蛇,意蕴十足,妙!实在是妙!"

沈净的字能够得到无州大学艺术学院院长兼省书法家协会副主席的称

赞,心里还是很受用的,不过嘴上还是自谦道:"孙院长谬赞,我一学历史出身,偶尔附庸风雅、舞文弄墨,也只是出于对书法古文几分喜爱,贻笑大方了。"

"沈校长,若在学校,你是领导,我是下属,夸赞几句或是屈权阿谀。可现在你我以字会友,我孙同泰自诩身怀文人风骨,也有几分辨宝眼力,您这字宛若银钩,飘若惊鸾,赞几声妙,绝对由眼从心。"

孙同泰这几句话,不动声色地抬高了自己,润物无声地拍了马屁。

沈净坐回沙发,端起茶案上的功夫茶,神清气爽地抿了一口。

这是一间高端会所的 VIP 豪华单间,书桌、茶案、餐台一应俱全。早就将茶泡好的张立伟赶忙再帮沈净倒上一杯。

张立伟是虚山市职业技术专科学校的校长,如果能搭上国内一流名校无州大学的牌子,合作办学专升本业务,生源肯定会挤破门槛。这也是他今天请孙同泰牵线搭桥,约沈净吃饭品茶的目的所在。

"怎么样? 我们无州大学的校长,专业领域有学术权威,业余爱好也是如此的专业水准!"

张立伟连连点头:"孙院长说得对! 真不是奉承话,当官的我也见过不少,可这么有学问的,我还是第一次见。"

沈净没有答话,气定神闲地又抿了一口。

孙同泰:"学问? 这才哪儿到哪儿,我们沈校长的学问够你学一辈子的。"

"同泰,学海无涯,学问的事儿切不可大话怠慢。"沈净放下茶具,脸上却是春风拂面。

孙同泰立马换上一副严肃诚恳的表情:"沈校长,说真的,你让我佩服的不光是你的史学功底,你的书法造诣,还有你的谦逊低调,你的风骨人品。"

沈净扫了眼孙同泰,似乎想要看个究竟,孙院长的诚恳到底是由心而发还是阿谀拍马。

"好了,沈校长忙,今儿能拨冗赴宴,这可是给张总你天大的面子啊。"孙同泰起身,冲着沈净说道:"沈校长,就不多耽误您时间了,我去个洗手间,咱们就走。"

沈净点点头,也起身穿衣。

孙同泰冲张立伟使个眼神,进了卫生间。

张立伟心领神会,掏出一张卡:"沈校长,我前天参加个活动,抽奖得了张购物卡,说来也巧,商场就在你们学校旁边。我一人吃饱全家不饿,也没啥可买,要不您拿着,家里缺点油盐酱醋啥的,就近就买了。"

沈净面无表情:"你这是什么意思?"

张立伟没想到沈净语气冰冷,赶忙解释,却都说不到正点上,急出一脑门子汗。躲在卫生间偷听进展的孙同泰只好出面解围。

"孙院长,今儿我能来,是你说以字会友,没想到谈起了合作办学,现在又送卡,这是什么意思?"

称谓,是个很有学问的东西。在官场上,何时何种称谓是含蓄示意距离感的一种方式。

孙同泰听沈净不再称呼自己"同泰",便假装训斥张立伟:"我刚才就说特别敬佩沈校长的风骨人品,你这些商场上的小把戏在学者面前就收起来吧。"

张立伟有些尴尬。

孙同泰语气一转:"其实,我也知道,你肯定是看中了沈校长的墨宝,想要据为己有,又觉得空手相求难免尴尬,才这么冒失一求……"

桌上,"天道酬勤"四个字,墨迹未干。

孙同泰的气口留得恰到好处,张立伟可算抓了个救命稻草:"就是就是!沈校长,您别误会,我就是太喜欢您的字,身边又没啥拿得出手的东西,所以……"

沈净故意戏弄道:"哦,这么说,我的字在张总眼里也就值个油盐酱醋?"

"不是不是……"张立伟语无伦次,"我哪敢如此怠慢沈校长的墨宝,其实……其实这卡里有八万八……"

"八万八,发又发,这么多钱去商场买油盐酱醋,张总阔气啊。"沈净有种猫耍老鼠的快感。

张立伟手足无措。

"现在流行高价收买领导的字,既安全又隐蔽。"沈净拿起桌上的字,"可我不是那种领导,我有自知之明,我的字——不卖!"

孙同泰见沈净如此不给面子,心中也有些生气,奈何等级所制,也只能继续赔着笑脸:"张总,文人向来讲究高山流水知音同鸣,沈校长的墨宝是这么容易得的?你若真是喜欢,下次诚心再求。"

这次与萧航并肩走在回宿舍的路上,沈墨感觉比上次轻松了许多。

月光下,萧沈二人边走边聊,脚下踩着松软的落叶,穿过银杏林,沿着情人湖的鹅卵小道,朝着教师公寓的方向,缓步并肩而行。

原定两个小时的抱香雅集,因为萧航与柳青山的知音互动,从书法聊到历史,从学术聊到教学,硬是延长了整整一个小时。

棋逢对手,将遇良才,柳青山大赞知己难求,沈墨也没想到管理学院的老师萧航竟然对书法有这么深的了解与见知。

都说,认真做事的男人最性感。对于沈墨来说,性感谈不上,不过侃侃而谈的萧航看起来已经没有原先那般讨厌。

一路上,萧航没少感慨,特别羡慕柳青山活得这般通透,沉浸在自己的艺术世界中,追求一种心灵的自由,不用迎合他人,不用向他人证明,自在养心,随性而活。

"柳老师的洒脱令人神往,想要复制效仿,在当今社会却实为不易,两个条件必不可少——实力!心境!"沈墨有感而发。

"对!你我皆是凡夫俗子,谁少得了柴米油盐酱醋茶,谁逃得了比较与被比较?"萧航赞同地点点头,不动声色地换位走到临湖的一边,将沈墨让到里侧,很是绅士。

"若无安身立命的实力,整日疲于米粮之苦,谈何心境?只有当我们像柳老师一样身怀一技,才能减少对人际的依赖,对组织的依赖,对薪酬供给者的依赖,才能给我们留下静养身心的时间和空间。与自己相处,和自我对话,只有这样,本体感受才会强烈,被动的客体感知才会消落。"

"实力让我们有了弱化社会关系的资本,心境才是决定我们选择何种生活的基础。"沈墨赞同着萧航的说法,也做着自己的理解与补充,"我们身边很多人,博学多才,能力超群,具备了实力资本,却热衷名利,贪财爱权。实力成了他们向外无限延展的工具,向内的自省与对话越来越少,这就是心境不同,对幸福的感知不同,对成功的定义也不同。"

"我特别羡慕古人的'入世身、出世心',他们也要考取功名,也会案牍劳形,可他们的心始终是种'闲'的状态。海棠夜开,他们会秉烛夜赏,空院春雨,他们会停笔闲听。这种心境在我们现代人看来,是种奢侈,是种浪费,却不知对于个体的生命体验来说,有时候,这种昙花一现无法封存的短暂美好才是生命中最深刻的真实,而化为实物拿在手中的名片头衔奖状证书,才是一种虚无。"

沈墨微微一笑,萧航的这番话可能很多人不会认同,可是她懂了……

这,足够了……

月色娇羞,星辉漫天,静谧的湖面上星星点点,像是光洁丝滑的锦缎上散落着轻盈剔透的珍珠。风抚水荡,偶有波纹,涟漪合着月影,一池夜色温柔。

一路上,萧航的度拿捏得很绅士,距离感控制得恰到好处,既有护花使者的体贴细致,又无单身男女并肩夜行的局促尴尬。换句话说,让人感觉很舒服!

沈墨也纳闷,不知从何时起,走在这个男人的身边,很心安……

"墨墨!"有人喊住沈墨,是财务处副处长王一波。

王一波晚饭后散步,迎面碰到沈墨,本来很高兴能借机聊几句,可萧航却没有先走的意思,傻呵呵地等着沈墨同行。

沈墨为了避开王一波的热情攻势,也故意拉着萧航介绍:"王大处长,这位是管理学院新来的海归老师萧航。"

萧航主动伸出手:"你好,我是萧航,咱们上次在校长门口见过。"

"哦？见过？对不住，学校每年新进教师太多，我们财务处现在就我一人管事，事太多，没有印象。"王一波敷衍握手，话里有话，既显示自己是副处长，又暗示海归也没什么了不起，无州大学年年都有。

"对，王处长忙，我们就不多耽误了，再见啊。"沈墨趁机开溜。

王一波怅然若失地看着萧沈二人远去的背影，眉头微皱："我们？"这么快就我们了？什么情况？王一波恨恨一跺脚，耷拉着头独自缓行，月光下，他的影子被拉得很长很长……

"你和这位财务处的王大处长很熟？"萧航边走边问。

沈墨并不知萧航早已从白泓涵那里得知自己与沈净校长的父女关系，所以不愿点破王一波是父亲学生的这层关系，模棱两可地敷衍回答道："还行吧。"

"他喜欢你?!"萧航随口一问。

沈墨停下脚步，脸上又瞬间挂上薄薄一层冰霜："萧老师，这种事最好不要瞎揣测。你堂堂一位海归精英，怎么也会和街道大妈一样八卦？"

其实，刚才萧航话一出口，就已后悔。毕竟在国外留学这么多年，早已不习惯主动追问别人隐私。可是不知为何，在沈墨面前，萧航就自然而然放下普通同事之间的清规戒律，仿佛是多年老友一般，这才说话忘了分寸。

萧航脸上一红，讪讪一笑："对不起，冒犯了。"

借着月光，沈墨看出萧航道歉时眼里的真诚，也就借坡下驴，不再追究。

一时间，二人无语，默默前行。其实，心中都在想着各自的心思。

——奇怪，在她面前，我怎么会如此失礼，是毫无顾忌？还是心底放松？

——这家伙，还海归呢，稍微熟络点就开始八卦，看来我不能太给他好脸色。

不知不觉，回到各自家门口，沈墨道了一声晚安，这才融化了一路上包裹着二人的冰冷尴尬。萧航趁机再次诚恳道歉："沈墨，对不起，刚才是我没有顾忌社交礼仪，只是随口一句问话，但忘记了这是你的个人隐私。"

这家伙，怎么又道一次歉，迂腐得有些……呆萌！沈墨心中无奈一笑，脸上却并无太大表情起伏,只是微微点点头,示意已经原谅。

萧航松了口气,掏出钥匙:"太好了,有了你的原谅,今晚我终于可以睡个好觉了。"

"有这么夸张?"沈墨白了萧航一眼,心想这装绅士也装得太过了吧。

"真的! 我不骗你!"萧航满脸真诚,"不是说这个失礼有多严重,我才睡不着觉。而是,我最怕和朋友闹矛盾惹误会,若是有了心结,一定要当天解释清楚,不然在心里总是个事儿。毕竟,现今社会处处都是快节奏,能静下心好好交个朋友已经变成一件奢侈的事儿。所以,我不愿你这个朋友对我误会……"

朋友? 这两个字,多少让沈墨心里泛起一丝小小的感动。

"晚安!"萧航的声音透露出一种如释重负,将钥匙插入锁孔,刚准备开门,身后传来了沈墨的声音:"萧老师,我……"

萧航停下转动门芯的手,转过身来,示意倾听。

"我……我有件事……也想要告诉你……"沈墨欲言又止。

萧航有些纳闷:"什么事?"

"……"沈墨支支吾吾,似乎有难言之隐。

萧航好奇地看着沈墨,没想到无州大学著名的冰美人也有如此窘迫之态。

沈墨内心挣扎着,似乎想要做出一个决定,可最终还是没能开口,只是匆匆甩下一句"算了,还是改天再说吧",便慌里慌张开了门,逃一样进了屋。

什么路子?

萧航只能自嘲一笑,开门进屋。刚关上门,短信叮咚一声,来自沈墨:

——举报你的人是我男朋友……对不起!

"孙院长,你看这事儿……"

张立伟与孙同泰毕恭毕敬地站在会所门口,目送沈净的车绝尘而去。

孙同泰放下挥舞告别的手,瞬间就收起了脸上谄媚的笑容,低头不语,上了张立伟的车。

车子滑行在夜色中，车窗外的霓虹灯划出一道既断且连的光晕。

孙同泰终于开口："张总，合作办学的事儿要有耐心，对文化人的官员更要有耐心！"

张立伟继续开着车，从车内后视镜看了眼孙同泰："您不是说，传闻沈校长当年在修建教师公寓时曾吃过回扣，这样的领导用钱就能搞定吗？"

"传闻即是听说，听说便有真假。就算是真的，此一时彼一时，那时缺钱吃点回扣，如今事业地位稳固，钱，已经不再是万能的敲门砖了。"

"不缺钱？那缺什么？"

孙同泰没有答话，静静地望着窗外行色匆匆的路人……

是啊，沈净到底缺什么？

孙同泰陷入沉思，他虽然暂时了无头绪，但他心里坚信，是人就有欲望，有欲望就有需求，有需求也自然就会有弱点。

孙同泰暗暗自嘲，刚大学毕业时，灵魂的中心是"自我"：我的艺术表达，我的学术追求，我的人文思辨……

可自从当了官后，现在的思维中心已没了"自我"：领导的需求，领导的喜好，领导的观点，领导的看法……

这难道就是权力的副作用？

都说权力是男人的春药，让男人变得自信，意气风发。孙同泰对这句话有着另一种解读：春药可以让男人自信，但这种自信是种虚幻的自信——老子行！老子强！可一旦离开了这剂春药，男人突然被打回现实，恍然发现，不光身体的某部分硬不起来，连脊梁也再硬不起来！

如此巴结沈净，这能怪我吗？孙同泰在心里给自己开脱：无州大学校长白莫生，还有一年多就要退休。一位副校长张国庆因为招聘贪污事件被逮捕，只有这位常务副校长沈净风头正劲，极有希望问鼎下届校长一职。

再说，自己也不是没有想过向白校长靠拢，奈何十几年前争夺艺术学院教研室主任时，自己和张欣曼闹得很不愉快，说了很多年轻气盛伤人的话。

可没想到的是，张欣曼当年还只是名不见经传的教务处副处长的老公白莫生，却在多年后变成手握实权的堂堂正校长。虽然白校长从未因妻子的恩怨而打压自己,但毕竟有这个梁子在,想要攀附白莫生取得官场升迁,看来也不是件容易的事儿。

原先,有张国庆副校长制衡着,沈诤的荣升希望多少打点折扣。现如今,就算组织上重新任命一名副校长,毕竟初来乍到,想在短短一年的时间里取代沈诤当选正校长,绝对是天方夜谭。

所以,原本对两位副校长都左右逢源的孙同泰,在张国庆副校长被双规后,坚定地选择了投奔到沈诤麾下,才有了今天这个蓄谋已久的饭局。

"操!"孙同泰心中暗骂一声。

——要不是为了"校长助理",老子会给他当孙子?

惦记"校长助理"一职的,不光孙同泰,还有孟吉凡!

这也不是什么秘密,明年换选校长,所以今年底学校要提拔一名校长助理,重点培养一年,以便明年校长换届时,顶上因转正而空缺出的副校长一职。

管理学院院长孟吉凡这几年做得风生水起,课题、专著、教材一样都不少,硕果累累,成绩颇丰。

孟吉凡踌躇满志,却也不敢掉以轻心,打开学校各院系的电话名册,逐个盘算着谁会是最有威胁的竞争对手。

一通筛选比较,最终,孟吉凡的笔在两个人的名字上重重画了红圈——传媒学院院长默守正、艺术学院院长孙同泰。

默守正的优势在于治学严谨、学术威望,劣势在于性情淡泊、官欲不强。但他有个绝招:深得白校长青睐与敬重,白校长曾多次在全校大会上毫不吝啬溢美之词,大加赞扬!

孙同泰的优势在于才华横溢,关系面广,身兼无州省书法家协会主席,有名人效应。劣势在于综合类大学校长很少会从艺术学院提拔。

说起来,大学这座象牙塔内最讲究自由平等的学术精神,可院系间的学科歧视却是心照不宣:理科看不起文科,文科看不起艺术;就连艺术内,西洋看不起民族,表演看不起理论……

孙同泰有个通达领导的便利阶梯——沈校长的千金大小姐沈墨。他可以用院长的身份对本院青年教师沈墨进行各种官方的关心与照顾,顺理成章地讨好沈净。

孟吉凡的优势在于管理学院是无州大学的王牌学院,毕业生们在如今的时代大潮下,更容易取得傲人的佳绩。唯一的缺憾是,自己没有直接通往校长高层的巴别塔。

对于两位校长,孟吉凡心里算了一笔精明账:讨好白校长,他是可以在退休之前帮自己搞定校长助理一职,但白莫生退休后的无州大学,肯定就是沈净的天下,哪怕自己不被归为白系一党,打入冷宫,势必还是要重新搞好与沈净的关系。而如果讨好沈净,虽然他现在还只是常务副校长,但也有足够的能量搞定校长助理的职位,更何况一年后自己也会直接就被拉拢为沈系一党,富贵不愁。

站队忌摇摆,富贵险中求,孟吉凡也准备将宝押在沈净身上。

可,自己的筹码在哪儿?

正想着,有人敲门,推门而入的正是萧航。

孟吉凡眼前一亮,豁然开朗——这个不知天高地厚的萧航就是我的投名状!

萧航这次来找孟吉凡是为了申报课题的事儿。他兴致勃勃地讲述着自己这项课题的研究目的、现状、方法、计划、突破点……

孟吉凡假装聆听,随手翻弄着洋洋洒洒的申报材料,脑子里却打着鬼主意,他的逻辑很简单:萧航是白校长的人,白校长是沈校长的对头,打压萧航便是对沈校长示好。最主要的是,出于学院院长树立官威的需要,也会选择先让下属吃点小苦头,才能让他知道,从谁那儿才能求来甜头。

一番官场小算盘,孟吉凡当即要做这笔稳赚不赔的买卖——既能为自己立威,又能讨好沈校长,打压个新来的小教师,何乐而不为?

当然,孟吉凡也不敢彻底得罪萧航的"靠山"白莫生,他的算盘精明得很,只要不对萧航恶意欺辱,无理刁难,只要在校规章程的权限内,公事公办,只严不松,能卡不放,你说我刻意打压,我说我严于带兵,既能标榜自己坚守原则,又能伤人于无形,就算你是白校长,又能奈我何?

——更何况,你是个马上就要重回平民之身的"准退休"校长!

这不,萧航自己送到了枪口上。

"萧老师,你的课题很有创新意义,也有学术价值,但是……"孟吉凡故意拿起官腔,同时观察着萧航的反应,"……但是你现在只是讲师职称,不符合此类国家课题的申报标准。"

"不符合标准?您是指……"

"此类国家课题对申请者要求高,除了知识结构和科研能力,职称是一个硬性条件。我这也是公事公办,咱们就以教育部的《人文社会科学研究一般项目》的申请条件为例,规划基金项目申请者就要求必须具备高级职称。"

"这么说来,讲师和助教就没有办法申请课题了?"

"当然不是,国家和学校都很重视青年教师的成长,以你现在的职称,申请校内一般课题,还是有希望中标的。"

"校内课题不是不好,只是资助经费有限,不足以支撑我的课题研究。"萧航还想进一步争取。

孟吉凡耸耸肩,一副爱莫能助的样子:"萧老师,年轻人有激情是好事,但学术之路终其一生,还是踏踏实实一步步走稳当。"

萧航听出孟院长的言外之意,暗讽自己有些好高骛远不切实际,心中有些窝火:"说到职称,我记得当初应聘,和人事处谈的是海归博士可以享受副高待遇。"

"萧老师,副高待遇,并非直接给你副高职称,无州大学每年来应聘的海归博士挤破门槛,答应你入职半年后直接评为副教授,已经算是特事特办。可这半年之内,你还是讲师!"

萧航被当头泼个透心凉,沮丧着收拾材料想要离开……

萧航的沮丧不是贪恋副高头衔,而是自己通过努力已经具备了足够的学术研究能力,可仅仅因为没有高级职称,很多学术设想得不到实施与支持。而有了高级职称,学术空间就会轻松扩大,不仅在校内能够获取更多资源,还可以在企业公司和社会团体任职或兼职,甚至还可以进入政府部门兼任参事顾问等各种社会工作,不但有了社会知名度,而且还增加了影响力,可谓名利双收。

孟吉凡心中一股居高临下的快感:"其实,有个法子可以帮你申报课题。"

萧航果然被再次燃起希望。

"我是正高职称,可以帮帮你,你把申报书改改,以我的名义去报吧。"孟吉凡一副勉为其难的样子。

萧航想也不想便说:"也行,我的这个课题与孟院长您的专业领域有共通之处,有您的专业指导,更能拓展本课题的研究范围。"

孟吉凡心中嘀咕,还算识相。

萧航继续说道:"要不这样,本课题的前半部分涉及孟院长的研究领域,就烦劳您来负责,我来做后半部分,您看如何?"

孟吉凡斜眼瞄了他一下:"我今年光国家级课题就有两项,还有咱们学院的团队课题,再加上教学和行政工作,实在忙不过来。这毕竟是你的课题,你的思路比较清楚,又年轻,就由你来做基础研究部分,等得出研究成果,课题答辩时,我抽空帮帮你,由我主讲,答辩委员会的人我也熟些。"

萧航再笨,这次也听明白了——敢情是我干活,他落名!

年轻就会气盛,萧航从孟吉凡手中要回课题申报书:"谢谢孟院长好意,既然您这么忙,课题答辩我怎么好意思麻烦您,还是都由我自己折腾吧。"

哟,小子拿话挤对我呢?!

孟吉凡阴沉着脸,看着萧航走出办公室,冷冷从牙缝挤出三个字——"走着瞧!"

(五)

领导要想让你走着瞧,给双小鞋,这路你还真走不好。

领导不傻,既要让你穿上小鞋,还要先让你觉得这双鞋特别合脚。

　　这就是官场的手腕,或许也就是某些人口中津津乐道的"领导艺术"!

　　孟吉凡深谙此道,竟然主动邀请萧航加入自己现有的一个课题组,一番说辞可谓春风化雨,滋润心田。

　　"萧老师,在高校发展,没有课题与论文是不行的。既然你现在手头还没课题,这一学期也不能白白耽误,所以我想帮帮你,让你参加我的课题组,一来锻炼你的学术能力,二来下学期你递交副高职称评选材料时,课题这一项也不会空着,为你加加分。"

　　萧航心底腾然而起两种情绪,既感动,又内疚,宛如相互纠缠、蜿蜒盘旋而上的树藤,掰不开,扯不清。

　　说起感动,萧航没想到喜欢摆官架子的孟院长如此贴心,对青年教师的发展甚是关怀。看来每个个体还真的不是简简单单的平面镜,只有一个透视内心的角度,而是一块多棱镜,既有浮于表面的行为方式,也有藏于内心深处的真挚柔情。

　　谈到内疚,萧航回想起昨天在孟吉凡办公室,自己的过激言辞与嘲讽姿态,似乎有点以小人之心度君子之腹,看来自己的涵养依然有待修炼。

　　"孟院长,谢谢你……昨天的事儿,对不起!"萧航眼中一如既往的诚恳与单纯,全然没有看出孟吉凡笑容里的狡黠与阴冷。

　　"你啊,还年轻。很多事,不是我要卡你,而是学校的规定,我也难办。"孟吉凡的语气带着些许沉重,恰到好处地流露出一种"领导想为下属谋福利,奈何却无通天术"的无奈与失落。

　　"没事没事,"萧航忙不迭安慰孟吉凡,仿佛昨天找孟院长申报课题是自己的不对一般,"能加入孟院长的课题组,我很开心。只要能继续钻研学术,任何机会我都会珍惜的。"

　　"那就好。"孟吉凡见好就收,走过来轻轻拍了拍萧航的肩膀,"好好干,咱们管理学院的青年教师,我最看好你!"

　　青年教师都有个"通病",领导或长辈一句暖心窝子的肯定,恨不得立马就掏出心肝肺拼命干,仿佛唯有此举,才能对得起这句认可,这份青睐。

这绝对是青年教师最可贵的品质,也是他们最脆弱的地方。因为若真是遇到伯乐,定能激发干劲儿,大展宏图,可若是遇到经验老到的"驯兽师",他们也就会像狗儿一般,乖乖放下戒备,将自己最柔软的腹部暴露给对方……

果然,萧航非常卖力地干了起来,没等孟吉凡分配具体课题任务,就查资料,看文献,做起了提前功课。可谁知当他兴冲冲拿着厚厚的笔记来到孟院长办公室时,孟吉凡分配给了他一个意想不到的课题分工——报销!

"萧老师,毕竟你加入课题组时间有些晚,具体课题研究方向我们早已做了分工,这个时候让你独立承担任何一项,都像是从别人手里抢活儿,对你不利,对别人也不公平。所以,我思来想去,你先做些外围工作,等有些阶段性研究结果出来后,你再择机加入,你看怎么样?"孟吉凡面露难色,似乎在为安排留英博士做这些杂事而内疚。

萧航心里当然有些失落,可见到孟院长为自己各方面考虑周全,立即满口答应下来,心中暗道,不就是报销这类杀鸡小事,看我这把宰牛刀怎么分分钟得胜还朝!

得胜还朝?

还是先把发票理清楚再说吧!

萧航来到财务处,当头就被来了个下马威。只见财务处工作人员瞟了一眼萧航用文件袋装来的一沓发票,随手铺散在桌上,不热不冷地问道:"这么多发票,也不分类,也不签字,没有时间顺序,没有项目归总,我怎么核实?"

萧航是第一次来财务,哪里懂得这些规矩,虚心请教:"对不起,老师,我是第一次办课题财务报销,这些规矩我不太懂。"

"不懂?"财务人员斜了一眼萧航,手上还在忙活着电脑,有些不耐烦,"你们课题组那么多人,找个懂的来吧!我们财务处就这几个人,整个无州大学这么多教职工,这个课题,那个医疗费,这个公费出国,那个设备采购,要都是像你这样拿着发票往这儿一摊,我们的工作排到明年也干不完啊!"

萧航耐着性子,好言相问:"我刚回国,这是第一次,真的不懂。麻烦您告诉我怎么弄,我下次一定按照规范来。"

这次,财务人员看都不看萧航,自顾自盯着电脑,做着账目:"每年财务处都下发经费使用规范和报销流程,前几天我们处长也逐个院系做了专题讲座,我们的工作都做在前面,也很细致,怎么每次老师们来,都问这问那,究竟是我们工作没做到位,还是你们理解能力有问题?"

这话,已经开始有些伤人,萧航这类海归大都"水土不服",当即言语也不客气起来:"财务处是服务部门,你是工作人员,我对流程规章不懂,好言请教,并未超出贵部门的服务范围。至于理解力是否有问题,我既然能被无州大学录用,智商应该达标,就算现在对规范不熟,也请你针对我一人而言,不要波及整个教师群体。"

萧航这番话刚一出口,整个财务处办公大厅都愣住了,所有工作人员像看外星人似的盯着萧航,都想看看这是那个院系冒出的愣头青。

"服务范围?"那名财务人员甚至有些哭笑不得,"好,那我就告诉你,我们的服务范围是全校师生,不是你一位老师。该发的文件我们发了,该做的培训我们做了,你不是让我针对你一个人吗? 好,听清楚了,你若不懂,回你们院系咨询别的老师,若需要我们帮助,对不起,概不开设个人一对一辅导,请等候明年财务流程讲座通知。"

"明年? 这是今年的项目,明年还怎么报销?"萧航声音大了起来。

财务人员撇撇嘴,耸耸肩,一副"你报不报销,关我屁事"的姿态。

一位老财务心善,接过话,好心告诉萧航:"这位老师,这事儿真不怪我这位同事。她说的也是实情,全校这么多教职工,这么多项目,这么多账目复杂的发票,我们就这几个同志,每天手脚不停地忙都还时间紧张,若再帮每位老师都整理发票、表格,确实忙不过来,咱们互相理解,互相理解……"

萧航是个顺毛驴,闻言也放轻语调:"这位老师,我刚才确实不应该嚷,是我不对。不过,这发票规范,能不能麻烦你给我稍微说一说?"

老财务起身,刚要走过来,桌上的电话响了。老财务只得对萧航做了个"请稍等"的手势,接听电话。萧航虽然听不到电话那头所言何事,但从老财务的电话应答可以听出,似乎在跟学校某个部门讨论某个项目的财务问题。

萧航只好干站着,等候的这点时间内,财务处各位办公人员的桌上电话响个不停,此起彼伏。不是这个咨询查问,就是那个协调沟通。萧航是学管理学出身,看得出这些财务人员的辛苦与不易,心底只能告诫自己,涵养涵养,沟通沟通!

萧航看着老财务的电话一时半会没有挂断的意思,只得再次求助刚才那位财务人员:"这位老师,刚才你说的话是不是这样理解,这些发票要根据课题申报时的明细进行分类,然后每一类别的发票要根据时间的先后顺序进行规整?"

"既然你懂,还这么乱成一堆交给我干吗?"财务人员也是年轻气盛,语气依然透露着对刚才冲突的不满与怨气。

萧航刚压下去的火又被再次点燃,眼看就要发火,被人拉住:"算了,我来帮你。"

萧航扭头一看——沈墨!

自从上次收到沈墨的短信,承认是男友胡昊辰诬告,萧航就一直躲着她。

其实,萧航知道此事应该与沈墨无关,而且沈墨能够鼓足勇气如实相告,也看得出她内心的歉意。但是,萧航心里还是有些硌硬,不知如何面对沈墨。

这种感受与做人要大气无关,只是一种瞬间心理的直观反应。

看着帮自己将发票移至旁边空桌上的沈墨,萧航也不能太失风度,但也只是简单一声谢谢,再也不再多言。

沈墨一边整理,一边告诉萧航,发票背后要有签名;每张发票都要理顺,不要褶皱;先根据课题申报时的费用分类归好,然后再按照发票日期的时间顺序一张张排好;最后要错位叠放着依次粘好……

萧航没有想到,课题报销环节中的发票一项就有如此多门道与规矩,难怪很多高校老师抱怨,一个课题做下来,真正的研究时间还没有处理琐事的时间多。

沈墨低着头,细心地帮着萧航规整发票。萧航从侧面看着沈墨,觉得她不再是无州大学赫赫有名的冰美人,而是充满耐心、语气轻柔的女神。长长的睫毛,高挺的鼻梁,精致的脸颊,细嫩的皮肤,就连耳鬓处细细的绒毛也在室内暖光下清晰可见。

不觉间,也不知究竟是一种什么样的情愫,萧航竟然有些看愣了……

此时,一个身影正盯着这一切,目光中,满满的忌妒与敌意。

——财务处处长王一波!

王一波的处长办公室在财务处办事大厅隔壁,刚才隐约听见有人在财务处与工作人员争执,对这种小纠纷早就见怪不怪的他并未在意。直到有工作人员进屋请他签字,他才随口问了句刚才什么情况。

工作人员说不知道哪个学院的刚入职老师来报销课题经费,不懂规范,还一副"服务意识"的维权模样,以为我们财务处好欺负啊。

王一波眉头微微一皱:"别什么都上纲上线,人家刚来,不懂流程,你们也耐心点,能帮就帮。"

"王处长,不是我不想帮,是他有些太横。"工作人员满腹委屈的模样,"也难怪,我说刚入职的老师怎么这么横,原来仗着有沈校长千金给撑腰啊。"

王一波正在签字的笔停了下来,抬起头,确认地问道:"沈校长的千金?什么意思?"

"王处长,你若是不信,自己去看看。沈校长的千金沈墨大小姐是有名的冰美人,平日里见个笑脸都不多,更何况亲手帮旁人理发票?"

王一波急忙起身,走到办公室门口探头张望,身后隐隐飘来工作人员的八卦揣测:"我看啊,校长千金和这位男老师关系不一般……"

还真是! 自从王一波当年奉命去导师沈净家给小师妹沈墨补习出国外语,那段日子里,每次不都是王一波帮沈墨削铅笔、划重点、抄笔记、下载录音……忙得不亦乐乎,哪里见过沈墨主动为谁做过事?

别说为自己王一波，就算在沈净面前，沈墨也是一副千金大小姐的姿态，肩不能扛，手不能提，而眼前竟然帮着一位男老师整理发票，这一幕，不仅少见，甚至罕见！

哎，稍等，眼前这位男老师怎么这么面熟？

哦，想起来了，那天傍晚遛弯，在情人湖边遇到与沈墨并肩而行的就是他！

叫什么来着？哦，对了，萧航！

王一波阴沉着脸退回办公室，只对工作人员说了一句："过一会儿，这位老师的报销材料先送我这儿来审一下。"

桌子上已经归置好的发票排成几大长联，餐饮的、购物的、高铁的、飞机的，各式各样，蔚为大观。每一长联又都是错位叠放依次排开，像是一副新买的扑克牌由前往后沿着一条直线用手抹开，整齐有序，标准划一。

"谢谢你。"萧航看着轻拭额头细汗的沈墨，由衷一句。

"你第一次报课题吧？下次就会好多了。"沈墨看着自己的成果，甚是满意。

"不是我自己的课题，我还没高级职称，想报社科课题不够条件，这是我们学院的课题。"

沈墨闻言，看了眼萧航，但也没有多言。

"你经常报课题？看你对这些流程很娴熟。"萧航小心翼翼地将发票长联放在一起，两手捧着移到财务人员窗口。

沈墨看着萧航如同捧着传世玉玺一般的如履薄冰，被他的样子逗得一笑。

"这还需要经常报课题？"沈墨上前一步，帮萧航轻轻托住一联特别长的发票末端，以防胶水脱落，散落下来，"整理发票早就是每一名合格的本科生、硕士生和博士生所必备的基本技能，更何况青年教师？！"

哟？真没想到，冰美人的幽默感也还行嘛！萧航心中因为"男友诬告"的芥蒂慢慢消融，说来也是，胡昊辰是胡昊辰，沈墨是沈墨，做人要客观，怎么轮到自己受了点委屈，就由着情绪，而忘了理智。

这也许就是萧航的真实与可爱：他不是圣人，受了欺负也会耍小性子，可只要冷静下来，一是一，二是二，对就是对，错就是错！

"谢谢你啊，沈墨！"这次感谢，发自内心，而且没有喊沈老师，而是沈墨。

沈墨嘴角轻轻一挑，浅浅笑了笑："别谢来谢去的了，快办你的事儿，我还等着呢。"

萧航猛地缓过神来，讪笑了一下，冲着刚才那位财务人员说道："老师，发票弄好了。"

一直忙碌无比的财务人员依旧打着电脑，足足过了一分钟，才不情愿地停下来，接过萧航的发票长联，看都不看一眼，起身就拿着去了王一波的处长办公室。

萧航再次愣住，慌忙问道："老师，你这是……"

没有回答，只有背影。

另一个窗口的办事员认出了沈墨，主动招呼着帮她报销。

萧航就这么等着，没人告知，没人解释……

过了一会儿，那名财务人员回来，将发票长联隔着窗口退给萧航："我们处长说了，你这里有些发票来源不详，拿回去补个书面说明。"

说完，财务人员又坐回工作位，又忙也忙不完地敲起电脑。

萧航傻了，看着自己和沈墨刚刚辛辛苦苦粘了半天的发票联，换来的竟然是这么个答复。

错，这压根就不是答复，因为一丁点解释都没有。

"发票来源不详？"萧航压着火，尽力控制着情绪，"能不能麻烦你帮我指出是哪几张有问题，我也好回去有针对性地补材料。"

"哪些有毛病，你们心里清楚，我们怎么知道？"财务人员眼皮都不抬，依旧盯着电脑屏幕，"现在财务报销采取自查原则，也就是说你们要对每张发票负责。等你们有把握了，交给我们，我们只负责审核，若再出现来源不详，就不是退回去补材料这么简单了。"

萧航这是第一次办报销，也清楚听出了这句话里的不信任，俨然自己就是一个满肚子猫腻的坏分子，分分钟想要通过假发票占公家的便宜似的。

"你这话什么意思？你给我说清楚！"萧航真的火了。

"嚷什么嚷？我们领导说了，财务无小事，一切流程都要遵守从严原则，一分一毫都是公家的财产，容不得马虎。让你补个说明材料，怎么了？"

财务处办公大厅的火药浓度一点就着，刚好此时沈墨办完报销，急忙一边做着和事佬，一边将萧航拉了出来。

萧航出了行政楼，气还没消，顾不上沈墨，拉长着脸走了："阎王好惹，小鬼难缠。我先走了，回学院，还要补说明材料。"

沈墨看着萧航垂头丧气的背影，既同情又好笑。同情的是这种遭遇许多老师都经历过，好笑的是男人不论年龄学历身份背景，内心里还真都住着一个大男孩。你看萧航现在气急败坏的样子，哪里是海归博士，活脱脱就是幼儿园被同学抢了棒棒糖的小男生。

也许是这种联想激起了沈墨身上每个女生都有的"自带母性"，抑或是沈墨对胡昊辰的诬告怀有内疚，她掏出了手机，拨通了电话。

"喂，王大处长，刚才很威风啊。"

电话那头，王一波一看到沈墨来电，就知是为了萧航发票的事儿，但还是装着糊涂打太极："墨墨，什么刚才？什么威风？"

沈墨最烦官场太极，索性直奔主题："刚才管理学院新来的萧航老师来财务处做课题经费报销，先是发票不会整理，后来整理好了，你的下属二话不说，直接拿到你办公室，回来就让萧老师做补充说明。这是怎么回事儿？"

"哦，这事儿啊，正常的财务管理流程而已。"王一波见躲不过去，故意换上轻松的语气，一副"这算啥大事"的姿态。

"师兄，我知道你现在刚升为正职，也不容易，而且财务涉及钱账往来，确实也容不得一丝马虎。可萧老师刚从英国回来，对整个流程不太熟悉，在不违反大的财务原则的前提下，能通融点就帮帮他，别刻意设卡就行。"

王一波暗自感叹，沈墨确实冰雪聪明，平日里张口闭口都是调侃的"王大处长",现在替人说情,瞬间就变成了小师妹撒娇的"师兄"。别看就两个字,自己还真的就很受用。

王一波心里想着,嘴上却依然说道:"墨墨,你说我对萧航要求严格,我或许承认,因为不止对他,对全校的财务报销我都是这么要求。但是,若你说我对他刻意设卡,你还真是冤枉了我。"

"你真的没有故意刁难他?"

"刁难?"

王一波心里不服气。

"你让他仔细看看他拿来的发票,会议日程是四天,可是宾馆住宿费却是六天,多出来这两天究竟怎么回事儿? 还不是趁开会到了一个城市,趁机旅游,这点猫腻我见多了。"

"师兄,你错怪他了。这些发票不是萧航的,而是他帮课题组成员拿来报的。"

"是不是他的,我不管。全校这么多课题,我们财务处一个一个查得过来吗? 所以,我并没有直接断定这些发票就是私人旅游的住宿费,而是让他回去让当事人写个补充说明,不应该吗?"

如此听来,还真是错怪了王一波,身处财务要职,岂能不严格要求。

"墨墨,你和这个萧航到底啥关系? 为什么要帮他?"

"同事关系,邻居关系,同是财务受难人关系……"虽然对王一波没有男女之情,但不能否认,在他面前,沈墨很放松,像个永远长不大的小师妹。

"看你说的,我们财务处有这么可怕吗?"

"原来挺可怕,现在师兄当了处长,我才敢去,因为我知道,只要我张口,师兄都会帮我的。"

千穿万穿,马屁不穿。

王一波隔着电话笑出声来:"好了好了,区区一个萧航,犯得着让无州大学冰美人改变这么大的性情吗?"

沈墨咯咯笑了起来。

"好了,我也就是走个正规程序,并非针对萧航。等他补完说明材料,没有问题,我一定给他报销,行了吗?"

"呵呵,就知道师兄最好。"

"别光嘴上功夫,师兄好,那就陪师兄去看场电影,你挑时间,我买票。"

"看电影? ……对不住,王大处长,我最近赶职称论文,没时间……哦,现在有点事儿,改天聊!"

嘿,女人真是百变!

挂上电话,王一波将那名与萧航起争执的财务人员召进办公室:"知道为什么我要让刚才那位萧老师回去补充发票说明材料吗?"

下属不知王处长所问何意,只能怯生生地试着回答:"因为我们干的是财务,每张票据容不得半点差错。"

王一波摇摇头。

"……因为……王处长说过,一分一毫都是公家财产!"

王一波还是摇头。

下属实在猜不出来,也摇了摇头。

火候已到,王一波欠了欠身子,微微一笑:"因为,他刚才在咱财务处的地盘对你嚷嚷。"

下属第一次听到这个答复,愣了!

"你是我的下属,打你的脸,就是打了我的脸。所以,我让你第一时间把他贴好的发票拿给我审,就是不愿让你来处理这个难题,恶人……还是由我做好了。"

毫不夸张地说,下属的眼圈都红了。脸上这份感动之色,明明就是写着几个字——处长,以后鞍前马后,你一句话!

王一波似乎早就料到下属会如此反应,话锋一转:"不过,下次他再来,材料若是齐了,就给他办了。毕竟他今天有句话说得很对,咱们财务处在具体的工作细节上,要转变思想,端正态度,要有服务意识。"

下属还沉浸在深深的感动之中,听到这些,重重地点着头。

王一波挥挥手,等下属退出办公室,这才悠闲地斜靠在老板椅上,为自己喝彩:折腾萧航,一举三得,既耍弄了潜在情敌,又卖了沈墨一个人情,更拉拢了下属员工,尤其是对于他这位年纪轻轻就提拔为正职的财务处长来说,怎么收服前任处长的亲信至关重要。

官场,确实锻炼人啊!

"孟院长,财务那边说这些发票来源不详,要咱们补充说明材料。"

萧航还带着怨气,将几串发票长联放到孟吉凡桌上。孟吉凡却不温不火,拿起发票装模作样地看看,重新推回给萧航:"没问题啊。"

萧航只能叹口气:"我也觉得没问题,可是财务那边非要补个说明,不然不给报,你看怎么办?"

"我看怎么办?"孟吉凡仿佛不相信自己的耳朵,故意上下打量着萧航,"既然报销这些事儿萧老师不知道如何办理,这样吧,我找个学生来弄吧。原来都是他们帮着做,从来都没有过问题。这次……真奇怪……"

孟吉凡言辞中夹枪带棒,给你个学生都能办好的活儿,你都弄不来,还问我怎么办?

萧航也是惭愧,拿起桌上发票:"不用找学生,还是我来吧。这些发票后都有经办人签名,课题组名录上有联系方式,我逐个核实,这个补充说明一定可以弄好,放心吧。"

孟吉凡赞许着点点头:"我就知道,我没看错你!"

(六)

日子过得很快,萧航的教学渐入佳境,备受学生好评。

生活上,除了满校园追拍学生妹后顺路来萧航公寓蹭饭的白泓涵,以及楼道见面打声招呼的沈墨,萧航也结识了一些青年教师朋友,教工食堂也顺理成章变成了"午餐学术交流会"的据点。

不聊不知道,一聊起来,大家一致认为列夫·托尔斯泰的那句名言应该改为"幸福的教师各有各的幸福,不幸的青年教师却总是相似的"。

原因很简单，青年教师们尽管专业不同，学科不同，可都面临着同样的"生活＋教学＋科研"三座大山，连每天的作息都几乎一样：起床、看书、查资料、写论文、教学、填表、等领导签字、去财务、凑发票、传课件、回邮件、投稿……再加上接孩子、陪老人、做三餐，刚忙完了这些，老教授或系领导又打来电话，由他们"挂帅"的课题报告就要结项，青年教师要抓紧时间把研究成果汇总出来。

也难怪，社会上有一种传神贴切的称呼——知识民工！

出于管理学科的敏感，萧航意识到青年教师群体的这种情绪需要合理引导，便趁着张欣曼喊他去白校长家吃饭的机会，向白莫生反映了情况。

"小萧，我准备将你们的地下小团体收编，将你们的午餐交流会搬到台面上来，成立全校的青年教师发展协会，定期举办交流活动，真诚沟通，解决实事，你看怎么样？"

白莫生微笑着询问萧航，如此和蔼，宛如一位至亲长者。

校长如斯，幸哉！

萧航幸运的事儿，还不止这一件。

沈墨自从那天在财务处得知萧航的课题申报遇到难题，想起一个也许能帮忙的人。

胡昊辰没有想到自己的女朋友来求自己为别的男人帮忙申报课题，而且这个人还是"挤掉"自己应聘无州大学的萧航！

"昊辰，如果你不愿为了诬告的事儿向萧航当面道歉，那就帮帮他，也算将功补过了。"

"将功补过？我说过了，我只是履行一个公民对可疑事件检举揭发的义务。"胡昊辰还在嘴硬，"再说了，我们无州省社会科学发展基金会是有很多课题经费，对高校科研有政策支持，可我毕竟刚来工作，人微言轻，能怎么帮？"

"我知道你的难处，也没指望你能直接批准萧航的课题。只是希望你提供一些信息，减少申报课题的限制，剩下的事儿就靠他自己了。"

胡昊辰歪着头,上下打量着沈墨,嘴角露出一丝别有深意的坏笑:"墨墨,发现没? 一个人在社会中生存,谁能离得开关系? 谁又能不靠点关系?"

沈墨知道胡昊辰一直在与自己暗中较劲,想要将他的那套"社会关系论"价值观灌输给自己,也软中带硬地回了一句:"正常的牵线搭桥不叫靠关系。毕竟,你们基金会的项目是面向高校老师而设立,萧航符合所有申报条件,缺少的只是这方面的信息而已,并非通过你的关系,获取以他的资历而无法获取的资源,所以不能算作你所谓的'靠关系'!"

自从上次吵嘴,胡昊辰与沈墨一直冷战,今天好不容易重归于好,胡昊辰可不愿战火重起,更不愿由跟自己八竿子打不到关系的萧航一而再,再而三地破坏自己与沈墨的恋爱时光。

所以,胡昊辰灵机一动,用一个网上看来的小段子暂时缓解气氛:"墨墨,你还别不信关系的重要性,别说对人了,就是对动物也同样重要。去年一只鹦鹉飞到台湾'行政大楼',军警要抓它,鹦鹉说:'你敢! 我来找我弟。'随后鹦鹉大喊:'英九,英九,我是英五啊!'军警一听,乖乖隆个咚,这是老大的亲戚啊,赶紧放行。昨天这只鹦鹉又飞到台湾'行政大楼',军警笑着说:'你弟弟已经下台了,抓你看谁来救你?'鹦鹉说:'我知道,我是来看我妹妹的,我看看妹妹来上班了没有?'于是鹦鹉就大声喊:'英文,英文,我是英武啊!'军警当场晕倒!"

说完,胡昊辰哈哈笑了起来,自认为以幽默化解了尴尬,却换来沈墨不疼不痒的一声呵呵。

"你有你的关系论,我有我的价值观。我今天只是求你帮个忙,给萧航一个机会,凭他的实力,应该能申报成功。"

沈墨的这句话本意是告诉胡昊辰不会添太多麻烦,打消他的顾虑,可到了胡昊辰的耳朵,就变了味道,一来重新揭开了与萧航同场竞聘失利的伤疤,二来让胡昊辰产生了一丝不安的疑虑。

"他的实力? 你了解? ……你对他有多了解?"

扑面而来的一瓶山西陈醋!

不知从何时起,意气风发。博学奋进的胡博士变成了小肚鸡肠世俗计较的胡昊辰,沈墨强压着心中的失落感,安慰道:"别瞎想,我和他就是普通的同事关系,之所以让你帮他,就是不想咱们欠他。"

聪明的女人最是懂得四两拨千斤,沈墨没有说"不想让你欠他",而是故意选择了"咱们"两个字,这让胡昊辰非常受用。

"我们有个青年学者专项基金,今年刚推出一些资助计划,知道的人还不太多,经费虽然比大课题少一点,但也是重点课题,以后职称升职都会有加分。"

冰美人的脸上露出一丝笑容。

胡昊辰搂住沈墨,厚脸皮笑着:"我帮你一个忙,你能不能也帮我一个忙?"

"你可没帮我,你帮的是你自己!"

"好了好了,不管谁帮谁,今天你都要陪我去个地儿,见个人!"

沈墨被胡昊辰"绑架"到一处住所,才知道要拜访的人正是胡昊辰的博导、传媒学院院长默守正。

默教授没想到爱徒的女友竟是沈校长的女儿沈墨,胡昊辰趁机解释正因为这层身份,所以读博期间没有带女友来给导师看,不愿公开恋爱关系,以免旁人说三道四。

默教授夸赞爱徒有志气,不愿仰仗"准岳丈"的权势,是我默守正的学生!

胡昊辰脸上有些臊得慌,偷偷瞄了眼沈墨,因为自己在应聘失利后,曾去专门找过沈墨,让她求沈校长帮忙,被拒绝后还大吵一场。

沈墨似乎没有留意胡昊辰,称赞默教授有文人傲骨,父亲沈净也多次在家夸赞过默教授的治学精神。

默守正听说沈副校长对自己心生敬佩,也很得意,来了兴致,打开话匣子,与沈墨聊了很多对传媒产业发展的客观看法,有理论、有案例、有高度、有内涵。

沈墨暗暗称奇,这老先生一副学究样儿,其貌不扬,可一聊起专业,真的是神采飞扬,魅力指数瞬间爆表! 看来,肚里有货的男人就是有一种别样的性感。

胡昊辰也在心里嘀咕,导师这一身学问见解,给个部长当都不为过,可他老人家怎么就这么不识时务,没官瘾,不弄权,害得自己这嫡系爱徒也没能留校。

默守正不愧是研究传媒管理的权威学者,他今天谈的很多观点十分新颖与独特,对传播学、媒介管理、新闻属性等领域的评论也一针见血。

沈墨禁不住问:"默教授,你今天说的这些,稍微整理整理就是一篇绝佳的学术论文,你怎么不写呢?"

默守正回答说:"学术是个严肃的领域,今天是私人谈话,我可以想说就说,不需考证,不需检测,但若是要形成文字,进而出版,一定要慎之又慎,要做到有理有据,系统逻辑,这样才能对得起自己,也不会误导读者,尤其是青年学生。"

胡昊辰见沈墨还想劝说,赶忙打断道:"我导师,我知道,他没有将观点梳理清楚,是不会轻易动笔,很看重自己的学术名誉,你就不要再劝了。"

沈墨只好作罢。

默守正越说越激动,知识分子指点天下的习惯一览无遗。

"还有一种现象更要不得,那就是论文的评价标准不是内容与质量,而是发表在何种档次的期刊上。诚然,期刊的档次级别在一定程度上可以起到对论文质量的前期评判筛选,这个评判的前提应该是杂志编辑廉洁自律、学术自尊,可现在情况却大多是交钱买版面,档次定价位。"

沈墨点了点头,似乎心有余悸:"默教授说得太对,我上次写了一篇论文,正常投稿,却接到编辑电话,直接按字收费,被我拒绝了。"

"好样的! 一个学者,不论年长还是年轻,最基本的学术自尊还是要的。你能这么做,说明教育行业的青年一代中良知还在,希望还在。"

默守正欣慰地冲着沈墨点点头,接着说道:"这些期刊之所以这么牛,这么明目张胆,主要是一些高校人为地盲目推崇顶级、权威、一类、核心等期刊级别。各种校内评审时,发表在这些期刊上的文章才能算数,不在此范围之列的刊物上的,即使论文质量过硬,也不承认其价值。你想想看,全国多少高校,高校多少教师,而被承认的期刊就那么多,僧多粥少,大家都抢着发表,这些机构和人员能不进行权力寻租?学术环境能够公平?"

话说至此,默守正满脸悲伤,这是一位知识分子的忧虑与无奈。

他已经功成名就,他也已掌握资源,他本可以在这种游戏环境中如鱼得水,可是他的良知让他思考,让他呐喊,哪怕只有他一个人能够听到。

"当然,你们作为青年教师,不应该对学术失去信心。最近几年,国家有关部门陆续出台多项措施、意见、政策,对高校的科研工作有很好的指导意义。而我们作为高校老师所要坚持的,就是从自身做起,论文也好,课题也罢,这些都是我们的学术脸面,白天我们能够糊弄领导、同事、学生,可到了晚上,夜深人静躺在床上,谁又能糊弄自己的良心?"

"真是吃着地沟油的嘴,操着中南海的心。"

胡昊辰心里嘀咕一句,赶忙阻断默教授的导火线:"老师,这就是大环境,这就是游戏规则,你一个人路口老老实实等红灯,肯定会被加塞抢道的后车给超过去。"

"昊辰,你这种观念要不得。学高为师,身正为范!我管不了全社会,可我只要是名老师,就会严格要求自己,管好我的学生。"

胡昊辰内心不愿与"老迂腐"在这个问题上过多纠缠,转了话题,抛出今日拜访的主题:"老师,有个关于我妹妹昊菲的事儿想跟您谈一谈。"

"哦,孔副院长联系了无州电视台作为咱们传媒学院的实践教学基地,从这学期开始,每届新入校的研究生都要先去实习两个月,感受媒体的运作流程和真实环境,然后再回学校上课,会对学生接受和理解书本知识有帮助。昊菲有福气,成为第一批受益者,所以还要再实习半个月,才能回校上课。"

沈墨感叹这种教学培养很有创意,也能直接与用人单位对接,对学生有很大帮助。

"孔德仁副院长门路广,交际宽,不管国营私营、事业企业,都有他的关系网。这个实践基地，我记得从我读研时咱们学院就开始谈，这么多年了，直到孔院长接手主管工作，才正式谈成。我上学时要是有这个机会，搞不好今年我博士毕业就能进电视台了。"

胡昊辰还在感慨，没有注意到默守正的脸上有了尴尬之情。

善解人意的沈墨急忙插嘴："昊辰，默教授忙，咱也别耽误太多时间，你有啥事，快说。"

胡昊辰这才意识到有些失言，咽了下口水，憋出一句话："默老师，您是研究纸媒的，孔院长是研究新媒体，我妹妹这拨 90 后，还是喜欢影视、网络，所以……"

胡昊辰有点心虚地瞄了眼默守正，最终，还是硬着头皮说出此行的真实目的：

"……所以，我想让我妹妹……换导师！"

沈墨前面走着，胡昊辰后面追着。

沈墨不愿意搭理胡昊辰，她真的生气了。

她没有想到自己男友变得如此势利，竟然不惜让这么一位学识渊博、人品端正的老学者默守正寒心，也要让自己的妹妹去拜孔德仁副院长的山头，美其名曰是为了妹妹将来的前程，还说现在的学生选硕导博导，不在乎你的学问深不深，只在乎你的头衔高不高，门路广不广。

"墨墨，你别生气，我也是没办法。你看看我的成绩、学历、论文，哪样不名列前茅？可到头来，应聘这种真刀真枪拼关系的时候到了，导师不硬气，学生不还是落选？我不想妹妹苦读几年后，又是白白一场空。"

沈墨停下脚步，冷冷瞪着眼："胡昊辰，亏你还是受过高等教育的大博士，怎么满脑子都是'关系''后门'这种负能量？你说，换导师的事儿，是你妹妹的要求，还是你的主意？"

"昊菲还是个孩子，她懂什么，当然是我这个当哥哥的替她想，替她安排。"

沈墨突然间已然不认识眼前这个男人。人做了错事并非十恶不赦，但凡心中还有些许内疚,也算无奈屈从于现实的妥协之法。可胡昊辰刚才的言语,字里行间充斥着一种"世俗规则了然于胸,左右逢源圆滑从容"的自得之情。

现实不可怕,生活并非全部黑暗,还有光明。

屈从于现实也不可怕,毕竟你有无奈与妥协,只要还在抗争。

真正可怕的是同化于现实,因为你已经全无是非感,你已经对负能量麻木,你已经成了现实的一部分,或者说,你已经成了别人眼中"残酷现实"的操控者!

而当现实生活中的每个人都从"残酷现实"的受害者,势利投机地选择变成操控者,原本很多社会不良现象还只是"妥协层面"的心理现实,就真真正正地被社会大众接受为"认知层面"的客观现实!

也正是从这一刻起,劣币驱逐良币,欲望压抑良知!

沈墨回想起刚才的一幕,默守正听到爱徒竟让妹妹转换门庭另投名师,老学者的内心被深深刺痛,刺痛他的不是背叛,不是自尊,而是对坚守多年的价值观的一种悲哀,仿佛自己就是一位白发苍苍的堂吉诃德,独自一人苦守着一座残破不堪的城池,瞬间就被狂奔而来的疯牛群冲撞得七零八落。

"墨墨,我不是不尊重导师,你看,我这不是带你来看望他了吗?"

"胡昊辰,你心里清楚今天究竟为了什么——看老师,还是,换老师?!"

"换个老师,康松的书法还能进步得快点。"

康梅只是书法爱好者,这么多年的书法底子也都差不多已经教给了弟弟。康松虽然残疾,可脑子聪明,学得很快,康梅不想耽误弟弟的天分。

思来想去,有个人最适合当老师——萧航。

萧航接到康梅打来的代弟拜师的电话时,沈墨刚刚按了门铃。

萧航以为沈墨还是为了课题报销的事,还没等她开口,就告诉她一切顺利,自己熬了两个通宵,联系了课题组所有的发票经办人,总算补齐了说明材料,送去财务处后,也没再遭受刁难,很快就给报销了。

"熬了两个通宵?"沈墨可怜地看着这位既认真又单纯的大男孩,"那么多发票,一张接一张去核实,这些事又杂又耗时间,可以找几个学生帮忙弄。"

"算了,还是我自己做吧。"

萧航似乎无奈地抿抿嘴,轻轻摇了摇头:"其实,我在逐一核实的过程中,隐约发现有些课题组成员将私人饭局或商场购物的发票改头换面,凑到课题发票中,还有的趁外出开会时私人旅游,太多漏洞。这些灰色行为,我不想让我的学生知道……"

这么看来,还真是冤枉了王一波,他确实是在尽职尽责。沈墨有些后悔那天对王大处长的冷嘲热讽。

"一则,我也没有真凭实据,只是揣测和直觉;二则,我和他们聊过,有些财务报销制度确实有问题,比如市内交通费不能报,而外地打车费就能报,同样是为了调研去约见采访对象,负责本市的老师就要自己掏腰包打车,而外出采访的老师就能享受课题经费。因此,被逼无奈下,一些老师先自掏腰包去做采访调研,然后再通过吃饭购物,凑相应金额的发票来做抵消。所以……"

沈墨静静地看着萧航,捕捉到他内心的无奈与挣扎。

"……所以,我决定保护我的学生们。他们还是孩子,考入大学是为了学习,我不愿他们见到心中崇敬的老师们弄虚作假,想方设法在钱上较真,我更不愿他们因此对这个社会失望、无奈,甚至学着适应这套游戏规则。"

萧航这番话深深感染了沈墨,她虽然对眼前这个男人还不十分熟悉,但是就凭他刚才这番话,就凭他对学生的这份心,他就堪称一位有良心的好老师。

这让沈墨对萧航多了几分好感,也很欣慰自己的判断,更开心能帮他争取来基金课题——值了!

沈墨告诉萧航此次串门的主要来意,让他赶快申报无州省社会科学发展基金会的青年学者资助项目,不需要副高以上职称,而且从级别来说也算重点课题,对职称评比有好处。

萧航很是感激沈墨送来的及时雨。

说实话,这些天孟吉凡没有安排任何实质性的课题任务,不是让他去报销,就是让他去挨个找各级领导签字,还美其名曰是帮萧航尽快熟悉无州大学的政治生态,搭建人脉,为他将来的发展做好铺垫。

可是,任何一张申请或报告都至少需要三四个领导签字,而且签字顺序不能有误,要从级别低的领导依次签名审核,最后才是校级领导拍板签字。

就这一个规矩,就又成了一个大麻烦!

因为领导们都忙,不是开会,就是出差,等来了这位领导的签字,那位领导却碰巧出差,又不能越级签名,结果便是遵守了逐级签名的规则,等回了那位领导,刚弄到他的签名,原本前几天还在学校的上级领导却也临时有事,又要再等好几天。简而言之,一张表折腾下来,要是不顺的话,没个十天半个月,你休想拿到所有人的签名。

跑几个楼层,等个几天,对萧航来说都还行,可是为了签名,有时要站在领导办公室门口的走廊里等上三四十分钟,仿佛被罚站一般,看着眼前你来我往的学生们,突然会有一种"师道尊严荡然无存"的失落感,一种我学了这么多年的知识,不是用来等签字耗生命的悲凉感。

更让萧航伤心的是,日子久了,他也逐渐有些觉察到孟吉凡的戏耍之意,心中实在郁闷。

"谢谢你,沈老师。等课题申报成功,我请你吃大餐!"

挂上康梅的电话,萧航当天下午就去给康松上了课。一堂课时间不长,可对于萧航的心境来说,可谓风起云涌、百转千回。

开心——康松勤学好问,进步飞快。

伤心——康梅的话虽不多,但所有往事旧情都在她那双柔情伤感的眼睛里。

闹心——黄建安话里话外都是明问实逼萧航帮他打通无州大学的商业关系。

幸好,这次刚给康松上完课,就接到张欣曼让他去家里吃饭的电话,萧航压根不给黄建安借题发挥的机会,收拾东西就走。

"牛什么牛？不就去校长家吃个饭嘛。"黄建安很不高兴。

康梅撇撇嘴："好了，人家萧航刚走，你就说风凉话，对得起他大老远跑来给康松上课吗？"

"不是我说风凉话，你说他整天去校长家吃饭，帮我搭个线都不肯，太不够朋友了。"

"你要是够朋友，就别给萧航添麻烦。他刚到学校，就碰上诬告那档子恶心事儿，现在刚消停点，他也有难处。"

"他有难处，他有难处。你是不是心里还有他？"

康梅的眼圈红了——是啊，我的心里是不是还有他？应不应该还有他？

又是一桌子丰盛大餐。

萧航内心其实不太愿意经常来白校长家，自己虽然问心无愧，但旁人看了，肯定还会议论自己刻意套近乎攀关系。

张欣曼似乎看出萧航的顾虑，安慰道："你爸是我的救命恩人，每次你到我家吃饭，没有校长和青年教师，只有知青的岁月、救命的恩情、老友的孩子……"

张欣曼的坦荡与真诚感染了萧航，他本也不是做事畏首畏尾之人，也就不再客气。饭桌上，天南海北、时事要闻、学术教学、家长里短……

张欣曼关切询问萧航有没有发表论文、申报课题，萧航这才随口讲了与孟吉凡的课题争论。

"什么？让你负责报销和跑腿？这个孟院长，怎么不懂得爱护年轻人，太过分了。"张欣曼替萧航打抱不平，"你在课题组成员的排名如何？"

"排名？"

"对，通常来说，课题组需要多少人，职称评审人员不管，也不做限制。但是落实到能否将此项课题作为自己的职称加分项，还要看你在其中的地位和排名。主要负责人和排名前三的主要参与者都能受益于课题加分，排名越朝后，就越没有实际价值。"

萧航恍然大悟，想了想，竟然被气得笑了起来："这么算来，我在课题组的排名至少在八位以后,应该属于课题非加分人员。"

萧航这才明白,孟吉凡一直在和自己玩空头支票,邀请自己加入课题组,既不会给自己带来任何实质好处,还能给自己穿点小鞋,折腾折腾。

白莫生凭着多年官场生涯的政治敏感,觉察到孟吉凡想要借整萧航来投靠沈净的小九九,却未当场点破,而是淡定看待此事:"扩招,学生多,教职工也多,僧多粥少,经费有限,必然需要用一些门槛标准进行前期筛选。我知道这有些不公平,可你我都知道,这世界向来都只有相对公平。"

萧航平静地回答:"你们放心吧,我已经申请了无州省社会科学发展基金会的青年学者资助项目,如果能批下来,经费上足够支持我的课题研究。"

白莫生说:"无州省社会科学发展基金会是国内权威的学术机构,他们的基金项目专业性强,分量很重,广受学术界认可,你若能申报成功,对你今后的学术发展大有裨益。"

"嗯,我会努力的。"萧航稍作停顿,补充了一句,"这个课题能申报,还多亏了沈墨。"

萧航故意提起沈墨,其实是想要化解白莫生或张欣曼对诬告者的误判,毕竟上次白泓涵的"泄密"源自父母的家庭谈话。

"沈墨?沈净的女儿?"

"对,是她主动帮我联系的无州省社会科学发展基金会,找来的申报表格。"

"她为什么要帮你?上次就有可能是她诬告的你呢……"张欣曼还是坚持自己的判断。

萧航意识到如果不告知实情,这个误会很难解开,只得说道:"上次诬告的事情我已经搞清楚了,不是沈墨,是管理学院的博士生胡昊辰。"

萧航将事情的来龙去脉讲了一通,却隐瞒了胡昊辰与沈墨的男女朋友关系。

为什么会隐瞒?萧航也在问自己。

"这么说来,胡昊辰是默守正的爱徒,他应聘落选,就蓄意诬告……一个小小的博士生,有这么大的胆子告校长,你说会不会是受老默指使?"张欣曼又开始了她的福尔摩斯断案。

白莫生不屑地回答:"你们女人就喜欢瞎想。我看这个事情恰恰相反,正是因为默守正太过正直,没有帮自己的学生拉关系走后门,才让这个胡昊辰看不到任何正常程序上获胜的希望,狗急跳墙,做最后一搏。"

萧航佩服白校长的冷静判断与客观态度,点头认可。

张欣曼摇着头,感叹世风日下:"过去说高分低能,现在是高分低人品,这是我们教育培养的缺憾,只注意分数成绩,忽略了道德情操。教书育人,很多时候,我们只记得教书,却忘了还有后半句——育人!"

"张教授,这句话你是说到点子上了。"白莫生赞许地点点头,难得地调侃一句,随之转头对萧航说,"下周,青年教师发展协会成立大会上,我很希望和你们这些青年老师交流这个议题——为师之道!"

(七)

在萧航的心目中,青年教师发展协会的建立应该归功于白校长的雷厉风行,而且日程也安排得非常好:周五晚成立大会,周六、周日拓展活动。

青年教师们踊跃响应,原本预定的百个座席又临时增加了二三十把椅子,整个成立大会会场内一片欢声笑语。

主席台上,校长白莫生居中而坐,左边是常务副校长沈净,右边是新来的副校长刘敬业。

果然如白莫生所说,他在会场上做了为师之道的主题讲话,旁征博引,借古喻今,不理论,不教条,句句说到教师们的心坎上,结束时赢得掌声阵阵。

成立大会圆满结束,周末的拓展活动也精彩纷呈。说来也巧,不论是讲座、讨论会还是文体活动,萧航与沈墨屡次被抽签分到一组,两天相处下来,更是融洽很多。

最后一晚的聚餐会上,白校长因事提前离开,闭幕发言就由沈净临时顶上,没有稿件,没有提纲,沈副校长侃侃而谈,逻辑清晰,妙语连珠,丝毫不逊色于白校长,再加上清瘦儒雅的身形,沈副校长风采逼人。

在高校这个特殊的官场任职,没有两把刷子,还真不行!

教师们纷纷前来敬酒,沈诤也豪情万丈。此刻的沈诤,充分享受着千年老二得以解脱后的幸福感!

这桌上,坐在萧航和沈墨身旁的几个老师低声议论,好事者更是直言,就看这开幕、闭幕两场发言,白、沈两位校长的暗战较劲真是无处不在,高下难分啊。

这几位老师来自别的院系,可能听说过一些校长之争,但却不认识坐在身边的沈墨,还在八卦着学校的"政治生态图"。

正议论着,只听到沈诤提议:"刚才我们这桌,有位青年老师开玩笑,说毕竟年轻人的组织,不要从名字上弄得像政府机关似的,想要个更为简短精练的称呼。我个人表态,挺喜欢'青年教师发展协会'这个名字,规范、正式!"

沈诤稍作停顿,看了眼众人的反应,话锋一转:"但今天是聚会,不是开会,轻松点、活泼点、民主点!你们若支持这位老师的意见,私下里想叫得轻松点,我也不反对,但学校出红头文件还是用'青年教师发展协会'便是了。"

老师们纷纷叫好,献计献策。各种五花八门的名字接踵而来,引来笑声不断。

"知识分子,玩的就是文字游戏,沈校长这招高啊!"好事者又开始发挥了。

"啥意思?"

好事者故作高深:"你们想,'青年教师发展协会'是白校长定的名字,沈校长这么一弄,不就等于暗讽白校长的思路老套刻板吗?而且经此一改,青年教师们不知不觉换到了沈校长这面大旗下,是不是有点另立小朝廷的感觉?"

众人骤然一听,也觉得从这个角度分析有那么点意思。

好事者继续显摆自己的政治敏感度:"再看,沈校长借某位青年教师之口,说出此话,表明不是他背着白校长撺掇此事,滴水不漏。而且他还主动表态,支持白校长所起的名字,撇清干系,实则抛出改名的机会,让老师们'反水'……"

言下之意,沈净是个老谋深算的官场油子。

沈墨的脸上有些挂不住了。

萧航忍不住打断这些嚼舌根的人:"同是象牙塔中人,相惜何必分皇臣!对咱们来说,不论是白校长,还是沈校长,他们的知识学养都足以配上校长一职。再说,我觉得沈校长只是在这种推杯换盏的场合里活跃气氛,起个别名的建议没有你们想的那么多含义吧?别弄得像咱们小时候写作文提炼中心思想似的。"

沈墨感激,像是不断下沉的溺水者突然接到了岸边抛来的救生圈。

——这家伙,关键时刻,还真是个依靠!

好事者斜眼瞅了下萧航,刚想辩论,萧航根本不给他机会,站起身来,大声喊道:"沈校长,我也提议一个名字——青椒会!"

沈净一听,有点意思,冲着萧航笑问:"小伙子,说一说你这个名字。"

众人静了下来,萧航解释道:"青年教师,别号'青椒',没职称、没官衔,不是名贵菜蔬,价格便宜公道。可在高校这席七荤八素中,不论家常小炒还是名菜佳肴,离了它就少了味道。大家说,是不是?"

萧航这么一煽动,教师们一片叫好附和:"是!"

萧航继续说文解字:"再说'会'这个字,官面上是协会,但谐音通两个字:第一个'烩',烹饪之意。青椒虽小,可也是一盘菜,开胃下饭,正所谓莫欺少年穷,别拿豆包不当干粮,别拿青椒不上台面。"

"好!"群情雀跃。

"第二个'汇',融合之意。我们在这里会聚一堂,思想学术融会贯通,是为博采众长,汇纳百川。"

"好!"沈净也不禁拍手叫好。

沈墨越发觉得眼前这个男人有点意思,一开始误会他是拍马溜须之徒,后来感慨他的学问才华，现在又看到其阳光可爱的一面，不禁莞尔一笑。

沈墨就这么看着妙语连珠的萧航，看他笑，看他闹，看他旁征博引，看他手舞足蹈，一种说不清的情愫开始在心里蔓延，像是多足的毛毛虫从树梢掉入衣领中，贴着体肤慢慢爬行，痒痒的，怪怪的……

众人齐声叫好中，有人嚷嚷："早就听说沈校长写得一手好字，咱们请沈校长留个墨宝，写个'青椒会'，咋样？"

掌声、哄闹声，甚至还有口哨声……

沈净先是淡定地享受了一小会儿众人的欢呼，等到声势渐缓，这才恰到好处地摆手示意众人安静，既不过早打压"青椒"们的热情，又给自己缓冲的机会，火候刚刚好。

"青年教师发展协会，白校长起的名字，理应他来留了墨宝；青椒会，你们大伙自己选的名字，理应由提议者来写。一个官方，一个民间，一位领导，一位'青椒'，这样的话，既体现学校领导的关心与支持，又体现青年教师的民主与参与。珠联玉映，相得益彰！"

沈净聊了几句，婉拒了写字的请求，还巧妙地将自己从"另立名讳"的事件中摘了出来。将来若是白校长怪罪，一来名字是教师们所起，法不责众；二来留字之人也不是我沈净，不担干系。既抓不到把柄，又恶心了白莫生。

众人听着有理，哄闹着把萧航推到书案旁。

萧航无法推让，索性拉开架势，一挥而就"青椒会"三个大字！

如果说，萧航提议新名字时，沈净只是觉得这个小伙有些机灵，那么现在看到很见功底的三个大字，喜爱书法的沈净对萧航真的开始刮目相看。

"不错嘛，你是艺术学院新来的老师？"

"不是，我在管理学院，公共管理专业。"

沈净更是惊奇："哦？你叫什么名字？"

"萧航！"

"萧航，听说你出了个大风头，粉丝见涨啊。"

柳青山很少如此调侃,可见心情不错,要知道他平日里可是以"臭嘴刻薄"著称,谈起学术,当仁不让,甚是霸气。面对领导,更是一副粪土当年万户侯的气魄。正因如此,他的小师弟孙同泰好歹混成一院之长,也还没少受他挤对,每次与他见面,躲瘟神般避之不及。

"柳老师,您又取笑我。大风头没出,倒是被大风闪了舌头。"萧航自嘲。

柳青山微微一笑:"这是好事儿,沈墨告诉我的时候,可真心替你高兴着呢。"

"沈墨告诉你的?"

"每周五都是你俩来我这儿抱香雅集,不是她说还能有谁?"突然,柳青山略带坏笑,神秘兮兮道,"小萧,我咋觉得,沈墨好像对你有点意思。"

萧航知道柳青山是典型的艺术家性格,说话随心所欲,不顾礼法,赶忙打断这个话题:"柳老师,这个玩笑可开不得。据我所知,沈老师有男朋友。"

"哦? 若她真有男朋友,那就更证实了我的判断。"

萧航拿这位老顽童无计可施。

柳青山见萧航不信,继续说道:"我和沈墨的关系似师似父,从她上大一开始,这么多年了,她有什么事儿都愿找我唠叨。可她从来没有跟我聊过一句男朋友,倒是有意无意在我面前经常提到你。"

萧航:"人家沈老师害羞,不愿和你谈及感情的事儿。"

柳青山紧咬不放:"什么意思? 难道你看不上我们沈墨? 觉得她不够好?"

"我没说不好。"萧航慌忙解释,"沈墨人长得漂亮,还有气质,有种艺术范儿,初接触起来,有些距离感,时间长了,才知道她是个外冷内热的冰美人……"

就像电视剧里那么巧,萧航正夸着,沈墨刚好进门,听得真真切切。只要是女人,没有不喜欢听好话的,沈墨也不例外,心里美滋滋,脸上无限娇羞。

萧航转身看到沈墨,也有些慌张失措:"……沈墨……沈老师。"

柳青山一脸坏笑:"沈墨,快进来,小萧正在夸你,来一起听听。小萧,你继续……"

柳大仙,您真是看热闹不嫌事大。

有人听了萧航的"风头"为他开心,有人听了却为他担心。

白莫生听闻自己在校务会上倡导成立的青年教师发展协会被"改名"为青椒会,要说心里没有一丝不舒服,那是骗人。

这就像导师千挑万选几经斟酌后,为学生定了一个论文题目,谁知开题报告时,学生自己重新选了个课题,虽说这是学生的论文由学生做主,但老师心里多少还是有些小失落。

更何况,听完事情的来龙去脉,白莫生心里明白,这是沈净趁自己不在,煽动青年教师们弄的一起小"政变",固然动摇不了自己的领导根基,可也彰显了沈净的运作实力。

领导总希望自己振臂一呼,应者云集,哪怕只是暂时假象,也显得自己威望无边、众望所归。——也是,没了官威,做官还有什么意思?

"萧航这孩子,也真不懂事,你好心为他们青年教师办实事,他怎么就傻得给人家当枪使?"张欣曼有些恨铁不成钢。

白莫生:"这事儿怪不得萧航。他这一路上大学、留学、回大学,还是学生心态,哪里懂得官场。再说,沈净这么多年的道行,稍稍耍个手腕,萧航还不掉进去?"

"这老沈也真是的,这么多年了,明里暗里,图个啥?"

"好了,不提老沈了,背后议论领导同事不太好。不过,萧航那儿需要提个醒,别再糊里糊涂被人利用。"

"对,还有那个沈墨,让他以后少接触。"

"萧航接触什么人,你也管得着?"黄建安有些不耐烦,醋意十足。

康梅也知道自己让黄建安找萧航,教教萧航必要的社会生存之道,别太单纯孩子气,以免吃亏的想法,必定会打翻黄建安的醋缸子。但自从听说了萧航在青椒会上又是改名又是题字,总觉得有种危险在一步步逼近萧航。

自己是萧航的前女友，不方便太过频繁去找萧航聊天。黄建安这些年做生意，对人情世故很是精通，稍作点拨，也许就能帮到萧航，最起码让他对周遭接触之人有些戒备心。

所以，康梅即便知道会让黄建安有所反感，还是忍不住说了自己的想法。

"哎，对了，我就纳闷了。无州大学青年教师开个会，你知道；萧航在会上发了言，你知道；题了字，你也知道。我倒要问问你，公司的会我开得如何，你知不知道？我在生意场上扛着多少困难，你知不知道？我一门心思为这个家赚钱，养活你和你弟弟，你知不知道？"黄建安这何止打翻了醋坛子，活脱脱在醋池子里泡澡。

康梅看着黄建安发际间隐约可见的白头发，也是心疼，这个男人虽不是自己心底最爱，但却值得信赖，自己对他也有一份日久而生之情，不是单纯的感动，是爱情！

更何况，随着年龄的增长，早已过了小女生一生只嫁真爱的梦幻憧憬，知道生活中太多太多的夫妻，虽不是各自对方的第一首选，但也实实在在地过着日子，也幸幸福福地过着一生。

相反，很多恋爱时死去活来山盟海誓的情侣步入婚姻，往日的激情却被柴米油盐冲散得七零八落。

"建安，你对我的好，对小松的好，对这个家的好，我都看在眼里，从不曾忘，也永远不会忘。"

康梅温柔地靠在黄建安肩头，紧紧挽着他的胳膊："我之所以让你点拨点拨萧航，不是心里还有他，而是毕竟老同学一场，再加上康松今天又吵吵着要去镜湖公园玩，喊着一定要叫上萧航哥哥，所以我才让你顺道劝他两句就行。"

有时候，窗户纸不需点破，隔着挺好。

镜湖公园位于市中心，闹中取静，九曲水湖。

今天天特好，康松兴致很高，指东望西，谈天说地。

萧航推着轮椅,与黄建安和康梅说笑慢行。

黄建安也不希望萧航刚到无州大学就惹上麻烦,毕竟当年也算同一个宿舍的好哥们,当然,更不希望好不容易"安插"到教育系统的"销售员"还没为自己拉几笔生意,这条线就寿终正寝。

所以,黄建安绕着圈,转着弯,旁敲侧击,明说暗示,给萧航上起了"社会交往准则"的现场教学课,总结起来,无非一个中心点——不论单位同事好坏与否,领导才是交往的重点!

萧航对黄建安的说辞当然不能苟同,在他看来,人类的社会关系构建既复杂又简单。复杂的是存在着太多的变化组合,而且是非固定易转换的松散结构。简单的是万变不离其宗,都是建立在一个群建基础——契约关系!

父母与子女是建立在血缘上的契约关系,所以有抚养权与赡养权。而领导与下属之间是建立在薪酬上的契约关系,所以有领导权与受薪权。

但这个契约关系仅仅存在于薪酬合同的规定时空内,也就是说,仅限于上班八小时与工作地点之内的服从与被服从。在这个规定时空之外,领导与下属、老板与员工,应该是人格平等的两个独立个体。

所以,工作时间内,对待工作任务,萧航从不马虎,认真尽职。在他看来,好的下属不是开会前替领导把茶泡好,开会中领导讲任何话都带头鼓掌,开会后有事没事找领导汇报学习心得的马屁精,而是有着适当的个体距离,但领导交代的任何工作都绝不拖泥带水、马虎应付,对领导对单位都能做出实质贡献的人。

可惜,萧航这种"处之有度,干之尽力"的行为方式在孟吉凡之类的领导眼里,充其量是个有点能干的局外人!

所以,一路上,萧航只是笑着听着,黄建安越是正儿八经地讲,他就越是牛头不对马嘴地答。有时候更是透着坏劲地"调戏"。

——黄总,你说我要是遇到喜欢听马屁的领导,可我就是不让他有当官的感觉,不想委屈自己,怎么办?

——黄大师,同事里有人就想踩着别人往上爬,我压根没有当官欲,可他总把我当成假想敌怎么办？

——黄专家，你说我也是一辈子几十年，领导也是一辈子几十年，我天天想着让他怎么开心，怎么舒服，而这让我很不舒服，怎么办？

——欧巴黄，我也想送礼，可是贵的我买不起，便宜的领导看不起，给人送礼再送出个领导心里不痛快，是不是更不符合您总结的社交准则？

一开始，黄建安还以为萧航终于开了窍，竟然主动请教，可越听越不对劲，敢情我好心好意点拨你，你丫拿我当猴逗乐呢？

黄建安有些生气，萧航却像当年校园篮球赛后似的，一把搂住他的肩膀，赔着笑脸："哈哈，好了，您老人家别气了，我知道你也是为我好，怕我吃亏，可我就这脾气，人活就这几十年，怎么舒服怎么来吧。"

黄建安拿这位老同学没办法，装作无奈摇摇头："我佛慈悲，本念救人。但是这个妖孽业障太重，算了，每人各有天命，随他去吧。"

说完，两位老友互捶了一下，宛然还是当年球场上长不大的孩子。

萧航："老黄，你知道你什么时候最可爱吗？"

黄建安一脸警惕地瞪着萧航，以他的了解，狗嘴里吐不出象牙。

果然，萧航憋着坏笑说道："你一本正经说瞎话的时候，最可爱！"

滚，去死！

康梅看着这两个在她生命中都很重要的男人相互打闹着，这场景仿佛回到了当年的校园，那时的青春……

"好了，好了，看你们俩，都多大一把年纪了，还像个孩子。"康梅笑着制止这两个在公园"丢人"的家伙，"渴了吧，你们仨在这儿等着，我去给你们买点饮料。"

萧航、黄建安、康松纷纷应和，报着自己想喝的饮料名字。康梅这才想起今天穿的衣服口袋浅，钱包放在黄建安身上，便冲着黄建安伸出手，脱口而出："萧航，我的钱包。"

所有人都愣了！

康松童言无忌："姐，这是建安哥哥。"

康梅当然认得出自己手伸向的是黄建安,可是不知为何脱口而出的竟然是萧航的名字。而这个错误,可能除了还不太懂成人情感的康松外,另外两个当事男性心里都像明镜似的。

黄建安的心开始隐隐作痛,如果说自从萧航回国后,康梅的心有了种种细微变化,可这些都是发生在家里,并未被外人觉察,对于身为男人的黄建安来说,也还能假装看不懂听不见。

但是这次康梅的失态完完全全展现在外人面前,更何况这个外人正是康梅心里挥不去抹不掉的萧航!

萧航的尴尬不亚于黄建安,其实打进镜湖公园那一刻起,尽管康梅装作不经意,可她的眼神却像春花丛中的蝴蝶,忽上忽下,绕来绕去,但却总是围着中意之花,不曾远离,时不时还轻轻落在花蕊之上,传递着柔柔的春意。

平心而论,康梅绝不是那种水性杨花之人,她也已经反复告诫自己,事情都已经过去了五年,萧航有萧航的新生活,自己有自己的小日子。

奈何,感情的事儿又岂能完完全全受理性支配,反复包裹着深埋在内心深处的那缕相思,在萧航尚未回国时还能假装被遗忘,可现在人在眼前,犹如破土而出的嫩芽,虽尚羸弱,却势不可挡。

萧航急中生智,打趣解围:"唉,不是一家人不进一家门,康梅跟着你老黄,看看现在也变成了铁公鸡财迷精,明明是你们一家三口邀请我来公园玩,买个饮料都没忘了让我掏钱,这也太抠了吧。"

大家都是成年人,都有需要化解尴尬的默契,黄建安也接过话口,一边掏出钱包递给康梅,一边说道:"你想得美!要宰你,就几瓶饮料哪够?这次饮料我们请,下次海鲜大餐再宰你!"

康梅接过钱包,逃也似的走开去买饮料,再不走,这种压抑的尴尬已经快要让她窒息。

一辆汽车急匆匆地从康梅身边擦过,差点撞到她,司机急忙一脚刹车,虚惊一场。车窗外,康梅似乎没有停步的意思,摆手做了个抱歉的手势,继续走开。

司机嘴里小声骂着"三字经",重新启动汽车。后排乘客轻声道:"算了,没撞到人,已是万幸!走吧。"

司机冲着车内后视镜恭敬点点头:"是!沈校长!"

无州省书法协会的位置很不错,在市中心镜湖公园里一处静幽之地。

书法协会大门口,孙同泰冲着走下车的沈诤迎了上去。

"沈校长,大家听说您要来开讲座,早早都来等着了。"

"我都说了,以字会友,我今天来,不开讲座,只做交流。"

"您是咱无州省首屈一指的隋唐史专家,全国也是响当当的权威,这次能请你来讲讲《隋唐书法名家的人文精神》,对很多书法爱好者来说,能够更好地理解和领悟隋唐书法流派的精髓。"

"精髓不敢当。不过,《周易·系辞》中有'形而上者谓之道,形而下者谓之器'。技法为器,苦练便可得之,但若想写出几分大家神韵,研道方可。"

孙同泰脸上摆出一副醍醐灌顶的表情,赞许点头:"沈校长,每次我和您聊天,都能学到很多东西。"

沈诤淡然一笑。

说话间,两人已经步入会议厅,讲座听众起立鼓掌。

孙同泰作为省书协主席致了欢迎辞,沈诤稍作客套,便进入正题。史学科班出身,又谈起自己的爱好书法,沈诤的讲座确实让听众耳目一新,啧啧称赞。

台下,孙同泰身旁坐的正是上次碰了一鼻子灰的张立伟,他悄声耳语:"孙院长,合作办学的事儿咱可要抓紧。"

"又心急了,是不是?我上次就告诉你,对待文人领导,要有耐心。"

"我还没有耐心,你说怎么办我就怎么办,只不过,市场就这么大,先入优势很重要,我可听说另外有家机构也在打职业培训这块蛋糕的主意了。"

"放心,找到了突破口,还怕攻不透?"

"上次你分析沈校长现在可能不缺钱,所以咱们一定要找到他缺什么,需要什么,想要什么,才能有的放矢,定点突破……"

"对,你啊,商场上待久了,送礼不是钱就是卡,对那些俗人有用,也有效,可对于沈校长这个层次的文化人,礼物贵贱不再重要,重要的是投其所好不露痕迹。一言以蔽之,送也要送的文化范儿!"

"送礼,还有……文化范儿?"

孙同泰不再理会张立伟,认真听着沈净的讲座,在本子上做着笔记。每当沈净目光扫过,孙同泰更是恰到好处地点头呼应。

台上,沈净神采奕奕,兴致很高……

讲座非常成功!

沈净也暗暗自得,这些年忙于行政,好在专业没有丢。

年轻听众跑来要签名,年长听众围着问问题,沈净很享受这种明星的感觉。

孙同泰拨开人群,挤到沈净身边:"沈校长除了理论上高屋建瓴,书法上也造诣颇深。大家放心,这种理论实践的双重名家,我作为书协主席是不会让他游离在咱们的协会之外,死拉硬拽也要再请沈校长来书协与大家交流。"

孙同泰的身份感把握得非常好,他既是沈净的下属,又是在场听众的主席,若过于阿谀奉承,必会拉低他的主席身份,可若过于拿腔拿调,沈净那里也不好交代。所以,刚才这番话语,分寸有度,不卑不亢。

孙同泰借口还有要事相商,将沈净带离"包围圈",领到了书法协会顶楼一处隐蔽包厢:"沈校长,你也知道,国家现在严查'八项规定',禁止铺张浪费公款吃喝,所以只有委屈你来我们书协的内部食堂,吃顿便饭。"

打开包厢,沈净才知道,这顿便饭可比外面的五星饭店还要上档次多了。不显山露水的包厢门内,装潢、摆设、餐具,样样造价不菲,哪里是什么内部食堂,俨然一座高级会所。

孙同泰这笔账算得精明——用公家钱,结私人缘;凭私人缘,捞公家权!

孙同泰为沈净一一引荐早已候着的同餐人等,最后一位正是张立伟。

"这位是虚山市职业培训学校的张立伟。"

因为上次的不愉快经历，孙同泰故意装作第一次引荐般介绍着张立伟。他很清楚，有些事儿，领导若不愿提及，这事儿就没有发生。

沈诤认出了张立伟，但也默契地跟着孙同泰的节奏，装作第一次相见，微笑与之握手："幸会。"

张立伟急忙点头哈腰，双手恭敬地握住了沈诤的右手，刚想诚心握一握，沈诤立刻就抽出手，在孙同泰的陪同下，主位落座。

张立伟有些茫然，不知沈诤如此态度是否还记怪上次之事，这也正是沈诤想要的效果。可以说，刚才那一握，非常有官场水准，沈诤的手是冷的，脸是热的，匆匆一握，是冷是热，自己琢磨去吧。

对于当官的来说，不让下属轻易猜透心意，可以保护自己；对于下属来说，越琢磨，越没底气！

官威难测，也正如此。

宾主落座，推杯换盏，觥筹交错。

孙同泰此前早已嘱咐过陪酒之人，只谈书法，不聊政事。

众人先是轮流道一番吹捧之词，仿佛沈诤不当书法家，当这无州大学副校长都是一种浪费。紧接着，逐一向沈诤敬酒。

沈诤借口不胜酒力，每次只抿一口。

众人敬完一圈，孙同泰也举杯敬酒："沈校长，占用你的周末休息时间，请你来指导工作，添麻烦了。来，这一杯，敬沈校长对我们工作的大力支持。"

"孙主席劳苦功高，能把咱们无州省的书法协会做成今天这个规模，这种影响，实属不易。王符在《潜夫论》有言，'大人不华，君子务实'。现在像同泰这般敬业实干的人不多了。"

碰杯，一饮而尽。

沈诤前半句故意换了个称呼"孙主席"，是在书法协会这个地盘上，为孙同泰在他的下属面前立威风。后半句又用回了"同泰"二字，既显得亲近，又有领导对下属的俯视之态。一捧一压，尊卑有序。

再加上,和别人碰杯,只抿一口,与孙同泰却破例干杯,给足了面子。

沈诤寥寥几句,一杯薄酒,就将孙同泰收拾得服服帖帖。知识分子当起官来,手腕更胜一筹!

孙同泰自然接收到沈诤抛来的信号,兴致高昂起来,频频举杯。

饭后,孙同泰提出要支付讲座费,沈诤婉拒:"钱就算了。我真心喜爱书法,想要结交些书画朋友,过几年退休后有个去处,有个事做而已。"

孙同泰见状接着说:"非书协会员的外请专家,讲座都按市场定价按劳取酬。既然您想今后有个同道中人好去处,我早就想提了,欢迎沈校长加入我们书法协会,这样一来,讲座就变成内部交流了。"

"书协会员?"突如其来的建议,沈诤也要好好想想。

"不!"孙同泰抛出量身定制的大诱饵,"——名誉主席!"

沈诤当然不会当场答应出任名誉主席,婉拒离开。

孙同泰倒也不出意料,一副胸有成竹的样子。

张立伟想不出其中的奥妙:"孙院长,他已经是手握实权的无州大学副校长,还会在乎书法协会名誉主席的虚职?"

"他在乎的不是官,也不是权。"

"那是什么?"

"名!"

"名?他还缺名?"张立伟开始历数头衔,"无州大学副校长、黄河学者金奖、国家级隋唐史名家、国务院特殊津贴,这还不叫名?"

"这你就不懂了。你刚才所讲的,都是沈诤在专业领域的名,那叫众望所归,对他来说理所当然,别人也不会太吃惊。可若是在专业领域之外取得成就,这不仅是名,更是才!"

张立伟还是没明白,孙同泰用大白话解释道:"这也是为什么有的导演成名了,非要去抢编剧的头衔;有些商人成功了,非要混到咱们协会当书法家。越是成功的人,就越希望在各个领域都能拔尖,越是成功的人,就越在乎名!"

张立伟有些开窍了:"这也是为什么上次我送卡被拒绝后,咱们要缓一缓,寻找另一个突破口。"

"对,人生在世,'名利'二字。"

"可是,他不是拒绝了吗?"

"放心……"孙同泰嘴角划过一丝不易觉察的冷笑,"好戏在后头!"

(八)

一晃这么多天过去了,萧航的课题申请还没有回音,他给无州省社会科学发展基金会写过 E-mail(邮件)询问进展,也是没有反馈。

终于,萧航敲响了沈墨的房门,请她帮忙问问课题申请进展。沈墨这才意识到,自从上次在默守正老师家闹不愉快后,自己已经有阵子没有和胡昊辰联系了。

由于沈墨告诉萧航课题信息时,刻意隐瞒了帮忙之人就是诬告者胡昊辰,所以沈墨也不打算当着萧航的面打电话:"……好吧,你先回去,我问问给你消息。"

沈墨拨通胡昊辰电话,说明来意,胡昊辰原本兴奋的声音消沉下来:"原来又是为了他,你才和我联系。"

沈墨不置可否。

胡昊辰不高兴地说:"萧航的申请材料我已经交上去,能不能批,我可不敢保证。"

沈墨狐疑道:"不对,萧航刚寄申报材料那天,我就问过你,当时你说这个青年资助计划已经没有问题,只要等几天,走走程序就行。"

胡昊辰支支吾吾:"……当时,是没问题……可是,计划赶不上变化……"

沈墨有些预感不妙:"你什么意思?萧航的课题没有获批?"

胡昊辰不愿纠缠:"我就负责送报,审不审批是领导的事儿。"

沈墨只得问道:"哪天公示?"

"下个礼拜,你生日那天。"

生日,是每个女孩子最期待的日子。

春节元旦、端午中秋,恋爱纪念、结婚周年,这些日子虽然喜庆,可要么是庆祝家人团圆,要么是属于两个人的日子,都不如生日这天,只有一个万众瞩目的主角,所有的鲜花都为她一人绽放,所有的祝福都为她一人唱响。

这一天,她就是唯一的小公主!

可对于沈墨来说,自从妈妈几年前去世后,她就再也没有大张旗鼓地庆祝过生日,而是选择与爸爸两个人在家里,为妈妈点上一炷香,静静地庆祝这个原本最应该有母亲在场的日子。

今年的生日本该过得不同,因为有了男朋友,只是沈墨也不知究竟为何,压根没有想要带胡昊辰去见父亲沈净的打算,虽然胡昊辰已经明说暗示过多次,希望能正式公开男友身份。

——是觉得还需要时间继续了解?

——是认为时机尚且不够?

——是已经对胡昊辰没有了感觉?

——是对他的人品开始产生了怀疑?

沈墨也在一遍又一遍地问自己……

最终,沈墨还是没有答应带胡昊辰去拜会"准岳丈",一起吃生日晚宴,而是妥协答允,生日当天与胡昊辰一起吃个午餐,以示庆祝。

胡昊辰一进沈墨宿舍,就看到桌子上的生日蛋糕。

"我昨天专门在网上给你选的,让店家一定要赶在中午 12 点前送到你家。你最喜欢的慕斯蛋糕,喜欢吗?"

沈墨轻轻点点头。

胡昊辰坐到沈墨身边,耍赖笑着想要稍作亲热,被沈墨不露声色地躲开。

"还生我气呢?你也从我的角度想想,我们家无权无势,我这个当哥哥的,吃过没有靠山的亏,还能不替妹妹着想,让她少走点弯路?"

"我们每个人进入象牙塔读书,不仅学知识,更是学做人! 从长远看,真正能让我们少走弯路的是人品,而不是势利圆滑。"

"攀个有门路的导师就是势利圆滑啦? 孔德仁也是正教授,学问不比默守正差。我妹妹一样可以学知识,再加上孔院长门路大、关系广,将来工作不愁,何乐不为?"

沈墨冷冷道:"今天是我的生日,你希望咱们以辩论的方式来庆祝?"

胡昊辰当然也不想再起争执,顺势下坡:"好了,好了,寿星最大。来,许愿吃蛋糕吧。"

沈墨赌气甩开胡昊辰的手:"对了,你不是说我生日这天公布萧航的课题申报结果吗? 怎么样了?"

"……哦……他落选了……"胡昊辰心里泛起一股醋意,"墨墨,你怎么这么关心他的事儿?"

"你还责问我,我还没责问你呢,为什么萧航落选了?"

沈墨与胡昊辰争吵起来,一个说萧航课题一般,没有入选与我无关,一个说你就是嫉妒萧航应聘成功,蓄意破坏;一个说你对别的男人比我还关心,一个说我只是朋友帮忙,看不惯你的势利小气。

你来我往,你言我语,从课题吵到人品,从萧航的事吵到俩人感情,语气越来越强硬,情绪越来越激动……

终于,胡昊辰一拍桌子:"既然你这个态度,我还就告诉你了,萧航的课题本来快批了,是我撤下来,换成某位核心期刊主编的申报材料。人家帮我发论文,我帮人家抢课题,等价交换,天经地义,怎么了?"

这套言论,让沈墨惊呆了。

"这么说,你追我,也是想要和我交换? 你究竟爱上的是我,还是爱上了沈铮副校长的女儿?"

……

沉默!

有时候无言所表达的,比说出来的还要多。

沈墨看着犹豫不语的胡昊辰，她的心像是坠入深不见底的冰窟窿，不停地坠落、坠落、坠落……

"行了，你不用说了，我明白了。"沈墨的心阵阵悸痛。

终于，胡昊辰还是忍不住狡辩起来："墨墨，你不要这么幼稚，我对你的感情，你清楚。我爱上你，就会爱上你的全部，你的优点、你的缺点、你的性格，当然，也会有你的……家庭。"

不觉间，沈墨的眼睛湿润了，她恨自己，恨自己伪装成冰美人，却依然还是无法保护自己。

"你走吧，咱俩都静一静，好好想一想。"

不知过了多久，响起的敲门声才让死寂冰冷的房间泛起一丝生气。沈墨抽张面纸，擦干眼泪，深吸一口气，起身开门。

一本精装的《冈特·兰堡作品集》被举在手中，挡住了来者的面容。

画册，一点点向下滑动，逐渐露出一张阳光俊朗的脸——萧航！

"生日快乐！"萧航调皮笑着，把书递给沈墨。

沈墨有些茫然地接过画册："你？怎么知道我的生日？"

"我也不想知道，"萧航开着玩笑，摆出一副嫌弃倒霉的样子，"谁让咱俩是邻居，谁让今天送蛋糕的小哥按错了我家的门铃，谁让我听你说过最喜欢的设计大师是冈特·兰堡，谁又让我今天刚好有时间去学校书店，而书店里刚好又有这本作品集呢？"

我说过喜欢冈特·兰堡？哦，对了，上次青年教师大会上等吃饭时，坐在饭桌旁闲聊过。沈墨仔细搜索着记忆，终于想起有这么回事儿。

不过，我随口说的一句话，他竟然这么有心记得了？沈墨内心最柔软的地方涌起一丝甜甜的暖流，恰似一池春水被调皮的蜻蜓轻轻划过，浅波涟漪，虽只是勉强隐约可见，却也算留下痕迹，回味悠远……

萧航收起玩世不恭的表情，一脸诚恳："今天临时才知道你的生日，来不及买正式礼物，就去书店给你买了这本画册，希望你能喜欢。"

"我很喜欢，谢谢你。"

"那好……"萧航转身走向自己家门,"我没别的事儿,不打搅你过生日了。"

"不要走,陪陪我!"沈墨的脑子里突然冒出这个声音,双颊绯红,我这是怎么了?怎么会有这个念头?

几秒钟,就这短短的几秒钟,沈墨的心速快得让人眩晕,似乎在一种缺氧的压力感下,沈墨都不知道自己究竟说了什么——"不介意的话,耽误你几分钟,进屋吃块生日蛋糕吧。"

蛋糕吃了不止一块,同样,萧航待了也不止几分钟。

也许是刚才与男友的争吵让沈墨有些脆弱,需要人安慰;也许生日的氛围不希望一个人单独感受,需要人陪伴;也许美人冰封,需要人倾诉;也许知音难觅,聊得确实开心……

原因不重要,过程很美妙。

沈墨与萧航吃着蛋糕,喝着红酒,第一次如此放松地聊着……

都说,谈话是一门艺术,其实,倾听更是一门艺术!

倾听者不仅需要有耐心、有诚意,还要有品位、有共鸣。

萧航是个绝佳的倾听者,至少沈墨这么认为。

整个谈话中,萧航绅士地让沈墨掌握着主动与节奏,却又经常在需要共鸣的点上,用恰到好处的微笑、点头、眼神、肢体,无声却又胜似有声地表达着赞同、认可、支持、鼓励……

一切都是那么自然,不做作,宛如一泓清泉缓缓地滋润着干涸的泥土,潺潺地渗入地表深处。

这一切,对女人的吸引力是致命的。

一瞬间,连沈墨都开始怀疑,自己这么关心萧航的课题申报,究竟是不是仅仅同事互助这么简单?

想至此,沈墨羞羞地笑了。

酒后的双颊,柔媚红润,顾盼生情……

沈墨醉了,萧航也看醉了。

房间里静静流淌着一种情绪,让人怦然心跳,让人难以自持……

电话铃响。

一切情绪戛然而止,尴尬突然不期而至。

沈墨接听电话,萧航也急忙装作若无其事的样子,四下张望。

看来电视剧也不是瞎编,关键时刻确实总有电话响起。萧航暗自调侃着。

电话里,是沈诤的声音。

今天是宝贝女儿的生日,沈诤早早就准备好了一个惊喜,听闻女儿最崇拜的设计师作品展在本市举办,托人弄了两张门票,准备先下午带女儿看展览,然后晚上一起吃个生日餐。可是,计划赶不上变化。

"……爸爸现在开校长会,确实走不开。要不,你找个人先陪你看展览,等我开完会,你随便挑个地儿,请你吃大餐。"沈诤在电话那头一个劲儿道歉,担心女儿不开心。

谁知,沈墨痛快地答应了:"好的,你派个人把设计作品展的票送来吧。"

挂上电话,沈墨问萧航:"猜猜看,谁的作品展?"

忽地一问,萧航有些蒙。

"猜不出来吧?"冰美人瞬间变身为小女生。

突然,萧航脑洞大开,指着桌上那本《冈特·兰堡作品集》:

"他?"

"他!"

两个人异口同声,会心大笑。

沈诤纳闷,平日里有点任性的小公主女儿今天如此懂事开明?

来不及深想,快步回到了会议室。

书记李庆丰、校长白莫生、新任副校长刘敬业,还有诸如组织部长等一些相关人员,在会议室里等着沈诤回来。

这规格,讨论的一定是大事——校长助理的公开选拔!

会议围绕着如何公平、公开、公正地开展选拔工作进行，就准备颁布的选拔公告认真讨论，逐条商议确定了指导思想、竞聘条件、竞聘资格、选聘程序、时间安排、注意事项、资格审查、竞聘答辩、人选考察等诸多事项。

开会这种事，三分之一大道理，三分之一扯关系，最后三分之一才能聊问题。

而且，怎么聊，也是门学问。通常来讲，小问题会上谈，大问题私下谈，重大问题单独谈。

所以，这些事项其实已经在几位校长内部沟通过，达成了一定程度的共识，会议进展得还算顺利。只是谁也没有想到，99%的事项都已谈妥，只此一项"竞聘资格的学历要求"又再次激起了白莫生与沈诤两位校长的明争暗斗。

本来，校组织部草拟的竞聘资格第一条为"应具有博士学位、正高级专业技术职务，且有较丰富的党政管理经验"。

沈诤在会上临时提出，是否可以加上"一般"两个字，改为"一般应具有博士学位、正高级专业技术职务，且有较丰富的党政管理经验"。

两字之差，奥妙无穷。

白莫生在官场上沉浸多年，明眼一看，就洞悉沈诤此举是为了只有硕士学位的艺术学院院长孙同泰，而沈、孙二人最近的频繁接触，也早被白莫生尽收眼中。

白莫生坚持原来的版本，认为国家的高校发展战略表明，现代化大学需要高学历人才在领导岗位上的发挥作用。当然了，他并非支持唯学历论，但毕竟校长助理一职还是需要从门槛设置上就能起到有效筛选的作用。

沈诤则力推新版本，认为很多优秀的院系领导由于历史原因或学科特点，在当年的求学过程中没有取得博士学位，但却具有博士水平，不能仅仅因为一张学历，就草率地将一大批优秀人才拒之门外。

白莫生使了个眼色，组织部长以一种汇报数据的姿态讲出，由于无州大学的一流大学地位，全校院系领导和具有两个正处级岗位工作经历的专职管理干部们基本都有博士学位，只有艺术学院院长孙同泰一人是硕士学位。

　　言下之意很明显,你沈诤如此争取,说穿了,只不过为了一个人的利益罢了。

　　既然话已经说到这儿,沈诤也索性就事论事,谈了对孙同泰学历的看法:"有些学科,比如艺术学院的某些表演专业,压根就没有博士学位,最高也就是硕士学位。也就是说,即使你的专业素养再高,从学历教育上来说,也只能是个硕士,若想获取博士文凭,必须考取相关的艺术史学专业。而我校艺术学院很多专业从事各类表演艺术的知名教授们,早就是国内顶尖的艺术家,在国内外都很有学术声望,你能说他们仅仅因为学科尚无博士学位的原因,就低人一等,将他们的业务水平按照硕士或本科来算?"

　　组织部长默不作声,他对沈诤所言太过清楚,因为他爱人就是音乐学院的古筝教授,也是国内众多顶级专业大赛的评委级人物,但他爱人所学"古筝演奏专业"别说在无州大学,就是在全国的九大专业音乐学院也是没有博士学位点。

　　"这些数据,证明了我们无州大学在人才建设上取得的卓越成就,但并不能成为个别教职工受到不公平待遇的说辞。哪怕只有一位同志,只要他足够优秀,就不应该从门槛外就丧失了公平竞争的机会!"沈诤毫不示弱,夹枪带棒,"更何况,组织部长在草拟文件时,如此设定门槛标准,我们在座各位知道你是尽心公事,一心为校,可其他老师会不会误解此举有故意打压同事之嫌呢?"

　　沈诤一副为组织部长鸣不平的假模样,实则将炮火引到组织部长身上,指桑骂槐,让白莫生吃个哑巴亏。

　　白莫生也不客气:"门槛就是为了筛选,不能因为筛选掉了谁,就说是打压谁!再说,我们要相信我们的老师,都是受过高等教育的知识分子,这些事理他们还分得明白。"

　　谁都听得出,白校长这是指责沈诤不明事理。

　　会议室的火药味越来越浓,众人只能装作记笔记或低头沉思,不敢正视剑拔弩张的两位校长。

　　最终,李庆丰书记发话了:"两位校长讲得都有道理,从不同的角度让本次校长助理选拔活动更加完善与合理。"

李书记故意顿了顿,环顾众人,尤其看了眼白、沈二人的反应,接着说道:"我看这样吧,加上'一般'两个字,适当放宽竞聘范围。但在筛选过程中,向具有博士学位的竞聘者着重倾斜,加权分值高些嘛!"

一锤定音!

冈特·兰堡设计展,人头攒动,专家云集。

萧航对书法有研究,对艺术设计却知之甚少,科班出身的沈墨对他很有耐心,从立意到构图,从理念到技巧,尽心讲解。

好在萧航有着敏锐的艺术灵性,不仅很快就明白了设计的创意所在,还能触类旁通,从书法艺术的角度找到与之相同的共通点,反过来给沈墨讲解中西艺术、传统现代的区别与联系——这就是"营养型男生"的魅力!

聪明人之间的对话,永远充满着愉悦与舒适。

两个有品位的聪明人,谈话间更是充盈着灵魂的默契与吸引。

更何况,帅哥美女,情愫暗生……

一切尽在话语间,一切又尽在不言中!

可……刚刚弥漫在二人之间的小感觉,就被不识相的电视台记者活生生掐断了。

一位美女主持带着一名摄像来到沈墨与萧航面前,自我介绍:"我们是无州电视台的记者,正在为本次冈特·兰堡设计展做专题报道,能对二位做个简单的采访吗?"

话音刚落,美女主持的话筒已经伸到沈墨嘴边,摄像师肩扛的"大炮筒"也闪着录制的信号灯瞄准了沈墨和萧航。

沈墨看着美女主持,似笑非笑:"可以啊,能够得到美女主持的采访,不胜荣幸。"

萧航纳闷地将眉头微微一皱,不对啊,就算是沈墨心理素质好,不像第一次接受电视采访的人们有些怵摄像机镜头,但刚才这句话,多少也有些不庄重。

谁知，美女主持也不见怪，随手一转，将话筒伸到了萧航嘴边："请问，你和你身边这位美女是情侣关系吗？"

萧航傻了！

他好歹也算是见过世面之人，当年留学期间，在英国华人圈也算是小有名气，多次接受新闻媒体采访，甚至有次面对 BBC 的电视访谈，用英语也能谈笑风生。按理说，今天这种新闻报道的随机采访压根不算事儿，可这位美女主持的问题也太过冒失，太过……八卦了吧？！

萧航还迷迷糊糊状况外，只见沈墨竟然笑着，右手握成小粉拳轻轻打了下美女主持："你这八婆，又不着调，是不是？"

美女主持咯咯直乐，示意摄像师暂停录制工作后，笑着说道："我八婆？你沈大美人大前天才和我一起逛完街，怎么身边有个这么俊朗的帅哥竟然一个字都没提啊？"

萧航这才恍然大悟，敢情沈墨这是碰到熟人了。

"你别瞎说，人家是我同事。"沈墨红着脸，又掐了一下美女主持，这才给萧航介绍起来，"这是萧航，无州大学管理学院的海归老师。这是舒雅，无州电视台的当家花旦，也是我贪吃好睡花痴八卦的不靠谱闺蜜。"

萧航非常绅士地主动伸手："你好，很高兴认识你。"

舒雅与萧航握手，嘴里却对沈墨不依不饶："沈大美女，当着帅哥的面，故意损闺蜜，这可不地道哟。是不是怕我给你抢跑了？"

妈妈咪呀，我这才出国几年，怎么现在国内女人说话比男人还生猛，怪不得网络上都说，现如今是女人撩汉的时代了？

萧航只敢心里嘀咕，他知道，两个闺蜜斗嘴，自己怎么插嘴都是错。更何况，自己现在是她们斗嘴的"受撩小宠物"。

"好了好了，大庭广众之下，别不着调。"沈墨可没有舒雅这么放得开，不愿继续在这个话题上斗嘴，也或说，她不希望别人拿萧航开涮？！

舒雅这才松开萧航的手："今儿你生日，我前两天约你都约不到，怎么想起来看设计展了？而且还多了个护花使者，你说我怎能不多想？"

"唉……说来话长，下次咱俩约饭，我再慢慢给你说。"沈墨似乎有难言之隐。

舒雅看出沈墨的不方便,好闺蜜也知道分寸火候,不再打趣,也是正经起来,正式邀请沈墨帮忙给录个小段采访:"墨墨,你是专业学设计的,我采下你,帮我留点素材,回去也好剪辑。"

舒雅一个手势,摄像师重新开机,正式采访。

萧航站在一旁,自觉拉开点距离,避开镜头。正在百无聊赖,突然听到有人跟自己打招呼:"小萧,你怎么在这儿?"

萧航没想到会在此遇到张欣曼,转念一想,张阿姨在艺术学院讲授视觉传达专业,名列世界三大平面设计师的冈特·兰堡作品展,怎么会少了她的身影。

"张阿姨好。"不知为何,萧航像逃课被抓的小学生一样,有些尴尬。

张欣曼冷不防看到刚刚录完采访的沈墨,有些诧异。

沈墨倒是大大方方打起招呼:"张老师,您也来了。"

虽然白、沈两位校长心有嫌隙,但张欣曼与沈墨同在艺术学院,当年也曾师生一场,现在又是同事,低头不见抬头见,张欣曼也面露和气之色:"小沈,你带萧航来的?"

沈墨看着萧航的窘态,心中暗笑,看你整日神采飞扬,也有今天。

女人就是这样,喜欢了,你的狼狈也是种可爱!

沈墨知道萧航与白莫生的关系,善解人意地为萧航遮掩:"刚巧这边碰到的。"

萧航不想说谎,也不敢说实话,只能支支吾吾:"……嗯……我……就您一个人来的? 白校长和泓涵没来?"

萧航现在这个样子,在张欣曼眼里是做贼心虚,在沈墨眼中却是傻萌傻萌!

张欣曼是过来人,眼里都看着呢:"他们父子俩,闲情雅致上和你都没法比,管理学院的大才子对平面设计感兴趣,看来也分人哪。"

这句"也分人",如何理解,那可是妙不可言。

——管理学院的教师普遍对艺术不感兴趣,萧航感兴趣,分人!

——白氏父子对艺术不感兴趣,萧航感兴趣,分人!

——萧航本来对设计无感,之所以今天看展览,是因为沈墨,也是一种分人!

张欣曼是文化人,一句话的层次感绝对是越品越有趣。

萧航不傻,鼻尖上隐约已薄汗一层。

幸好,舒雅发现了无州设计界大名人张欣曼,直接蹭了过来:"张老师,请问您对今天的设计展怎么看……"

淅淅沥沥,雨点开始敲打着展厅的玻璃。

参观者听闻雨声,纷纷陆续离场。沈墨却依然流连每幅作品前,静观细赏,萧航非常绅士地陪在左右,没有任何催促与不耐烦。

展厅里,参观者越来越少,展厅外,雨越下越大。

沈墨礼貌征求萧航的意见:"雨下大了,你想早点回去吗?"

萧航看得出,沈墨此问是出于礼貌,不愿耽误萧航,但其内心依然还想继续参观,便微微一笑:"雨下大了,人少了,岂不正是静心赏画的好意境?"

一句话,二人懂……

沈墨也纳闷,自己与萧航认识并不算久,为何很多想法上却如此默契。

萧航又绅士地补了一句:"反正咱俩没带伞,一边赏画,一边等雨停,多好!"

沈墨知道,萧航这句话,是为了让她可以继续慢慢安心地赏画的!

可是,天不遂人愿,雨却越下越大,像是天河决了个口子。

"都怪我,非要继续看展览,早走雨还没有这么大。"沈墨与萧航并肩站在展厅门檐下,眼前是一幕磅礴雨帘。

"怪你? 我感谢你还来不及呢。"萧航一副若无其事的样子。

"感谢我?"

"对啊。"萧航顽皮地笑了笑,"大学时读过明代李攀龙的一句诗,'雷声千嶂落,雨色万峰来',当时觉得诗人的语言也太过夸张,雷声再响,能像千座高峰倒塌?暴雨再大,能像万座山峰迎面扑来?今天这暴雨,我亲眼见了,信了!"

沈墨勉强一笑,这家伙,被大雨困着,还有心思开玩笑。念想过后,一丝感动,没想到他还是个暖男——英伦范儿的绅士暖男!

沈墨再次在手机的滴滴打车软件上下单,奈何雨太大,不知是信号不好,还是私车司机都堵在暴雨路上,还是没有人接单。

"不急,我瞅着门外,要是有空出租车经过,一定拿下。"萧航说完,自己也觉得这个安慰毫无意义,这么大的雨,但凡有辆空车,也早就被人抢了。

正在发愁,沈诤打来电话,询问女儿的位置,得知还在展厅后,有些着急:"你还没回来啊?外面下大暴雨,你不知道?"

"我知道,所以在展厅里等雨停。"

"今晚强降雨,一时半会儿停不了。现在是下班点,展览馆那个地段,肯定打不到车,你等着,我去接你。"

此刻的沈诤,不再是一校之长,只是一位担心女儿淋雨的父亲。

沈诤的车开到展览馆门口,沈墨与萧航冲出展厅,冒着大雨,朝车跑去。

"沈校长好。"萧航打声招呼。

沈诤这才看清与女儿一起上车之人是位青年男子。

这人是谁?怎么有些脸熟?

"爸爸,你不记得了?"沈墨在父亲面前就是撒娇小女生,打趣着从嘴中蹦出三个字:青——椒——会!

一经提示,沈诤立马想起此人叫萧航,但嘴上依旧故意说道:"青椒会?那么多年轻老师,我还真一时半会儿记不起来……"

有时候,领导记住下属名字,下属会感恩戴德;有时候,领导故意不记得下属名字,是让下属心中不要骄傲,你并没有那么出色,也不是很重要。

这种有意的忽视或遗忘,对下属而言,是种心理压力,也是种有效的鞭策。既然我在领导眼里没留下印象,只能说明我还没有崭露头角,我一定要继续好好干,加油干,卖命干!

而沈峥今天之所以故意为之,还真不是出于领导的驾驭之术,而是为了保护女儿。不论这个萧航出于何种目的接近沈墨,从一开始就要给他点距离感。

沈墨见提示没有起到作用,只好直说:"萧航。起名字写书法的那个。"

"哦,他呀。"沈峥这才装作恍然大悟,随口轻描淡写答了一句,语气中透露着不以为然。

随后的车程里,沈墨兴奋地讲着作品展的感悟与收获,沈峥静静听着,没有说话,更没有主动与萧航有所交流。

终于,车子驶入无州大学,雨也稍微小了点。

校园里的道路都不很宽,两旁栽树,有静幽之感。可这下雨天,路人打伞,左右一挤,就显得有些狭窄。

迎面开来一辆车,头顶头僵在路上。对面车似乎认出了沈峥的车,主动靠边,让沈峥先过。

两车贴得很近,擦肩而过。对面的车摇下车窗,孟吉凡热情打招呼:"沈校长,这么大的雨,刚回来?"

沈峥:"嗯。"

透过沈峥摇下的车窗缝,孟吉凡猛然看到沈峥后排车座上坐着一个人,有些面熟……

什么? 萧航??

（九）

车子继续前行,来到岔路口,左边是教师公寓,右边是回校长家的路。

沈峥丝毫没有征求萧航在哪儿下车的样子,俨然车内压根没有此人,只是冲着女儿说道:"墨墨,你就别回宿舍了,直接跟我回家,给你买了蛋糕。"

"好。不过萧航住教师公寓,要不爸爸你拐一下,送送他,你看外面这雨……"

　　沈诤对沈墨的提议没有任何回应,只是继续不紧不慢地开着车。

　　萧航没等沈墨说完,主动说道:"谢谢沈校长。这儿离宿舍就两步远,我就这里下车,不耽误你们直着开回家了。"

　　沈诤依旧没有回应,似乎早就料到萧航会有此一说。

　　沈墨却不放心地瞅了瞅车窗外,虽不是暴雨如注,也是大雨倾盆,低声喊了声"爸",想着一脚油门的事儿,为何不再送萧航一程?

　　沈诤不置可否,脚下已经踩了刹车。

　　"不用了,没关系,已经太麻烦沈校长了,谢谢。"萧航也有些尴尬,匆匆喊了声,便开门下车,用手遮着头,一路小跑朝教师宿舍冲去。

　　汽车启动,沈墨看着车窗外朦胧雨帘中逐渐消失的萧航,噘着嘴,质问爸爸为何如此不通人情。

　　沈诤终于开了口:"墨墨,别忘了,我是你爸爸,也是无州大学副校长。刚才电话里你也不告诉我还有旁人,我就直接开车来接你,这对萧航来说,顺风车已是福利,若我这个副校长再专车送他到家门口,你觉得好吗?"

　　沈诤的语气有些严厉,沈墨更是委屈:"副校长怎么了? 副校长就不能关心青年教师,帮助青年教师?"

　　"这丫头,我是你爸,你当然能随口说出副校长怎么了。"看来,我平日里对她确实太宠了,沈诤心里想着,无奈地摇摇头,"不说副校长,以你爸爸的身份问问你,这个萧航怎么和你在一起?"

　　"因为你啊?"

　　"我?"

　　"对啊,你开会不能陪我,给我两张票,他刚好在陪我吃蛋糕,我就邀请他一起去看展览了。"

　　"陪你吃蛋糕?"

　　"爸,你怎么像个侦探似的? 他是我邻居,知道我今天生日,好意送我生日礼物,我能不回请一下吗?"

　　沈诤也暗自好笑,自己真的老了,老得像天下的老爷子老太太一样,整天疑神疑鬼,又想女儿早日找个依靠,又整天疑神疑鬼担心女儿受骗上当。

"那他为何不自己先走？是不是想通过你来认识我？"沈净还是不放心。

"通过我，认识你？"沈墨听出沈净的疑虑，更是着急替萧航解释，"人家萧航听说沈校长要来接女儿，压根就没想坐您这车。无奈没有出租，打车软件也没车接单，左等右等，您老人家的车子到了，我死拉硬拽，人家这才同意上了你的车。"

突然，沈净暂时沉默起来，出神地开着车，似乎努力在脑海记忆中搜索着什么："……萧航？……是不是刚开学就传闻靠着白莫生的裙带关系招聘入职的那个萧航？"

唉，这个胡昊辰，可真干了件缺德事，把萧航给坑惨了。沈墨越想越觉得对不住萧航，斩钉截铁地盯着沈净说："对，就是那个萧航。不过，我——你女儿——沈墨，可以打包票，他是被人诬告。虽然他和白校长有些认识，但人家确实是凭真本事进来的。"

和白莫生认识？

沈净若有所思，仿佛有了心事……

张欣曼心里可永远藏不住事儿。

一坐上饭桌，就给白莫生讲起了今日见闻，语气腔调，话里话外，仿佛将萧航与沈墨在冈特·兰堡作品展当场"捉奸"一般。

女人喜欢议论小道消息，和大教授身份无关，与艺术家身份无关，只跟永葆青春的八卦心有关，当然，有时候，这也是女人的可爱之处。

她们真实地活着，为自己，也为别人。

"……我就是担心，小萧被沈墨利用了。"

"小萧喜爱书法，对其他艺术门类也发生兴趣，去看了场设计展，不足为怪。你别一惊一乍的。"

"知道我们艺术家最厉害的是什么吗？"张欣曼不服气，指着自己的眼睛，半开玩笑半认真地挑衅着白莫生，"是这双善于观察生活的眼睛！你没看到萧航与沈墨在一起的那种感觉，我敢打包票，绝没有普通同事这么简单。"

"这和艺术家有什么关系？和善于观察生活的眼睛有什么关系？只要是个女人，都非常善于发现潜伏在身边、小区内、同事中的各种男女恋情。"白莫生在老婆面前，也不是主席台上正襟危坐的白校长，"再说了，就算关系不一般，你我又不是萧航的父母，更不是他监护人，没必要指手画脚。"

"我不是反对小萧谈恋爱，而是反对小萧和沈墨谈恋爱。不是说沈墨这个女孩不好，而是因为她是沈净的女儿。"

"平心而论，沈净在专业上、学识上、能力上，都对得起教授、专家、校长的头衔，至于其他的事儿，你不要掺和进来，更不要把萧航也掺和进来。"

"萧航是挺优秀，可是海归博士在我们无州大学比比皆是。副校长的女儿这么主动帮他申报课题，带他参加展览，你不觉得奇怪吗？"

张欣曼的头顶仿佛伸出一条长长的侦探触角，试图接收着任何蛛丝马迹中的可疑信号。

白莫生苦笑摇头："学校保卫处招人，您要不去应聘？"

蛋糕上，烛光荧荧点点，映照着沈墨正在闭目许愿的脸颊，一种朦胧之美。

沈墨吹灭蜡烛，开了灯，才看到桌上除了生日蛋糕外，还立着一个相框。照片上是一位三十岁左右的女人，从相纸的色泽与图片的色彩来看，应该是多年以前的旧照，而从沈墨与相片女人的相似度来看，不难判断，这是她的妈妈。

果然，沈墨对着相片喃喃自语："妈妈，你放心，你的女儿又长大一岁，我和爸爸都好好的，我也会替你照顾他。"

说完，沈墨拿起刀，像每年的惯例一样，先给妈妈切了一块，放到了相框前。

沈净没有说话，眼圈却已经微微泛红……

沈墨又切了一块，递给沈净："爸，我知道你所做的一切都是为我好。但是，今天我又长大了一岁，请你放心，我能分清好人坏人，也会保护自己。"

沈净没有接过蛋糕，而是轻轻将女儿搂入怀中，瞬间，沈墨的眼中也泛起了晶莹的泪光,她知道,子女再大,在父母眼里也永远就是当年那个毛头小丫头。

父爱相比于母爱,还是内敛许多。沈净控制着自己的情绪,接过蛋糕,与女儿并排坐到客厅沙发上,看着电视,聊着天,试图不要让思念亡妻的情绪破坏了女儿生日的欢快气氛。

电视里正放着无州新闻,说来也巧,正好是冈特·兰堡作品展的现场报道。舒雅不愧是好闺蜜,随机采访只剪辑保留了两名现场观众的素材片段,一位是张欣曼,另一位就是沈墨。

电视里,沈墨青春靓丽,气质优雅,与记者的问答之间,举重若轻,言之有物,既不张狂,也不流俗,处处彰显着才女的艺术气质。

"瞧瞧,这小美女,不知道是谁家的女儿,怎么培养得这么好?"在家里,没有沈净副校长,只有为子女自豪荣耀的嘚瑟老爸。

"哈啰,老沈同志,夸别人就好好夸,态度要端正,主题要鲜明,不带这么藏着私,捎带着把自己也吹捧两句的。"

"你是我的丫头,你好就是我好,到哪儿说破天也都是这个理。"沈净故意开着玩笑,调节着气氛。

电视中,观众采访环节已经结束,紧随其后的是一些设计展现场的全景镜头,配以解说员的宏观播报。也许是舒雅出于对闺蜜的私心,也或者是沈墨与萧航的组合确实养眼,反正全景镜头中,多次出现了沈墨与萧航并肩而立,驻足品谈的画面。画面中,二人时而侧耳交谈,时而会心一笑,若不是本期新闻报道的主题是设计展,电视观众们还以为是一对郎才女貌的小情侣的爱情片呢。

沈净当然也是众多电视观众中的一员,相同的观感不言而喻,就连沈墨自己看了,在心里也把舒雅撕了个稀巴烂,这八婆,是真缺心眼,还是二乎乎,怎样剪辑不行,偏偏盯着我和萧航的镜头不放?这下老爸看了,还能不多想?

沈墨偷偷用眼角余光瞟了眼沈净,做了他将近三十年的女儿了,一看就知道沈净心里已经落下了刺。

心里落下刺的,不止沈净,还有——胡昊辰!

胡昊辰在家正一个人吃着饭,有一搭没一搭地看着电视,心里还盘算着今天在沈墨住所闹的不愉快,本来还在反思自己是不是太过敏感,明明知道沈墨是个外冷内热的冰美人,心地善良的她帮一帮萧航,也不算什么大事,结果自己还把她的生日午宴弄个不欢而散。正琢磨着要不要赶紧打个电话,给沈墨道歉,电视里却出现了萧航和沈墨的"恩爱"镜头。

于是,胡昊辰确实赶紧给沈墨打了电话,但却不是道歉,而是质问!

"你是我女朋友,今天我约你,你说没空,只留给我中午那么一点时间,找你吃个蛋糕。可约这个萧航,你倒有的是空?!"

电话里,胡昊辰的声音有着些许的狂躁,连坐在沈墨身旁的沈净都能隔着手机隐约听到男声的嘶吼。

沈墨只得起身离开客厅,拿着手机来到露台:"我没有主动约萧航,是你走后,阴差阳错,赶巧了而已。"

沈墨还是一如既往的冷傲式优雅,她绝不会和胡昊辰隔着电话如同市井泼妇般对吵,语气平静,音调不高,但话语之间的那份不容玷污的高冷气息穿过电话线,让胡昊辰不由得打了个冷战。

"赶巧了?"胡昊辰还在气头上,"就算赶巧遇到,可你看电视里你俩站在一起的画面,有说有笑,神采奕奕,是不是很般配?"

这是胡昊辰的一句气话,却实实在在撬开了沈墨从未深究的一片思绪,是啊,刚才看电视画面,似乎我和萧航站在一起还真有点儿配!

天哪,我怎么会有这个想法!!

难道我和他真的般配?

女人就是这样,思绪一旦开了口子,瞬间就变身导演,各种剧情在脑海里来回推演,各种不可能也就顺理成章变成了各种可能!

当晚,沈墨失眠了……

失眠的,还有康梅!

夜色沉寂，星光稀疏。康梅默默伫立在卧室的大落地窗旁，出神地看着楼下街道上依旧来来往往的车辆，从远处夜色中缓缓驶来，又无声滑行着，消失在前方的茫茫夜色之中，像是一张看不见真容的吞噬之口，深不见底……

这么晚了，每辆车里的人们都还在为各自不易的生活忙碌打拼？

抑或是，每个疲惫身心的都市人坐在方向盘后，驶向家中那扇守候的房门？

无人应答，康梅耳边只有黄建安沉重而又悠长的醉酒酣睡声。

车灯流淌，划出一道道细细蜿蜒的光弧，像是一条冷漠无息的束带，缠绕着这座无眠的都市。

这不是黄建安第一次喝得这么醉，却是他第一次这么伤康梅的心。

今天，黄建安又是忙完了一天的商场应酬，一身酒气，醉醺醺地回到了家。康梅也像每个等他归来的夜晚一样，为他准备了醒酒茶，帮他脱去外套，扶着他送到了卧室床上。

同样，康梅也像每次照顾完他之后一样，说了句磨破耳朵茧子的老生常谈："唉，给你说了多少遍，这种酒局能少去就少去，能少喝就少喝，身体最重要。"

谁知，黄建安这次并没有像往日那般敷衍赔礼，说着"放心吧，下次肯定不喝"的话哄骗康梅，而是莫名一句气话戗起声来。

"身体重要？你知不知道，对于男人什么最重要？不是身体，是——面子！"

面子？

为了面子就要逞能，不能喝也要继续傻拼？

"我说的面子，不是逞能拼酒，那不叫面子，叫应酬。"黄建安的嘴皮在酒精的作用下，不是很利索，但还是一副要和康梅掰饬清楚的架势。

"我说的面子，是男人的尊严，是男人在自己心爱女人心中的地位！"

康梅知道，自从萧航回国，黄建安就被一种说不出口的不安全感包裹着。而这种不安全感，责任不在黄建安胡思乱想，而是她的种种无心之失。

康梅心底隐隐自责,默默蹲在床边,手指温柔地轻抚着黄建安的头发,安慰着他:"傻瓜,你在我心中,最重要!"

"少来!我没醉,我也不傻。你知道今儿酒局上咱班那个碎嘴子老方也去了,你说他算什么东西,连他现在都敢借着碰酒的机会挤对我,说我一定要抓紧时间干票大生意,赚多多的钱,这样才能和萧航勉强有一拼,这样才能在你康梅面前树立起男人的光辉形象。不然的话,萧航这一回国,我这几年的心血肯定只会来个鸡飞蛋打,竹篮打水一场空……"

黄建安还在酒劲中,说到愤然处,猛地一抬胳膊,重重挡开了康梅的手。

康梅没个提防,一个重心后仰,坐在了地上。好在刚才蹲在床边,虽然摔了个屁蹾,倒也没有伤到。

"建安,老方你还不知道,他这人最见不得别人好,嘴里有哪句正经话?"

康梅重新起身,坐到床沿。

"建安,你若是不放心,咱们……结婚吧。"

"结婚?结什么婚?我黄建安要是想娶那个女人,是要这个女人真心爱我,而不是同情我、可怜我,才和我结婚。"

"你想多了,我是真心爱你,想和你过一辈子。"

"你想了?我现在倒不想了!"

黄建安不知说的是气话还是酒话,反正让康梅心中一凉。其实,对于康梅来说,这些年黄建安一直尽心照顾着自己和弟弟,但是却总也不开口求婚,这也是她现在这个不尴不尬年纪的一桩心事。

她曾经旁敲侧击地问过黄建安这个话题,按照黄建安的说法,刚谈恋爱的时候,他的事业还不稳定,没钱结婚。后来事业开始有序发展,却没时间结婚。这其实也是许多都市男女的切肤之痛,就这么耽搁着最终给耽误了。

可是,这一年来,黄建安的生意开始逐步有些起色,虽然不算实力雄厚的大公司,但也是殷实富足的小老板。康梅原本盼望着早点正式组建家庭,而黄建安却开始一而再,再而三地逃避这个话题。

有些感情,早步入家庭,这个婚也就结了;而有些感情,慢慢地,激情也就没了。不知不觉间,少了激情却有了亲情的两个人面临着尴尬的两难境地:往前一步,心不愿;往后一步,心不甘。

康梅终于忍不住,追问着:"你是不爱我了吗?"

"爱?"黄建安酒话说痛快了,现在已经有些昏昏欲睡,"也许,从一开始我就不该爱你。从一开始,咱们仨就都错了。"

"你这话什么意思?"康梅感到一种无助的坠落,像窗外的黑夜一般,无声地可怕。她紧紧抓住黄建安的胳膊,似乎只有这样,才能不被吞噬。

"走开!"黄建安再次胳膊猛地一挥,将康梅从床沿边甩推到地上。

这一次,康梅没有那么幸运,一种疼痛穿刺全身。

黄建安翻了个身,竟然在酒劲中睡了过去。

半晌,康梅默默起身,床上的男人已然鼾声阵阵,她轻轻拉开了厚重的窗幔,伫立窗前,浑然不觉胳膊肘被磕破,鲜血一滴滴落在了地板之上。

无声,如这黑夜一般……

公开选拔校长助理的公告,已经派到各个院系。

孟吉凡看着案头的公告文件,战斗终于要打响了。

这次的院长助理选拔非同一般,等明年的校长换届后,说不定能直接随着校领导班子整体调整,自动升级半格,晋级副校长职位。

萧航敲门进来找孟院长签字,孟吉凡迅速关闭了电脑里正在填写的竞聘材料。

"萧老师,听说你申请了省社科发展基金会的青年学者计划项目?"孟吉凡如春风般和蔼。

"对!"萧航对今日孟院长的热情有些意外,也感慨孟吉凡真是消息灵通。

"出结果了吗?怎么样?"

"没通过。"

"哦?以你的条件,怎么回事儿?"孟吉凡精挑细选了一种"我要替你鸣不平"的语气,赶忙摆出一副关心下属的姿态,"没关系,你还年轻,机会以后多得是,我也会帮你留意。"

萧航勉强笑了笑,对他这种讨厌"无味社交"之人来说,连"谢谢领导关心"这样的客套话都懒得说。

"前阵子,你刚加入咱们课题组,很多具体事务不太熟悉,所以我安排你先做了些外围的事儿,希望你申请省社科发展基金会的项目不是因为这些琐事的原因吧?"

"孟院长,你想多了。主要是我想要做些自己更感兴趣的科研工作罢了。"

"我知道,你对科研很认真。所以,我还有个课题,想给你一个机会……"

还没等孟吉凡说完,萧航赶忙打断:"谢谢孟院长好意。不过,白校长有个国家级团队课题,邀请我加入课题组,最近时间精力上实在没有办法同时做太多项目,若不能全心投入,对你,对课题,都是种不负责任。"

"哟作用,小子,拿白校长压我?"

孟吉凡心里嘀咕,嘴上却说道:"嗯,白校长的课题规格高,学术价值高,社会影响力也大,你能有这个机会,要好好干,在参与课题研究的同时继续学习,提高自己。"

签完字,萧航转身要走,孟吉凡却一扫往日拒客千里的样子,竟然主动关心起萧航的生活、教学、前景等方方面面,扯东问西,一副想要促膝长谈的架势。

萧航不太习惯这些没有实质内容的谈话,他还太年轻,不懂得有些官场套话,虽然无聊,却非无效!

至少,在孟吉凡眼里,绝非无效。

聊什么不重要,重要的是"聊"本身,是一种态度。

这种态度传递的信息,比实际内容要大得多。

可惜,这一切在萧航眼里只有四个字——废话连篇。

"萧老师,沈校长找你。"教务秘书走了进来。

"沈校长?找我?"萧航纳闷,沈净究竟找自己何事?

"对。他秘书没有你电话,打电话到咱管理学院办公室,让帮忙通知一声。"

萧航正盼着尽早离开孟吉凡办公室,抓住机会:"孟院长,您要没别的事儿,我就先过去一趟。"

孟吉凡挥挥手,禁不住泛起嘀咕:这小子,不简单,吃过白校长家的便饭,坐过沈校长的专车,这个邀请他参加课题组,那个找他去办公室,莫非他有什么我不知道的背景和关系?

越是有权的人,就越容易屈从于权力,这是因为他们曾用手中权力为别人开过绿灯走过后门,完成过规则之外的不可能完成的任务,所以更加坚信关系的法外之力,也因此更加热衷于搞关系。

一个年轻人,普通教师,刚参加工作就能摆平两位最有实权的校领导,这层关系,我可不能错过。

想起曾经冷落过萧航,孟吉凡背后一阵冷汗……

其实,孟吉凡想得太多了,萧航在沈校长那里的待遇很糟糕。

他已经在沈诤办公室外被晾了十几分钟。

萧航心里琢磨不透,是你沈校长让人找我来的,怎么我一敲门,你又说有个重要电话要回,让我先在门外等一等?

萧航哪里知道,这是一种官场手段,像极了现代版杀威棒!犯人刚带到县衙,先来一通暴打,挫挫你的锐气。沈诤此举,异曲同工!

门内传来一声召唤,萧航走了进去。

沈诤隔着又宽又大的办公桌,询问起青椒会的一些情况,似乎专程找萧航来就是要了解青年教师的所需所想。

萧航一一作答,不卑不亢,隐约觉得事情应该没有这么简单。

果然,聊完青椒会,沈诤摆出校领导的姿态,鼓励萧航好好干,不要辜负学校对他们这些青年教师的期许与厚望。

"学校是个象牙塔,被称为最后一片净土。这么珍贵的环境里,我希望你可以静心科研,潜心学术,把心思放到该放的地方。多少师者皓首穷经,著作等身,搞学术是一辈子的事业,切忌想着走捷径,投机取巧,到最后害人也会伤己。"末了,沈诤有意无意说了一句,"你还年轻,出成果就在这几年,所以对待感情一定要慎重,不要受其拖累耽误了学术研究,得不偿失。"

话里有话,明枪暗箭,萧航听明白了,这是敲打自己不要抱着不良目的接近沈墨,否则后果很严重。

萧航只能苦笑,还说学校是象牙塔,从我工作第一天到现在,复杂的人心,没一天比社会上消停。

"沈校长放心,教学科研都是我分内之事,我从未放松过对自己的要求。至于感情私事,沈校长日理万机,我哪敢再劳您费心。"都是文化人,打些不见硝烟的嘴仗,萧航也还应付的来,"我家虽不是富贵之家,可父母从小就教育我,男人一定要顶天立地,走捷径投机取巧的事儿,我还真没放在心里过。"

沈诤眼皮一抬,瞄了眼萧航:"是啊,当父母的都不容易,生个男孩怕他没了骨气,生个女孩怕她受了欺骗,不是父母多心,是这个社会确有道德缺失之人,所以你我做老师的,任重道远啊。"

话虽软绵绵,暗藏的小刀子嗖嗖地在萧航与沈诤之间交相闪射,这就是文化人的江湖!

萧航离开后,沈诤看着办公桌上的全家福旧照,柔情地轻抚着相片中的亡妻,喃喃自语:"放心,我一定会保护好咱们的女儿!"

有些事,沈诤可以保护;有些事,却只能沈墨自己处理。

比如,胡昊辰!

生日午餐闹得不快,沈墨意识到自己与胡昊辰是价值观上有区别,真的不合适,可毕竟将近一年的感情,岂能说断就断。

一本期刊,让沈墨最终下了分手的决心。

起因还是萧航的课题申报事件,沈墨好奇胡昊辰究竟和期刊编辑做了何种交易,就查找了课题申报成功者的相关资料。由于获批者只有五名,很容易就找到其中一位的就职单位是某核心期刊。

沈墨买了该期刊最新一期,找到了胡昊辰的文章,一看之下,对胡昊辰再无任何侥幸挽回之心:原来,胡昊辰文章的内容完全就是上次去默守正家拜访时,默教授的那番真知灼见。

记得当时沈墨还劝说默教授将谈话内容整理出版,胡昊辰却鼓唆默守正不要着急撰写论文,原来已经做好了剽窃准备。

如果说,前期的所有争论还只是价值观认知不同,这次的论文剽窃便是实实在在的人品问题。

胡昊辰却不以为然,口口声声天下文章一大抄,默教授只是随口说了这些内容,并没有形成具体文字,后续的整理扩展是我一个字一个字写出来的。根据《知识产权法》的有关规定,只保护"形式",不保护"思想",所以这篇文章的版权应该属于我,何错之有?

胡昊辰的言论让沈墨越发心冷。

诚然,若真找相关机构仲裁,是否剽窃的判决结果很有可能会像胡昊辰所言,由于没有现场录音录像等任何记录形式,默教授的话不足以获得版权保护。

可是,若真是无知小人抄袭剽窃也就罢了。胡昊辰却对此甚为精通,精通到可以利用法律的空子,利用导师的信任,来获取本不属于自己的利益,在他这里,知识已经沦为帮凶,这才是让沈墨最为心痛之处!

"别忘了,除了法庭,我们每个人的心中都还有个良心法官!"

"墨墨,你也太天真了,这样的正能量鸡汤恐怕现今连校园学生都骗不了。我觉得高校老师,不仅要教孩子们知识,更要教他们真真正正的社会规则,不是冠冕堂皇的正能量,而是能让他们获利,不让他们吃亏的潜规则!"

沈墨竭力压抑着腹内一股翻江倒海的反胃,看着胡昊辰的嘴脸,她想抽个耳光。不是抽胡昊辰,而是抽自己。

公平而言,这事儿也怪不得沈墨没有眼力,而是胡昊辰的价值观虽然早存在心,但由于和沈墨谈恋爱时尚是博士生,整天接触的就是图书馆教学楼,并没有太多直接接触现实社会中利益、关系、门路的机会,所以并没有暴露出来。而自从经历了应聘无州大学落选之后,像是本为家养的狼崽突然被血腥气唤醒了体内的野性,这才一发不可收拾。

其实,沈墨也早有耳闻,现在大学课堂有些教师经常摆出一种老于世故的社会人姿态,将自己在生活中的不顺与委屈化为各种负能量,向学生们灌输"关系论""拼爹论""金钱至上论"等"处世良言",造成很坏的影响。

说轻点,这样的教师是借公共课堂泄私家之愤;说重点,这是一种师德沦丧,一种丧心病狂。

哀大莫过心死,多说已是无益,沈墨语气冰冷,态度鄙夷,甩了一句:"你欠默老师太多对不起!你欠你自己的这段生命太多对不起!"

胡昊辰强词夺理,竭力狡辩……

终于,沈墨再也忍不住,说出了压积心口许久的五个字——我们,分手吧!

我们,还能不能在一起?

康梅终于说出这句憋在心底的话,成与不成,已不重要,重要的是,自己做了最后这次努力,不管结果如何,心终于能定了。

厨房洗碗池的水龙头任性地哗哗作响,萧航洗碗的手却因这句问话停了下来。

今天来给康松上书法课,结束后留下吃饭,谁知黄建安接到一个客户的电话,匆匆离去。饭后,康松被推到客厅看会儿电视,萧航则去厨房帮忙活一天炒菜做饭的康梅洗洗碗。

本来,除了康梅似有心事,有点小小的沉默寡言外,厨房中的二人也还算相安无事,可当萧航看到了康梅胳膊肘的伤痕,关心询问怎么这么不小心时,康梅一直默默退守的防线一下子崩溃了。

所以,康梅问了这么一句,为自己,为萧航,也为了黄建安。

萧航的心乱了——是啊,我们还能不能在一起?

感情,依然还在。每每想起康梅,往日的甜蜜历历在目。校园情感最是如此,脆弱易夭折,却也纯粹无杂质。

没有世俗的条件攀比,没有现实的柴米油盐,回忆里永远都是单车骑行的抚耳清风,都是书店并立时的怦然心动,都是食堂打饭时的相互喂菜,都是宿舍路灯下的依依不舍……

责任，也在眼前。每每想起康梅，另一个名字也会随之而出——黄建安。

凭良心而言，当年并非黄建安抢走了自己的女友，而是康梅主动选择了他。黄建安的情感同样真诚，值得尊重与呵护。

萧航知道，康梅不是水性杨花之人，之所以鼓足勇气提出此事，无非是想给她自己一个交代。

萧航意识到，再拖泥带水下去，对谁都不利，也都是一种情感上的伤害。更何况此时的他，拒绝康梅并非单纯出于对黄建安的道义，而是他的心里虽有与康梅的甜美回忆，却已然没了容纳她的爱恋空间。

——因为，沈墨，悄无声息地填满了萧航的心……

其实，康梅问出这句话后，最期待的结果不是萧航的点头，而是他的拒绝！

这，才能让康梅不再有任何希望的幻想。

这，才能不让康梅再受情感与良知的双重折磨。

这，应该是对三人最好的解决。

可是，当萧航真的轻声说出"过去了，回不去了"的拒绝后，康梅虽然收获了预想之中的如释重负，但也被失落之情深深刺痛。

对于这种痛，问话之前，她也算做好了心理准备。可她没准备好的是，这份痛，真的很疼……

萧航只有和柳青山在一起时，才有一种说不出的轻松。

没有利益关系，没有地位之别，有的只是共同的爱好，一切都是那么纯粹！

柳青山的书斋里堆满了成捆成捆的新书，是他刚刚出版的专著《印章边格分类与释注》。

萧航拿起新书，仔细翻看，柳青山治学之严谨、学识之丰富、文笔之精彩、类分之详细，着实令萧航叹为观止，大为折服。

"柳老师,这可是本大作!"萧航毫不掩饰赞誉之情,"篆刻领域里,还真是第一次有专门对边格的分支研究,你这学术功夫可不一般啊。"

柳青山也不谦虚,甚是得意。

萧航:"这本书读透了,不仅对篆刻,对书法的理解也会深一层。"

柳青山很欣慰萧航能读懂自己的心思:"篆刻是一门中国独有的艺术,与书、画在一起,构建了独具东方气韵的艺术审美。所以,我希望这本书能够让书法爱好者从另一个角度理解老祖宗的文化内涵。"

"我不管,您的这本专著一定要送我一本。"萧航如同耍赖的孩子。

"货卖行家,书赠知音。"柳青山提笔挥毫,在书上签名留念。

"做事先算收益,帮忙先问回报,现在连读书求学也要盘算盘算时间成本上的投入产出比,难怪说,很多时候我们的高校培养出的是一批批精致的利己主义者。"

"这种现象,作为一名老教师,我很痛心,也很自责。"一贯洒脱不羁的柳青山竟然面露愧疚之色。

"我之所以这么多年自掏腰包办这个抱香雅集,就是想通过这种纯学术不功利的交流,保护起学生们尚有残存的求知之心。"

萧航急忙安慰柳青山:"说句真心话,高校教育是存在这样或那样的问题,但并非主流。更何况大多数高校还有千千万万个像你柳青山、白莫生这样的好老师与好领导,大学的薪火之光依旧希望满满!"

柳青山仔细打量着萧航,从这位年轻人身上看到了青年教师的希望。是啊,每年不都还有许许多多像萧航这样的有志青年充实到学术队伍中,自己身边也不算少数,何必过于自责,放弃了对教育的信心?

"柳老师,你应该换个角度想,只要是真心买你这本书的人,那可都是行家里手,文雅之士。IP 小孩粉丝多,可您的读者档次高啊。"萧航当然知道柳青山今日情绪低落的病根在此。

"你也别安慰我,纯学术的书没销量,我懂。"柳青山无奈摇摇头,"现在的年轻人,还有多少真心喜欢书法之人……哦,对了,说到书法爱好者,下个月是无州书协的书法大赛,我是评委,你要是感兴趣,一起去看看吧。"

教工食堂,已经过了饭点,稀稀落落就几个老师在用餐。

萧航一边刷着朋友圈,一边埋头吃饭。

今天的课讲得很精彩,下了课,学生们也围着不让走,问东问西。萧航懂得呵护学生们的求知欲,耐心解答。对老师来说,这种耽误了正餐饭点的"饿"也是种幸福!

一个托盘放到萧航面前,来人直接坐在对面——沈墨。

萧航稍稍一愣:"你好。"

"我不好!"沈墨挑衅地盯着萧航。

萧航心里有些发毛,沈墨逼问:"你是不是在躲着我?"

"没有啊。"萧航装糊涂。

沈墨有些委屈:"上次去柳老师的家,我刚进门,你就找借口离开。我好心想要请你吃饭,也算对你送我生日礼物的回谢,你也一直拒绝……"

"你过生日,我是你邻居兼同事,送本书,也不是什么值钱的东西,还非要你破费回请啊?"

"萧老师,您应该知道有第六感吧?尤其是女人的第六感。"

女人的第六感果然灵,萧航不否认已经爱上沈墨,然而男人的自尊却让他对沈净办公室里的那次轻蔑心存芥蒂,不希望自己被平白扣上"巴结校长女儿"的帽子,所以这些日子在矛盾挣扎中,选择先躲沈墨几天,理理头绪……

默守正端着餐盘刚好从此走过,沈墨赶紧起身打招呼:"默教授好。"

默守正扶了扶厚厚眼镜,看清眼前之人:"哦,是小沈啊。昊辰最近怎么样?"

沈墨脸上一红,随即恢复正常:"默教授,我……我和胡昊辰……分手了!"

默守正有些吃惊,后悔自己问错了话,为了缓解尴尬,指着萧航问道:"这位是?"

沈墨赶忙为二人引荐:"这是管理学院萧航,这位是传媒学院默守正院长。"

"我退了，现在传媒学院的院长是孔德仁。"

沈墨见默守正上下打量萧航，恍然觉察，他该不会把我当成见异思迁的女人吧？沈墨主动解释与胡昊辰分手原因，谈及论文剽窃之事，替默教授鸣不平。谁知默守正却说，胡昊辰已经主动给他打过电话，痛哭流涕，希望老师若看到论文不要见怪，他胡昊辰也是为了在单位早日出人头地，才动了歪心。

"昊辰也不容易，年轻人刚参加工作，压力大，哪有时间自己写论文？我是他老师，职称也早就评了正教授，能帮上他，也算弥补没能帮他留校的遗憾吧。"

默守正如此高风亮节，胸怀宽容，沈墨很是敬佩，更替他伤心。

伤心如此一位德高师者竟然被爱徒所利用、所埋怨、所抛弃……

孟吉凡回到办公室，关上门，站在窗口，燃上一根烟。

他需要思考，好好想想刚才教工食堂看到的一幕。

沈校长的女儿是无州大学有名的冰美人，怎么会单独和萧航一起吃饭？如果说只是同事之间碰巧同餐，那么上次下雨天与萧航一起坐在沈校长的私家车上又怎么解释？

这一切，绝非同事友谊这么简单！

赤子之心，所见皆是暖情厚意；弄权之人，所想皆是尔虞我诈。

万象心生，一个人在官场久了，头脑就变得复杂，自以为非如此不能保护自己，却不知有时也会弄巧成拙，正如《红楼梦》里的一句判词，或多或少道出了这种人的悲哀——机关算尽太聪明，反误了卿卿性命。

此时的孟吉凡心中认定，作为一名刚刚入职的年轻教师，能让白沈两位互为"政敌"的校长都争相"示好"，校长千金主动"示爱"，这背景，不容小觑！

莫非他是省委或中央某位高官的公子？

如此荒诞的想法，连孟吉凡都嘲笑自己在官场久了，竟然变得如此敏感。

算了，高不高官，离我太远。县官不如现管，如今选拔校长助理的关键时期，既然萧航的背景高深莫测，对他好，就能讨好校级领导，不论搭上白沈两位校长哪条线，对自己的仕途都会有好处。

思来想去，孟吉凡终于打定主意，电话叫来萧航，宣布了这两天一直琢磨的想法——推举萧航担任教研室主任！

（十）

教研室主任不大，但芝麻官也是官。

管理学院有五个教研室，萧航所在的教研室主任怀孕休假，一直空缺，孟吉凡就以教研室工作需要持续推进为由，提名萧航接任。

萧航觉得自己刚刚参加工作五个多月，对教研室工作还不算熟悉，再加上任命有些突然，想要拒绝。

孟吉凡却鼓励萧航，现代化大学已经打破原先按资排辈的惯例，很多锐意进取创新实干的教师都被直接提拔到领导岗位，并非管理学院的特例。而且，萧航是国际名校海归，可以将国外的先进教学理念融合到教研室工作计划中，给管理学院带来新气象、新能量。

再说，从提名萧航担任教研室主任，到校务会最终批准，中间会有一段准备时间，萧航可以认真思考，撰写教研室发展规划，到正式任命之日来个一鸣惊人！

沈墨听闻此事，只告诉了萧航一句话，就打消了他的顾虑："能者不上，庸者居之。学以致用，报国兴教！"

她，还真的懂我的心……

能者不上，庸者居之。一点不假。

俗话说，兵熊熊一个，将熊熊一窝。部门领导的能力直接影响着部门的实际工作效力。

孔德仁院长的能力有目共睹，接任默守正成为传媒学院院长后，他更是充分利用自己的人脉关系网，与电视台、报社、网站、传媒公司等建立合作关系，为传媒学院拓展了多个校外实践基地。

胡昊菲结束了她在无州卫视的实习，开始了在无州大学的学习。

对于哥哥胡昊辰"换老师"的决定，胡昊菲很是生气，反感哥哥不经自己允许就自作主张更换导师的做法。她和胡昊辰虽然是亲兄妹，但是身上却全无哥哥的势利与圆滑。

胡昊辰一番苦口婆心的社会规则洗脑课，被胡昊菲顶了回去："你有你的价值观，我有我的生活。我不希望被同学们看成势利小人，默教授刚从正院长的位子上退下来，我就立马另攀高枝。"

可是，让胡昊菲吃惊的是，一些和她要好的同学得知这个消息，反而用一种羡慕的语气恭喜她拜在孔德仁门下："孔老师要学问有学问，要资源有资源，我可听说他的学生从研一起就能到最牛的传媒公司实习，毕业也不愁找工作，这就是跟着牛导的好处啊！"

"我觉得牛不牛导，还是要看学术水平。"胡昊菲不敢苟同，"孔老师确实也有真才实学，可是一方面默教授的治学成就明显更胜一筹，另一方面孔老师早在当副院长的时候就专心仕途，忙于行政，现在升官成了正院长，哪里有时间真真正正地指导我将来的学业？"

同学夸张地用手背测了测胡昊菲的额头，假装检查她是否发烧说胡话："你是真傻假傻？别得了便宜还卖乖。谁不知道，你的导师现在是正院长，将来整个学院的好事还不都是噼里啪啦从天上掉下来砸着你，想躲都躲不掉。"

另一位同学也推波助澜："对啊，奖学金、学生会、优秀生，甚至出国交换学习，你先挑了，才能轮到别人。"

啪！啪！

胡昊菲冲着这两位同学脑门一人来了一个弹指，以示惩戒："我说你俩都才多大，还是学生，怎么就操起了社会老油子的心了？"

"你少来。你敢说你没想？"

"我发誓,真的没想!"

"那你为啥不换回来?"

"我去找了默教授,申请要换回他做导师,可默教授却说学校也是一级机关,岂能容我换来换去。再说了,由他换成孔德仁,他可以不生气,但是若从孔德仁再换回他,他担心孔老师心里有想法,对我将来不利。"

说到这,胡昊菲心里还在遗憾,多好的老师,也不知哥哥是怎么想的!

事已至此,胡昊菲也只能接受。而且,尽管她不赞同哥哥的做法,但是退一万步来说,她也知道,哥哥这么做绝不是想害她,而是想对她好。

——可惜的是,哥哥认为的"好"压根就不是她心里想要的"好"。

第一次上导师课,想起自己这些日子在无州电视台的实习经历,收获多多,胡昊菲还是真心感谢孔德仁为同学们创造的这次实习机会。

孔德仁说了些"当老师就应该全方位给学生创造机会"的官面话,便询问胡昊菲在电视台实习的待遇与收获。

胡昊菲讲了自己对传媒业的认识,分享了电视人的辛苦,描述了对未来的规划,孔德仁似乎不是太感兴趣,终于直接问道:"无州卫视这种全国前三的传媒集团,实习工资应该还行吧?"

胡昊菲说了个数,孔德仁点点头:"比别的实习生只多不少。"

"有这个机会,谢谢孔老师。"

"光说没有诚意。"孔德仁脸上挤出一丝意味深长的笑,"怎么谢?"

出了办公室,胡昊菲心里一直嘀咕,孔老师究竟何意?

实在拿不定主意,胡昊菲给哥哥打了电话,一番描述。

等妹妹说完,胡昊辰张嘴就问:"今天你第一次上专业课,空手去的?"

胡昊菲傻乎乎回答:"怎么可能空手,带着书和笔记本呢。"

"我的傻妹妹,我是问有没有给老师带点见面礼。"胡昊辰哭笑不得。

见面礼?

"你去问问你的师兄师姐,看看他们都怎么表示,你下次上课别忘了补上。"胡昊菲心里一百个不愿意,但还是按照哥哥的建议询问了几位师姐,谁知她们都是一副讳莫如深的样子,先是支支吾吾,后来见胡昊菲果真就是涉世未深的学生妹,真心前来请教,才道出实情,着实吓了胡昊菲一跳。

根据师姐们的描述,孔德仁竟然是个道貌岸然的"叫兽"!

别看孔德仁帮弟子们提供各种实习机会,档次高,待遇好,但有个不成文的规定,要求学生们将实习工资的一半交给他。除此之外,学校对研究生论文发表提供特定经费,通常不会花学生自己的钱,可孔德仁不仅侵占学生论文的第一作者头衔,还克扣论文经费。

更可怕的是,他还经常晚间七点后让女学生去办公室,以指导论文的名义进行骚扰。师姐们忌惮毕业论文评审大权掌握在导师手中,唯有忍耐,期盼早日毕业的那一天。

胡昊菲将情况告知哥哥,胡昊辰电话那头沉默片刻,安慰妹妹:"她们所言,若无真凭实据,也不可完全当真。你刚研一,专心学习就行,其余的,有我!"

无州书协书法大赛。

萧航随柳青山来到会场,在观众席找了个座位,静候比赛开场。

终于,评委们依次入场,除了孙同泰、柳青山,竟然还有沈诤。

孙同泰听闻沈诤在校长会上与白莫生在"校长助理竞聘条件"这一项的抗衡事件,知道若无沈诤此举,自己已经直接从申报条件上就被拒之门外,这也是官场上常见的"借公家门,拒私家客"。

孙同泰心里清楚,自己的逢迎巴结已经在沈诤心里丢下一粒种子,静待合适的雨水阳光,就会冒出新芽。

邀请沈诤担任本次书法大赛的评委,便是孙同泰费尽心机的"人造太阳"。

沈诤以自己只是书法爱好者为由,想要拒绝任评委的邀请,孙同泰巧舌如簧,声称为了比赛的公正与权威,除了书协的领导成员,特意邀请社会名家,从不同角度来评估选手的书法水平。

沈净被孙同泰说服。确切说,被他自己内心中,从校长高官到文化名家的身份转换渴望感而说服。

不得不承认,孙同泰也并非只会溜须拍马之徒,在他担任无州省书协主席这几年,书法爱好者的数量与质量都有了显著提升。所以,本次大赛选手多、作品好,竞争也就相当激烈。

萧航坐在观众席,听着各位评委的精彩点评,尤其是孙同泰、柳青山、沈净三人的妙语连珠,旁征博引,让萧航心里也油然而生一股自豪感,我们无州大学不愧是国内一流名牌,果真藏龙卧虎,大家云集!

然而,谁都没有想到,一位选手的作品使赛场引爆为战场。

这个战场上,只有两个敌手——沈净 VS 柳青山。

沈、柳二人给这位选手的评分,一个最高,一个最低,相差甚远。点评之时,最初都还是从艺术的角度出发,心平气和地各抒己见,然而随着言辞的越发激烈,争论的焦点慢慢从"评分水准"升级为"鉴赏水平",从"学术能力"最终竟激化成"评审资格"。

孙同泰虽然竭力想要缓和气氛,维持秩序,但柳青山一贯如此,头脑里丝毫没有领导的概念,就事论事,直言不讳:"沈校长一不是书协之人,二不是科班出身,艺术界不讲官职,只认专业!书协举办的书法专业大赛,这评委席可不是谁都能说坐就坐的!"

言下之意,对沈净的评委资格表示怀疑。其实,说完这句话,柳青山也有些后悔,古今多少书法大家也绝非科班出身,不也都流芳百世?之所以冒失之言,都怪刚才话赶话,头脑一热,甩了这么一句。

柳青山痛快了嘴瘾,孙同泰惊出一身冷汗,这不是让领导下不了台吗?

凭良心说,沈净还真不是完全不懂装懂充大个的领导,只可惜他碰到的是纯粹得不能再纯粹的艺术家柳青山,他为了艺术,可以数十年如一日潜心钻研冷门学科;他为了"教师教师,教学第一"的理念,可以丝毫不顾高校的游戏规则,不写论文,不做课题,坚决不评职称。

沈净被挤对得满脸通红,青筋直冒,可身为校长,大庭广众之下,必要的风度还需保持,言辞上处了下风。

领导,只是一种头衔,而非你这个人本身。

这个头衔,由你顶着,在某个特定的时间周期内,在你管辖的一亩三分地,你和它才浑然一体。

就比如现在,沈诤的副校长头衔在书协的地盘上,法力全无。

可悲的是,这种法力只是种幻觉,短暂且不真实。

孙同泰当然不愿事情闹大,找借口暂停了比赛,领着所有评委和工作人员退回评委休息室摆平此事。

沈诤坐在休息室主座,阴沉着脸,一言不发,维持着官威。

柳青山坐在侧座,一副天塌下来老子顶着的模样。

孙同泰拿柳青山开刀,责备他太鲁莽冲动,观点不同怎么就上升为人身攻击? 幸亏沈校长涵养深,有肚量,否则刚才场上还不乱了套,让观众们笑话。

柳青山也觉得说得有些重,但嘴上还是硬扛着:"我怎么人身攻击了?他不是书协成员,学的是历史,我哪条瞎说了?"

"哪条都瞎说了!"孙同泰义正词严,一脸正气,"古往今来,书法大家,多少是山野草人,但胸有笔墨,非科班无以成名家?"

孙同泰聪明,先攻击最有漏洞的地方,果然,柳青山面露惭愧,闭口不言。

"再说第二点,沈校长并非不是书协成员,而是人家高风亮节,屡次辞让无州书协名誉主席一职,才一直有实才而无实位。"

众人皆惊,柳青山更是诧异。

"其实,我早就已经将这个想法汇报给省文联,领导们听闻是沈诤校长,纷纷表示支持,觉得有这么一位知名人士担任名誉主席,将会对我们书协未来的发展有至关重要的推动作用。"

孙同泰确实汇报过,得到过批准也是实情,只是他没有说之所以批准得这么快,和省文联主席的侄子是沈诤的在读研究生不无关系。

柳青山此时已经不再针对沈净,而是针对孙同泰的独断专行:"孙主席,孙院长,孙师弟,咱们书协要选名誉主席,也不是你一个人说了算吧?"

沈净一言不发,静观其变。

孙同泰环视全场,干咳一声:"既然有人提出异议,我作为书协主席也不能搞一言堂。这样吧,既然今儿大伙都在,咱们就开个临时选举会。"

沈净面无表情,心里明镜似的,就算为了争口气,让柳青山当众出丑,今儿这个名誉主席也是推不掉了。

孙同泰站起身来,公事公办的姿态:"经省文联上级领导批准,由书协主委推荐,现提名沈净同志担任无州省书法协会名誉主席,请同志们举手表决。"

说完,孙同泰率先高高举起手。毫无悬念,除了柳青山,其他众人一个接一个举起手来,高票通过。

沈净以胜利者的姿态轻轻掸了掸衣服,缓缓站了起来,目光扫过众人,停在柳青山身上:"感谢无州书协的多次盛情邀请,我自认才疏学浅,也不是科班出身,不敢应允如此重要一职。但今天在座的都是无州省,乃至全国的书画名家,在书法界都是品鉴权威。既然大家都推选我担任名誉主席,说明对我在书法上的一些小成绩很认可,若我再瞻前顾后,担心社会上会有一些不和谐的声音和议论,拒绝此任职,也就太显得不识时务,矫情做作。"

柳青山像是被人当众扒光衣服,又被狠狠扇了一个耳光。

这记耳光让柳青山感到羞臊、恼怒、绝望,他一直奉为阳春白雪高贵至上的艺术在权势面前就是一个笑话,可笑得如同这场合规合法的组织程序一样。

沈净看得出柳青山内心的痛苦,一种出了恶气的快感从脚底贯穿全身,舒畅异常:"能受天磨真铁汉,不遭人嫉是庸才。别的话也不多说,从今日起,我就是书协成员,有了名分,参加今日这样的评委活动也更有了底气。我一定会尽我所能,为组织服务!"

沈净的话,字字如刀,句句见血。

萧航没有想到书法大赛会出此变故,也不知道评委休息室会发生什么状况,禁不住为柳青山担心。

评委们簇拥着谈笑风生的沈诤再次入场,孙同泰更是神清气爽,一方面感叹自己的应变能力,坏事变好事;另一方面心中窃喜,多亏了傻大仙柳青山,沈诤这条线,自己是彻底搭上了,校长助理的位子似乎也唾手可得。

众位评委落座后,柳青山这才孤独一人,落寞而出。

孙同泰招呼柳青山快点坐好,继续开始比赛。

柳青山看了眼端坐在评委席上神情倨傲的沈诤,看着围着他谄媚奉承的孙同泰,看着台下不明所以的观众们,他的耳边出现了幻听。幻听中,没有言语,只有笑声——嘲笑声!

嘲笑声中,沈诤与孙同泰的脸交替叠影出现,在柳青山眼前挥之不去,每一个表情都是讥讽,每一个眼神都是戏弄……

终于,柳青山一把抢过主持人手中的话筒,对着全场观众说道:"由于本人对比赛规程有异议,自愿辞去本次大赛评委一职。"

众人哗然,柳青山昂首离场,这是他对自我人格保护的最后一声呐喊。他像一头浑身鲜血淋漓的斗牛,蹄子已经支撑不起庞大的身躯,颤颤巍巍,但依然坚持朝着趾高气扬的斗牛士冲去,被刺伤,再冲去,再被刺伤……

尽管,他知道,在观众毫无怜悯的哄笑声中,他的结局,唯有倒下。

沈诤的心里突然涌起一股崇敬,这种感觉,他对孙同泰从未曾有。

孙同泰抢过话筒,喂喂两声,稳定会场秩序:"文无第一,武无第二。艺术领域没有固定标准,评委观点出现异议很是正常。柳老师因为个人原因宣布退出,我们深表遗憾。但本次大赛赛制合理,并无任何违规之处,至于柳老师对沈老师评委资格的质疑,更是一场误会。"

萧航起身,一步步穿过观众席,追赶柳青山。坐在评委席上的沈诤看得真切。

孙同泰清了清嗓子:"今天,借此机会,我宣布一项重要的人事任命,沈诤同志经无州书协全体委员举手表决,当选书协名誉主席。"

萧航和全场观众一样，大吃一惊。刚才评委离场时，身份存疑。回来后，就变成了名誉主席。不是我不明白，真的是这世界变化太快。

"其实，省文联早就通过对沈主席的任命，只是在走流程，没有及时通知柳老师，才闹出今天这场误会。好了，误会澄清，比赛继续。"

书法大赛继续进行，仿佛争论从未发生，仿佛柳青山也不曾离场……

柳青山却无法装作未曾受伤，伤在心里，伤得很重！

萧航追上柳青山，默默同行。

回到家中，柳青山径直去了他的心灵静地——书房。

可惜，今天心幡已动，静地不静。柳青山看着书房上挂着的"抱香斋"三个字，低声愤愤吟诗："花开不并百花丛，独立疏篱趣未穷。宁可枝头抱香死，何曾吹落北风中。"

"独立疏篱趣未穷！"萧航明白柳青山的情怀，"诗以言志，柳师风骨。"

"风骨有何用？……这些书有何用？"突然间，柳青山将压抑的情绪迸发而出，一把将堆积在书房卖不出去的成捆新书打翻在地。

萧航默默蹲下身，一本一本从地上捡起。

"官！权！这些才有用！"柳青山需要发泄。

"沈净是副校长，能够给孙同泰带来好处，一转眼沈校长变成了书协名誉主席，好一出现代版《官场现形记》！"

萧航依旧默默地蹲着捡书，静静地听着……

"书法界这样，文化界这样，连高校这片净土的学术界也这样。原本还算客观的学者一旦做了领导，他的'学问'立即自动成为老子天下第一。我看了下咱们无州大学近十年来的学术评奖名单，大奖获得者，几乎清一色的校长、副校长、院长、副院长，再不济也是个系主任或教研室主任，没有个头衔，你都不好意思去参评！"

萧航知道，柳青山只是在气头上，吐槽发泄，绝不是心里惦记着评优、面上装作平日里清高脱俗的"假面人"。

因为，萧航早就听说，上次艺术学院推选他为学院代表参评年度学术大奖,竟然被他断然拒绝,而是极力推荐了一位非常有才华的青年教师代替自己。

当然,今天的吐槽很大程度上与那位青年教师铩羽而归,第一轮就被评审组淘汰有关。

想到这,萧航也换了个角度看待这个问题,艺术学院能够推选柳青山,这也说明了高校体制并非一无是处,也证明了无州大学并非认权为亲,还是有着高校应有的学术标准与公正。

但是,萧航也清楚,柳青山是个个案,他的学识、名望、经历、境界能够护佑他不争名利而被人推选,但是又有多少青年教师能够守住十几二十年的寂寞,才换来这么一次的辉煌?

"原清华校长梅贻琦曾仿文孟子之'所谓故国者,非谓有乔木之谓也,有世臣之谓也'言道:'所谓大学者,非谓有大楼之谓也,有大师之谓也。一所大学的核心竞争力归根到底是教师素养,是人才基数。'"柳青山越说越是激动,这份看似毫无意义的吐槽承载的是一位知识分子对教学的赤子之心,"可是就像我吧,一辈子以学术为志业,将学生放心中,到头来却发现这一切都是白费,除了少数像你一样的真心向学者,谁会关心我的教育理念、我的学术成就?正相反,我只成为人们口中随意调侃的老学究……"

萧航听在心里,如遭鞭挞,这份疼痛来自对柳青山的尊重,也来自对他的惋惜。

"……而在'学问不够、头衔来凑'的官场哲学中,课题申报、成果排名、学术评奖、学会兼职等等方面,还不都是人精们占了便宜?这也就不奇怪,很多青年教师刚一进校,就将跑官、媚官作为凌驾于学术理想之上的唯一成功标准。"

"其实,这种价值导向在每个学校的知名校友录选或排序上可谓展现得淋漓尽致,能够入选或排名靠前的知名校友非富即贵,不是总裁就是长官,似乎不如此不足以彰显学校的教育水平。"萧航也禁不住感慨两句,"我是学经济管理的,我当然心里清楚这些成功的企业家或行政管理人员也是精英,也是人才,他们为这个社会做出的贡献不容抹杀,我也并非认为他们不具备知名校友的资格。而是,知名校友的'知名'二字,对于高校来说,究竟是社会的知名,名利的知名,还是学术的知名,专业的知名?!"

萧航的这番话引起了柳青山深深的共鸣,大有知己难求之感。

有时候,孤独的可怕之处不在于独自一人,而是没有回应……

发泄过后,柳青山像被打蔫的茄子,稍稍恢复了平静,取出一瓶陈年老酒、两个杯子,与萧航对饮。

"萧航,是我错了吗? 我这辈子是不是很失败?"柳青山有了醉意。

萧航安慰柳青山不要多想,学术之争,本也正常。

"不,这不是学术之争,这是价值观之争,社会秩序之争。"

柳青山仰头又是一杯满酒:"我争的不是我的利益,我争的是社会的最后一丝希望。我从进校到现在,不争课题,不争职称,不争房子,不争评优,不是我柳青山没有资格和能力,而是我总觉得,教师的首要任务是教书育人,其次才是所谓科研,随后才是名利。现在的社会,一切都是反了,本末倒置。"

萧航默默听着,想要安慰,却又不知如何开口。

"小萧,你不要学我,这么失败。要职称没职称,出专著没人买。"

萧航看着书房里成捆的新书,初时是柳青山的骄傲,如今是对柳青山的讽刺。

"当年我刚进校工作,和你一样年轻,现如今快退休了,还是个千年老讲师。"

"柳老师,职称能代表身份,但代表不了学识。您的学问,早就是教授水平,这是大家公认的。"

"公认有什么用? 现在学生看中的是老师的职称、官职、社会关系,这也就是我为什么说,我争的是最后一丝社会希望之光。"

萧航主动与柳青山碰了一杯:"有您在,希望之光就在。"

"我能在无州大学再待多久? 你知道吗? 这学期结束,我也就该退休了。"

"这学期结束？那不是说也就还有一个多月？"

"对,还有最后一个月零八天,还有最后——五堂课!"

柳青山又饮一杯,无限不舍……

学校说大就大,说小就小。

大,找领导盖章,让你跑断腿;小,讲领导八卦,瞬间嘴传嘴。

沈诤在书法大赛上的糗事传遍全校,版本也越来越丰富,平日里越是巴结领导的人,传得越快,越是受领导气的人,传的版本就越精彩。

到了最后,柳青山已经成了神一样的人物。

张欣曼绘声绘色地给白莫生讲了道听途说的传闻,仿佛是她当场给了沈诤难堪一般。

白莫生心里也很解气,但嘴上还是理智说道:"这些话,别的老师私下里传传,也就算了。你是我的夫人,要注意影响。再说,越是现在诋毁老沈的人,将来越是会巴结他。"

张欣曼问:"你是说柳青山会巴结沈诤?"

"不是柳青山,他政治上幼稚,却是真正的风骨雅士。怕就怕现在这些私下里添油加醋之人,一副文人傲骨之态,戏谑权贵;到头来,却是典型的知识分子两面性,一旦权力抛出橄榄枝,瞬间便会折弯脊梁。"

张欣曼不乐意了:"我是知识分子,你是说我也有两面性?"

"对啊,你也有两面性。"

张欣曼瞪圆了眼睛,还没来得及发火,白莫生继续说道:"在外,你是品位高雅的艺术家,诗词歌赋、文心琴意;在家,是回归本源的真女人,家长里短、婆婆妈妈。"

张欣曼被丈夫逗乐,嗔怒道:"我在家伺候你,伺候儿子,能不家长里短,能不婆婆妈妈?"

白莫生戴上老花镜,拿张报纸,偃旗罢战。

突然,张欣曼问道:"哎,你说,萧航这孩子会不会是趋炎附势的人?"

"他？不是!"白莫生说完,又想了一想,"或者说……"

——现在还不是!

<h2 align="center">(十一)</h2>

孟吉凡肯定是趋炎附势之人。

所以,当他听说书法大赛上发生的事时,关心的不是柳青山让沈诤出了丑,而是孙同泰将沈诤捧成了书协名誉主席。

这个孙同泰,趋炎附势的小人!

生活中,真正最仇恨小人的,不是正人君子,而是另一个小人。

孟吉凡嘴里狠狠地骂,心底却小声嫉妒地夸,高! 实在是高!

巴结领导,送礼是下策,投其所好是中策,将领导拉到自己船上,则是上策。

孟吉凡恨自己不会书法,也没有书协主席的头衔可以作为见面礼,白白让孙同泰搭上了沈诤这条线,这么看来,自己若想竞争校长助理,只有朝白莫生靠拢。

白校长喜欢什么呢?

白莫生平日里不苟言笑,作风正派,也没有任何雅趣爱好,活脱脱一位为学校尽职尽责的好干部。

管理学中有很多人性假设理论,诸如经济人、工具人、社会人等等,身为管理学院院长的孟吉凡对此烂熟于心,虽然这些理论主要多应用于研究组织文化、人力资源等领域,可孟吉凡坚信,人性假设的基点是人的自我利益需求。

正所谓,人不为己天诛地灭,西方管理与东方哲学还是有共通之处嘛。

孟吉凡的这种思维方式,正是知识分子的劣根之一,书看多了,就学偏了。不是书的内容偏了,而是肚子里的文化越多,越喜欢用自己的想法曲解前人遗著。

网上有个笑话,某作家的儿子带回小学作业,要归纳总结某篇文章的中心思想,作家一看正是自己的文章,洋洋洒洒写了总结,谁知儿子老师打了低分,原因很简单,作家的自我总结与标准答案不符!

白校长有什么爱好? 白校长有什么需求? 白校长关心什么?

孟吉凡想来想去,突然,灵光乍现,一拍大腿,兴奋地自言自语:

——我这智商,不升官,真他妈可惜了!

我的个人设计作品展?

张欣曼听完孟吉凡的来意,不敢相信有这种好事。

"对,张欣曼个人设计作品展!"孟吉凡心里很是得意,不能直接拍白校长马屁,走走夫人路线,也算曲线救国。

而且,历史经验告诉他,夫人路线——更有效!

"我有位朋友在商界小有成就,整日忙于生意,无暇继续自己的艺术梦想,就希望通过赞助艺术展,间接实现与艺术的对接。"

"哦,我知道,现在很多老板喜欢玩点文化,附庸点风雅,给自己和公司提提档次,沾点艺术气息。"张欣曼一副见多识广的样子。

"对,张教授说得是,这些有钱人,懂什么艺术?"孟吉凡也不尴尬,随口附和着,"不过,话又说回来,既然他们愿意赞助,也比吃喝嫖赌浪费了强。所以,前两天他给我谈起这事儿,我就想,能够有才华有档次举办个人作品展的专家,咱无州大学也就您一位,所以我就推荐了您。我刚一提名字,您猜怎么样?"

"怎么样?"

"我那朋友早就是您的崇拜者,说久仰大名,若是张教授的作品展,需要多少赞助费,就掏多少赞助费。"

张欣曼心里美滋滋:"嗯……你这位朋友倒是有点品位。"

女人,谁不喜欢听赞美? 女艺术家更甚!

孟吉凡知道,事情已经成功一大半,剩下就看张欣曼能不能说服白莫生,将自己的投靠之心传递过去。

白莫生何等聪明,接到妻子的电话,听完她语调高亢的兴奋描述后,第一个直觉,这是孟吉凡抛来的"投名状"。

孟吉凡在白莫生眼里,能力是有,但很圆滑。对于领导来说,下属能力重要,可忠诚却最重要。圆滑之人,见风使舵,今日为了利益投你而来,明日也能为了利益离你而去。

所以,领导对下属,要么有利益以外的保险绳,如血缘、亲友、老乡、同学;要么索性将利益彻底扭拧起来,你中有我,我中有你,增加下属的背叛成本。

正是由于前者的因素,国家开始严查官场里的老乡会、同学会;

正是由于后者的因素,贪腐案一经查处,经常整个领导班子一窝端。

不过,一直对孟吉凡不远不近不冷不热的白莫生,这次准备收下孟吉凡的"投名状",原因很简单——沈诤!

高校校长一般都是由上级领导直接委派,要么从教育系统中选择同等级别的官员空降,要么在现任的副校长中选择一名升任。虽然上级领导的意志占主要作用,但是候选者各自的声望、政绩、能力多多少少也是必要的参考条件。尤其是在高校这种知识分子扎堆的地方,相对于地方行政干部的任免,强行委任往往会容易引起激变。

因此,白莫生为了不让沈诤在明年的校长换届中接任自己,成为正校长,一直有意扶持原先的张国庆副校长,用以牵制沈诤。可惜张副校长不争气,因为招聘贪腐案被依法拘捕,一下子打乱了白莫生原有的政治部署。

白莫生也想拉拢从省教育厅直接空降的刘敬业副校长,可他根基浅,人脉弱,很难与沈诤一较高下。所以,白莫生只能寄希望于黑马,打沈诤个措手不及。目标人选有三四位,孟吉凡是其中一个。

因此,白莫生准备"收降"孟吉凡,先考察一段时间,若真有黑马相,趁自己还在位子上,将其推为校长助理,哪怕无法直接撼动沈诤的转正概率,在下一届校领导班子里安插一名忠于自己的副校长,也是退休前对沈诤的致命一击。

换句话说,近在眼前的校长助理选拔是一年后校长换届的先锋战!

念头至此,白莫生让妻子将电话交给孟吉凡。

"这件事,你孟吉凡是无州大学老师,张欣曼同志也是无州大学老师,同事间能够跨学科合作,我作为校长,表示支持。"

第一句话,白莫生就老练地为整个事件定了性——同事互助,学科共建!

"可作为张欣曼同志的丈夫,对于这件事我不做表态。"

官场上,不表态就是种表态,没拒绝就是种赞同!

第二句话,既含蓄地暗示了自己的支持态度,又不动声色地将自己撇得干净。

"作品展究竟办不办,怎么办,是你和张欣曼同志的私事,我不参与,只提一个要求,本次作品展只能是一个单纯的文化赞助项目,不能涉及任何钱财利益的内容,这个原则你们必须遵守。"

第三句话,提前打好预防针。

层次分明,言少意丰。

姜,还是老的辣!

沈墨满面愁容地坐在萧航对面。

"柳青山是我最尊敬的老师,他和我爸爸这么闹,我该怎么办?"

萧航体谅沈墨的为难,安慰道:"柳老师你又不是不知道,不食人间烟火的艺术家,情绪来得快去得也快,过阵子就没事儿了。"

沈墨:"其实,我也担心我爸,他喜欢书法,就这么一个爱好,没想到惹出这一档子事儿。"

"你爸和柳老师没有本质上的矛盾,又有你作为沟通桥梁,应该很快就能重归于好,尽释前嫌。"

"唉,希望啦。今天我爸去书协参加正式的名誉主席任命仪式,从他出门,我心里一直慌慌的,总觉得有什么事儿要发生。"

"好了,你别杞人忧天了。要不,走,我陪你去柳老师家,咱们先和他聊聊。"

沈墨点点头,拎包准备出门。

丁零零——

包里的电话响了。

沈墨接通电话,一个急切的声音传来:"是沈校长的女儿吗?快来,柳青山在名誉主席任命仪式现场放火!"

萧航与沈墨匆匆赶到书法协会,事态既好又坏。

好,是来电之人有些夸张,柳青山不是放火,而是烧书。

坏,是沈净的任命仪式被柳青山的捣乱弄得灰头土脸,一团糟。

看样子,这梁子是彻底结下了。

萧航使个眼色,与沈墨兵分两路,一个安慰沈净,一个劝说柳青山。

萧航拉住柳青山,地上散落着半燃半熄的几本书,竟然是柳青山的专著《印章边格分类与释注》。

"柳老师,您这是唱的哪出?"萧航赶紧用脚踩灭书上的火苗。

柳青山故意冲着围观人群大声喊道:"书无人读,官有人拜,世人的学问都做到钱眼里了,我还留着这些书有何用?"

"柳老师,书的事儿,咱们可以想办法。专业书籍受众面窄,这事儿和沈校长又没有关系,你又何苦来此搅局?"

"搅局?我上次来当评委,没有要书协一分劳务费,只希望书协能帮我弄个读书会。不是为了卖书赚钱,而是毕竟这本书是为书法爱好者而写,书协这里知音多,只要他们喜欢,我直接送书都行。"柳青山越说越生气,指着孙同泰,"他原本答应我的日子就是今天,可书法大赛我与沈大校长发生龃龉,不知是高官授意,还是孙院长拍马屁成瘾,愣是取消了我的读书会,换成这个名誉主席任命仪式。你说,是我搅了他们的局,还是他们搅了我的局?"

沈墨闻言,看着沈净。沈净也是一脸茫然,问孙同泰:"有这事儿?"

孙同泰满脸尴尬:"他上次大闹书法大赛,给书协抹黑,我作为书协主席,当然要有一定的惩罚措施。"

沈墨有些生气:"孙院长,你怎么能这么做?"

孙同泰赶忙小声说道:"我这么做,还不是为了帮沈校长出气。"

"我爸爸和柳老师没什么事儿,要你帮着出什么气?"

"墨墨,不要无礼。"沈诤打断沈墨的话,"任何一个组织想要正常运作,都要有规章制度,若每个人都按自己的个性行事,看似自由民主,实则危害组织。"

沈诤并非赞同孙同泰此举,可是上次评委闹剧未消,这次又来了个大闹会场,沈诤对柳青山真真切切恨到骨子里。

沈诤作为一位领导,又是学者,再讲涵养,也抵不过他是一个有血有肉的人!

"爸,言而无信应该也不利于组织发展吧?答应了别人的读书会……"

还没等沈墨说完,沈诤冷着脸打断了她的话:"若下属犯错在先,领导作为一种惩罚手段,取消与之提前商定之事,不叫言而无信,毕竟成年人,都要为自己的行为负责。"

"爸……"

"不要说了!"

第一次,沈诤当着外人对沈墨这么凶。

张欣曼听闻此事,借着邀萧航来家吃晚饭,八卦打听。

"若说这柳青山大闹会场,我不奇怪,他心里从无领导概念,随心所欲,信马由缰。可若说他能忍心将自己的心血著作一把火烧了,这还真让人难以置信。"

其实,熟悉柳青山的人都知道,他一生最爱就是书,一生不媚权不攀富,佩服的也只有两种人——学问人和手艺人!

一开始,许多学生不理解,这两类人在旁人看来,前者是阳春白雪的高雅之士,后者是走街串巷的下里巴人,怎么会都入了柳大仙的法眼?

柳青山的解释很简单,在他眼里,一个人之所以受人尊敬,一定要凭着他身上别人拿不走的东西,学问人的学识、手艺人的技术。

而除此两类之外,官位可以被升被贬,财富也会时赚时赔。人们的敬意并非对权贵本身,而是他们身上随时可被别人拿走的光环。

张欣曼问来问去,总想从萧航嘴里套点话,打听一下沈净的反应与态度,多少也还有点想要帮白莫生"刺探情报"的意思。

白莫生却故意打断张欣曼,不希望这种女人的八卦心让萧航为难与误会。

谈及柳青山对教学、对职称、对高校行政化的一些看法,白莫生有着自己的见解:"首先,作为一名教龄三十年的老教师,我认同柳老师对高校一些现象的忧虑与思考,功利化、行政化、官场化也是我一直关注之处。"

萧航也想听听白莫生作为高校管理者的真知灼见,所以侧耳倾听。

"但是,作为从基层管理岗位一步步走到校长之职的管理者,我不认同柳老师用过于个性化的艺术家思维来评估所有的高校行政管理方式。"

白莫生的语气中肯,不是气急败坏的辩解,而是推心置腹的探讨,这让萧航很是钦佩。

"比如说如何平衡教学科研的关系,按照柳老师的观点,教学是第一位,科研的时间分配要为教学让路。这个观点对吗?也对也不对。"

白莫生顿了顿,不是卖关子,而是故意留给萧航一个独立思考的空间,他不希望这种私人场合的探讨,也再次披上"校长训话青年教师"的标签,成了一言堂。

"对的是,从柳老师的专业特点而言,强调的是艺术家的个性体验与艺术感知,所以这个学科决定了它的科研空间相对有限,所以可以做到教学首位。但是不对的是,无州大学并非只有一个艺术学院,艺术学院内也并非只有一个书法史专业……"

张欣曼当然明白丈夫所言何指,帮着补充道:"我的专业视觉艺术就和多媒体技术密不可分。音乐系也有提琴制作、音乐疗法、录音科技等专业。"

"更不用说整个无州大学还有化学、物理、工程、通信、生物、医学等学院。"白莫生冲着老伴微微一笑,接过话头,"对于这些学科来说,强调的是与时俱进,是更新换代,是不断创新满足时代与民众需求;对于这些学科来说,教师若仅仅专注于课堂上与学生的交流教学,而不注重与业界、与社会、与厂家、与受众的科研联系,这个学科就会故步自封,陈旧落后。"

萧航听之,深以为然。

"一所高校的行政管理,乃至一个国家的教育政策,都不能为某个人、某个学科、某个专业来设定,而是要考虑到各个学科的不同特点,找出共性,尽量在共性上做文章,制定虽不能让所有学科都满意,但却能保证相对公平的规章制度。而在我看来,国家在保证高校教学的前提下,大力推广和支持科研建设,确是有前瞻远见的良策妙法。"

"白校长说得对,我很赞同。我觉得柳老师之所以抵触科研,并非否认科研的重要性,而是反感目前在职称评比中给予科研的过重加权比例,毕竟有着利益驱动,为了职称,许多老师为了保证科研时间而敷衍着教学。"

"你说的这个,确实是目前职称评比中的问题之一,与之相似的还有'唯论文论'。其实,我们校领导班子也正在响应国家的教育改革号召,想要改变科研或论文的'质'与'量'问题,尽可能不要让一些投机分子钻空子,用垃圾论文、无用科研,来侵占安心教学的好老师的根本利益。"

白莫生语重心长,循循善诱。

"整体说来,目前的一些问题与弊端并非积重难返,都已经得到了上至国家教育部门,下至各级教育单位的重视与关注,也都在一步步加以解决与改革的过程之中。"

萧航听着,甚是振奋。

这个社会,从不缺少希望之光,不要让间或出现的乌云挡住了我们对正能量的感知与期待。

翌日,萧航给柳青山打了个电话,转述了白校长的肺腑之言,希望可以一扫柳青山的阴霾郁闷,其实也是借打电话之际,看看柳青山经过昨天的烧书事件,是否一切安好。

谁知,柳青山的郁闷刚刚化解,萧航的郁闷突如其来。

原来,萧航挂完电话去上课,讲到人力资源管理理论时,有学生举手提问。

萧航见这位女学生有些面生,也没在意,因为无州大学鼓励学生们跨专业选修学分,偶尔也会有外系同学前来旁听,但主动提问却是第一次。

萧航不知道的是,这位女学生叫胡昊菲,她今天也不是来听课,而是为哥哥胡昊辰"报仇"。

原来,胡昊菲实习完毕,回无州大学上课,就缠着哥哥要看未来的嫂子,一则早就听说沈墨是校花级的冰美人,二则也希望在校期间有人说说话逛逛街。

胡昊辰拗不过妹妹,只好坦白了分手事实,当然隐瞒了真实原因,将罪责都推到萧航身上,在他的描述中,萧航完全就是一个靠关系挤掉哥哥工作,靠谎言抢走哥哥女友的人渣。

所以,胡昊菲一张嘴提问的语气就充满火药味:"请问萧老师,你刚才讲了这么多人力资源管理中需要注意的事项与原则,可很多规章制度防君子不防小人,怎么办?"

萧航耐心解释,列举了很多国内外企业管理中的实例。

胡昊菲嘴角一撇:"你说的是管员工,我问的是防小人!通过卑劣手段,获取不当利益的小人!"

萧航隐约感到来者不善:"小人之所以是小人,与公司管理制度关联甚少,更多是涉及人品问题。通常来说,人性的东西只能通过规则加以限制与疏导,却无法改变。所以,你这个问题不在管理学范畴,而在心理学、社会学等范畴。这位同学若对此感兴趣,我很希望课下与你交流。"

胡昊菲冷冷回道:"看来,很多老师都很喜欢与女学生课下交流!"

胡昊菲想起师姐们控诉孔德仁的性骚扰,一阵恶心,将这股邪火也顺带一起撒到萧航身上。

话说到这份上,谁还听不出其中恶意,课堂上学生们也有些不耐烦,一个外系同学来旁听就算了,还来搅局。

有学生开始为萧航打抱不平:"想听就听,不想听回你们自己系去。"

都是90后的孩子,说起话来谁怕谁。

学生们开始对胡昊菲指指点点。胡昊菲昂着头,胸脯气得一起一伏,眼睛里有些湿润,倔强地忍着不让泪水掉下来。

萧航想不起何时得罪过这位女同学,却还是挥手示意同学们不要激动,依然客气地问:"这位同学,你叫什么名字?咱们认识吗?"

"你不认识我,我可认识你!"胡昊菲咬着牙根恨恨说道,收起书本,冲出教室,走到门口时,突然停住脚步,转身瞪着萧航。

"你最好记着,我叫胡昊菲!"

砰,门被重重关上。

胡昊菲?沈墨有些意外:"她是胡昊辰的妹妹。"

"她跑我课堂上要干吗?"萧航更是不解。

沈墨二话不说,抄起电话就打给胡昊辰,质问他为何如此卑劣,怂恿自己的妹妹去萧航的课上捣乱。

电话里的胡昊辰也是莫名其妙,不过以他对妹妹性格的了解,做出这种事也不足为奇。

胡昊辰立刻打电话训斥妹妹切莫胡闹,不要耽误了自己的学业。

再坏的人,也有好的一面。人性之复杂,绝不是非黑即白这么简单。胡昊辰是个自私的人、无耻的人、圆滑的人……可对妹妹,胡昊辰一片真心,甚至不惜冒"背叛师门"之大不韪为妹妹更换导师。

挂上电话,沈墨向萧航道歉:"不好意思,因为我的关系,让你受委屈了。"

"我没事……不过,我比较担心胡昊菲带着这种误会,会影响她对教师群体的看法,耽误学业,那就太可惜了。"

"人家欺负到你的课堂上,你还为她担心!"话虽这么说,沈墨心里对萧航的善良还是非常认可,赞赏有加。

"我担心的人何止是她,还有柳老师!他的心结若不打开,艺术家可是最容易得抑郁症的群体。"

一提起柳青山,沈墨也很忧心:"那你说,咱们怎么帮?"

"他的心结在书上。那本著作是他的血,他的肉!"

"对,书!要不,咱们出钱把书买了?"

"柳老师是图几本书钱的人吗?"萧航脸上挂着意味深长的表情,似乎在考沈墨。

这家伙,你和柳老师才认识几天,竟敢考我?!

"当然不是!"沈墨白了萧航一眼,"就你了解柳老师? 书对他来说不是商品,他只是希望自己的作品能货卖识货人!"

"小沈同学很聪明,答对了,加一分。"

"你还有心开玩笑? 快说,怎么办吧?"

萧航脸上露出孩童般狡黠的笑容:"管理学院的老师,最忌纸上谈兵。咱们帮柳老师做图书营销,让真正热爱书法的读者主动买书,这才是柳老师要的成就感,也对得起他这本学术专著。"

萧航还真不是只会照本宣科的老师。

他在国外留学时,为了勤工俭学,一直在各种公司打工,做出过很多销售佳绩。

很快,萧航为柳青山的著作制订出一整套系统规范的营销方案,从产品定位到受众分析,从渠道选择到媒介宣传,有理论有创意,还真让沈墨刮目相看。

"你这水平,在学校当老师,挣这点死工资,可惜了。"沈墨抱不平。

萧航笑了一下:"若是为了高工资,说实话,回国应聘时就有世界500强企业想请我,之所以选择高校,就是喜欢象牙塔里的学术环境——简单!纯粹!"

沈墨:"那你现在有没有后悔?"

"后悔? 从工资的角度从未后悔,我是个物质欲极低的人,从环境的角度……象牙塔倒真不是想象的那么简单,也有复杂的人际关系,也有烦琐的利益纠葛。"

"其实,你的失落责任在你自己。"沈墨毫不客气。

萧航没有答话,做出一副洗耳恭听的姿态。

"希望越大,失望越大。若是你没有把高校假定为不食人间烟火的象牙塔,而是把它看作现实生活的一个具象领域,这个地方也有社会中的一切一切,有了这种心理准备,当你在校园内遇到种种问题时,你所想的只有如何应对,而不是掺杂着严重失落感的失望与后悔。"

沈墨的话一语中的,萧航回国至今也一直反思自己,只是没想到,今天会被一位美女当面点出来。

"不说这些负能量了。"萧航笑了笑,"我来给你讲讲整套方案的操作流程以及咱们的任务分工。"

说完,萧航拿出打印完毕、规范整齐的营销方案,耐心地给沈墨讲解着重点与注意事项。

艺术专业出身的沈墨习惯于发散性思维,看着如此逻辑清晰、规范专业的分析列表、图案模型、数据对比、计算公式,觉得如同天书一般。

而这一切正是萧航的老本行,深入浅出地讲解,耐心细致地答疑,此时的萧航在沈墨眼中散发着一种成熟干练、专业有范儿的才子气息。

不知不觉间,沈墨已经"听不见"萧航的讲解,只是呆呆地看着眼前这位男人。后来的日子里,每当想起,沈墨只是隐约记得,那天微风撩人,暖阳日晕里的萧航很帅很迷人……

今天的校长会的议题是第十届教学名师评选。

李庆丰书记去省委党校学习,由白莫生主持本次会议,校领导班子集体参加讨论打分。

无州大学人才济济,各个学科著作等身、师德高尚的教授学者灿若星河,白莫生、沈净、孙敬业等人翻看参选者简历时,心生敬意,这些老师才是无州大学的镇校之宝,大学精神的根本所在。

大家的评分没有太大的出入,进展得还算顺利,直到最后一份简历的出现,突然让会场骤然凝重起来——柳青山!

白莫生率先发言:"这位柳青山老师从教已有将近三十年,根据教学处的统计与反馈,他的课程,学生口碑年年最佳,甚至有过旁听学生过多,不得已临时调整教室的事情。"

沈诤眼睛看着窗外,面无表情。

"可他为人谦逊低调,据听说,至今仍是讲师职称。此次教学名师评选,并非他主动申请,而是教务处实在觉得这种默默付出、潜心教学的老师应该得到相应的荣誉,以教务系统的名义推举这位柳老师。大家看看,有没有什么意见?"

教务处长是白莫生的亲信,这个突然袭击一定是白莫生故意恶心我的手段。沈诤脸上风平浪静,内心里已然波涛汹涌。

在座各位都听说了沈诤与柳青山前几日刚刚发生的矛盾,都是官场之人,还能看不透其中的利害所在?纷纷低头噤言。

白莫生似乎早就料到众人会如此明哲保身,也不勉强,再逼一步:"大家若有不同意见,可以现在提出……若无异议,我建议将柳青山评为本届教学名师。"

这招狠,沉默即为通过!

沈诤可不愿吃这个闷亏,只得发言:"柳青山老师的课广受学生好评,这是事实。可今天参选的众位老师,又有哪位不是教学优秀之人?我们仔细看看简历便知,其他老师不仅课上得好,而且论文、课题、科研更是硕果累累。高校老师不同于中小学老师,教学过程不光在课堂,还在辅导学生论文,带领学生开展科研活动。如此看来,我们需要评选的应该是综合实力,而不是单项优良。"

众人更是低头不语,回短信的回短信,假沉思的假沉思……

"教学名师这份荣誉,对每位老师都要公平,如此慎重之事,我觉得在座每个人都要发表意见,不表态即为弃权。来,大家都说说嘛。"沈诤改守为攻,将难题又重新抛回给白莫生。

谁知,白莫生竟然同意沈诤的提议,不表态即为弃权,让在场众人发言。

怎么发言?

同意,得罪沈校长;不同意,得罪白校长。如此算来,还是弃权最为保险!反正与柳青山没有亲朋关系,反正教学名师就是一个头衔,不占有任何实际资源。

沉默的时间异常漫长,终于,白莫生宣布:"好,既然大家都不发言,表示弃权,柳青山没有得到超过半数赞同票,根据沈校长的提议,未能当选。"

"不是我的提议,是大家的票选意见。"沈净急忙纠正。

白莫生嘴角掠过一抹不易察觉的笑,不置可否。

沈净猛然一惊,这才反应过来。完了,我还是上了白莫生的套。

白莫生这招提名柳青山,对沈净来说,就是个死局。

通过了提名,柳青山就要当选,沈净前些日子的恶气没法出,心里还要再添堵;现在提名被否决,柳青山落选,但很快无州大学就会传遍,沈校长假公济私,打压跟他有私人恩怨的老师。

提名通过与否,对柳青山意义不同,而对白莫生来说,都是一个结果——赢!

(十二)

果然,还没到第二天,办公室、图书馆、教学楼、食堂里……就连男女厕所里都有人在津津有味地议论着一则"校园官场记"。

——哎,你们听说没?沈副校长打击报复,柳青山这样的好老师都评不上优秀。

——当然听说了,据传,当时整个会场只有沈净一个人投了反对票。

——我还听说,是白校长提的名,力推柳老师,结果却……

——都是校长,你说做人的差距咋这么大呢?

萧航听到议论时,刚好和沈墨一起在食堂打饭。

萧航只能装作没听见,装模作样地聊着不疼不痒的话题,试图干扰沈墨,不想让她听见。

"你不用打岔,我都听见了。"沈墨轻轻一句,打断了萧航的没话找话。

说完,沈墨依旧平静地吃着饭,脸上看不出一丝情绪的波动,恰如一朵白莲花,浑身散发着一种丝毫不为世俗闲言碎语所扰的气息。

这就是冰美人的气场!

邻桌却越聊越八卦,开始添加着各自天马行空的想象,肆意"描述"着沈副校长的"恶官丑相",仿佛那天开会,他们就在现场一样。

沈墨眼皮不抬,继续低头吃着饭,竭力维持着一种优雅的姿态,掩饰着内心的翻江倒海。

萧航终于忍不住,起身走到邻桌,一副严肃模样。

"你们好,我是无州大学纪委工作人员,刚才听到你们议论沈副校长仗势欺人,公报私仇,这已经涉嫌滥用职权,我们纪委很是重视。所以,我想请你们跟我去纪委办公室做个证词笔录,配合调查。"

邻桌有些愣了,面面相觑。

"笔录?证词?"

"对,因为涉及校级领导,需要实名。请问,你们怎么称呼?哪个学院或部门的老师?"

"……我们就是听其他同事说说,证词……"邻桌面露难色。

"听其他同事说的?"萧航故意装作不信的样子,"刚才听你们议论得有根有据,我还以为你们当日就在会场呢。"

邻桌已经慌张,端着托盘起身,边说边逃:"算了,我们也不清楚当时实际情况……我们吃完了,还有工作,先走了……"

萧航重新回到沈墨身旁,只字不提刚才的事儿,仿佛什么事儿都不曾发生。

沈墨依旧低头吃饭,连一句谢谢都没说。

有些话,已不再需要说出口,都在心中……

哪怕是身居副校长高位,沈峥也还是感受到这段日子令人窒息般的压迫感。

既然无州大学里待着不开心,沈峥就更愿去书协找存在感。

孙同泰的马屁、书协会员的奉承,再加上名誉主席的头衔,沈峥的抑郁之情多少得到些舒解。他不禁感慨,还是艺术世界单纯,没有官场的明争暗斗,有的只是书墨雅情。

现在国家提倡素质教育，老百姓也希望孩子乃至自己能培养些艺术气质，所以各种大赛、评比、培训班、训练营层出不穷。孙同泰好不容易将沈诤拉到自己的战船上，当然一定会趁热打铁，屡屡以支持书协工作、多与笔友交流为由，邀请沈诤和他一起当评委、办讲座、开学术会。

顶着书协名誉主席的头衔，频频出席各种艺术活动，各种对沈诤书法造诣的赞誉接踵而来。久而久之，连沈诤也开始有些相信，我就是一位书法家！

今天的活动，沈诤更是义不容辞——义卖！

为了帮助山区儿童，无州书协组织了书画义卖，筹款募捐，兴建学校。

义卖现场比沈诤想象的要热烈，他真的没有想到除了书法名家、爱好者之外，有实力的企业家也来了不少，而且在现场不断竞拍。许多书法家的作品都拍出了令人满意的价格，照此发展下去，山区小学的资金不成问题。

所有作品拍卖完毕，建校资金基本到位，孙同泰提议到场名家现场泼墨，凑个整数，把山区儿童的书本、书包、校服等费用也募集成功。

孙同泰请沈诤留下墨宝，公益当先，沈诤也不好推辞，只能谦虚，在这么多书法名家面前班门弄斧，贻笑大方。

沈诤挥毫留下一句诗词——修身岂为名传世，做事惟思利及人！

孙同泰赞道："颜真卿的《争座位帖》名句，应景，好字！"

竞拍开始，无州大学副校长的亲笔，省书协名誉主席的头衔，再加上孙同泰的一番褒奖，企业家们十分踊跃，价格节节攀升。

说来奇怪，上次有人要买沈诤字画，被他严词拒绝，实则多少有些对自己的作品心虚，担心是变相行贿。可今天看着自己的作品被拍到如此高的价格，竟然不再心慌，反而觉得理所应当。

我也是书法家，按质论价，天经地义。

再说，我这是慈善义卖，没有进自己腰包，不违纪，不犯法。

最终，沈诤的字以 28 万元的价格成交。

我的字，原来真的这么值钱？！

疑问句,在心里自问自答的次数多了,慢慢也就变成了肯定句。

沈诤为竞拍者亲手赠字,来人走到面前,沈诤认出此人竟是上次送卡求字却被自己羞辱拒绝的张立伟。

张立伟接过字:"荣幸之至,终于得到了沈校长的墨宝。"

这话听在沈诤耳里,脸有些臊得慌,不知张立伟是真称赞还是讥讽。

善于察言观色的孙同泰赶忙补充道:"张总可是真心喜欢您的字,这次如愿以偿,是他的福气。再说,沈校长,这就是您墨宝的真实价格。以后再有人求字,您也甭客气。知识产生价值,文化带动经济,咱凭学识技艺挣钱,钱也不能全让这帮土大款都挣了。"

对!我不偷不抢,光明正大!

沈诤不停告诉自己,安慰自己,似乎说多了,自己就会信似的。

义卖会后,张立伟悄悄凑近孙同泰:"你这主意真高,28万送得不露痕迹,只是这是义卖,钱不进他腰包,他能记住我的诚意不?"

孙同泰胸有成竹:"这你就不懂了吧,上次是你求他卖,他撕了字,这次正是因为义卖,才减少了沈校长的防备心。只要他尝了第一口甜头,在心里植入一个信息,他的字好,他的字值钱,今后的事儿还不都必然变得顺理成章?!"

"亏得孙院长也是文人名家,不然这文化人的心理,我哪里猜得透。"张立伟见缝插针,拍起孙同泰的马屁。

"那是,"孙同泰自然很是受用,"你以为知识分子像你今天找来的这帮私营企业土大款,为了从我这儿弄个书协会员的身份,明码标价,参加今天的竞拍。"

"这多好,他们掏钱,你卖会员,抽点回扣,顺道行善。"

营销,说得容易,做起来,可不简单。

根据萧航的营销方案,首先要做受众区隔,《印章边格分类与释注》太过学术与小众,必须集中火力针对书法爱好者这个匹配群体。其次要做宣传推广,将这本书包装成文化现象,引发历史、文学、艺术这三类最有关联性的爱好者对此书的关注,适当扩大潜在购买者范围。

萧航针对书法爱好者,策划一场专题讲座,讲述印章在书法作品中的构图作用。沈墨主动请缨,由她来与孙同泰沟通,通过书协组织这场活动。

针对历史、文学、艺术爱好者,他们策划了若干切入点不同的媒体活动,通过与电视栏目、报刊专栏、艺术讲堂等的合作,将印章的文化属性有机地融入原有节目中,借力打力,扩大影响。比如可以与鉴宝栏目合作,举办《书画专场品鉴会》,请柳青山做嘉宾,通过印章的分析辨别字画真假;可以与中文期刊合作,开辟《印如其人》专题,讲解每个朝代、不同时期的书画家为何会选择自己的印章形式,又想从中传递出何等的人文追求。

这个方案若能顺利进展,柳青山的书就不再是纯学术的边缘学科研究,而是具有人文气息的拓展读物。

说到底,萧航不敢奢望能将柳青山的书推成畅销爆款,只要能将他书房里堆积的 2000 册找个好买家,即可!

萧航对自己的方案很有信心,成败的关键是能否取得媒体的支持。

媒体? 好办!

沈墨心里立马想起一个合适的人选——无州电视台美女主持舒雅!

咖啡厅里充溢着轻缓的音乐,三三两两的客人低声交谈着,萧航与沈墨挑了一个安静的角落卡座,享受着穿透临街落地窗洒满桌椅的午后暖阳。

窗外走来一位时尚美女,紧身束腰职业套裙包裹在曲线分明的身体之上,一双高跟鞋又恰到好处地将她本就高挑苗条的个头拉出更加完美的挺拔质感,脸上的墨镜虽然遮挡住半张脸,却依然掩盖不住妩媚动人的姿色轮廓。

美女步入咖啡厅,摘下墨镜,一眼就看到早已等候在那的萧航与沈墨,笑着走了过去:"抱歉抱歉,让如此养眼的一对俊男靓女久等了。"

沈墨嗔怒着将美女拉到自己身边落座:"张嘴就没个正经,还嫌上次你的那个设计展专题新闻给我惹的麻烦不够吗?"

"麻烦?"舒雅装模作样地打量着沈墨与萧航,一副故作委屈的样子,"你看看你们两位如此般配,如此闲情惬意地共品咖啡,没有我的专题新闻,能发展得如此顺利吗?你不谢谢我也就罢了,还倒打一耙。"

"别瞎说,我们就是同事。"沈墨的脸都红了。

舒雅白了一眼沈墨:"好,既然你说只是同事,和你不是情侣,那我就没什么顾虑负担了。本姑娘目前还是单身,这么优质的帅哥,你不要,我可不能放过,便宜了隐藏在大街小巷的诸多饿狼剩女。"

说完,屁股一挪,直接坐到了萧航身边。

刚才听着沈墨与舒雅的打趣调侃,萧航还能勉强用笑容来应对尴尬,现在眼看着舒雅坐到自己身边,还故意睁着忽闪忽闪的水灵媚眼直勾勾盯着自己,肆无忌惮地公然"调戏"放电,瞬间还真有些不知所措。

这都什么世道,原来不都是男人撩拨女人吗?

沈墨看着萧航的窘态,也有一种幸灾乐祸的喜感,但还是替萧航解了围:"我说你好歹也是咱无州知名主持人,你如此肆无忌惮,就不怕被狗仔队拍了,明天就上了头条?"

沈墨笑着一把将舒雅重新拉回自己身旁落座:"好了,不开玩笑了,我们俩找你来,有正事!"

萧航被暂时解围,顾不得额头的细汗,拿出柳青山图书媒体推广方案,讲解起来。

唉,对于男人来说,再枯燥的专业理论也比与女人斗智斗勇容易得多!

舒雅听完沈墨与萧航的介绍才弄懂,这两个人忙前忙后,搭时间请吃饭,只是单纯地想要帮助一位学者老师。

"都说文人相轻,无州大学有你们这样的老师,这个忙,我帮了!"

舒雅主动献策,现在是互联网时代,微博、微信、朋友圈、豆瓣、论坛……线上线下,共振效应,宣传效果会更好。

"我认识个妹妹,对新媒体特懂,上次帮我主持的节目弄进了网络话题榜前十,那期的收视率还得了同时段第一呢。"

萧航有点不放心:"我之所以在方案中没有选用网络媒体,是担心网络炒作的方式与柳老师的性格不符,怕他见怪。"

舒雅拍拍胸脯:"放心吧,我会把握住尺度,网络这块你们就别管了。"

兵分三路,进展不同。

萧航在舒雅的帮助下,联系了无州卫视《鉴宝》栏目,并洋洋洒洒准备了千字文,阐述了节目策划与后续宣传的整体营销方案。制片人看完萧航的文章,觉得"观印章,辨真伪"是个有意思的选题,答允下来,还在舒雅的面前大肆夸赞萧航的能力,半开玩笑半当真地冲着舒雅戏言,让她施展施展美人计,留下萧航,为无州电视台挖来一员才子猛将。

由于是舒雅牵的线,搭的桥,又是在无州电视台的地盘里开节目策划会,舒雅与萧航的联络多了起来。有几次为了修改媒体推广方案,舒雅不仅贴心地为萧航从电视台食堂打来可口盒饭,还陪着他熬夜改稿,也从电视从业者的角度提出了很多有建设性的意见。

好几次,沈墨打来电话,与萧航沟通她所负责的书协讲座事宜,从萧航的无心之谈中听闻了舒雅的"鞍前马后,照顾有加",心里本该感谢闺蜜的周到帮助,却不知为何有了一丝小小的失落之感。

这种莫名的情绪,让沈墨也暗暗吃惊。

我这是怎么啦?

难道是为了萧航吃醋?

除了电视媒体,网络这一块,也进行得很有策略与章法。

萧航注意到,舒雅先是让人在书法爱好者论坛开了求教帖,询问篆刻印章之类的知识,然后又用另一个马甲 ID 发了解答帖,非常专业和有深度,以至于论坛会员纷纷发帖支持这个高人。

在高人与会员的互动下,论坛里关于印章的帖子多了起来,引发了一定的兴趣与关注,这时高人发了一个帖,非常自然地推荐柳青山的书,声称自己的皮毛知识都是从这本书中学来的。

果然,没过多久,论坛里便有跟帖询问如何购买柳青山的《印章边格分类与释注》。紧接着,舒雅乘胜追击,如法炮制,其他几个上档次的书法论坛也被逐个攻破,柳青山著作的关注度得到明显提升。

说起来,能有这样的宣传效果,萧航还要感谢康梅。

这些年来,康梅为了能够更好地在家教弟弟康松书法,没少登陆书法爱好者论坛,请教交流,逐渐在社群里也有了影响力,竟然混成了某论坛的吧主。

得知萧航需要在网络上为柳青山老师宣传造势,康梅利用自己的影响力,帮忙置顶,或加精华,乃至直接开帖子对《印章边格分类与释注》进行评论,带动了论坛里的关注度。

为了方便就宣传事宜沟通商讨,萧航来给康松上课后,经常与康梅并肩而坐,对着电脑想方设法,一旦有了好主意,也会情不自禁地击掌相庆,这种场景唤醒了当年恋爱时期的种种甜美往事,而时刻关注二人举动的黄建安用干咳声又将三人重新拉回了尴尬的现实。

柳青山见到自己的著作得到书法爱好者的求购与关注,甚是欣慰,在萧航的指导下,他注册了书法论坛 ID,学会了与网友交流。当然,匿名!

柳青山偶尔也会感慨两句,大学生交着学费,搭着时间,坐到教室里,守着名师专家,却不珍惜上课时光。反倒是没有机会与老师谋面的陌生网友,珍惜每个请教高人的机会,求知若渴。

只是,柳青山不知道萧航不知道,就连康梅也不知道的是,他口中那位虚心好学的陌生网友"笔墨的行走"正是康松!

三路大军,萧航舒雅各自都有序前行,唯一进展不顺的竟然是沈墨这边。

沈墨身为沈校长的宝贝女儿,本来认为"沈校长的马屁精"孙同泰肯定会给自己面子,在书协内部腾出档期,为柳青山补办一个讲座。谁知孙同泰竟然打起官腔,迂回拖延。

沈墨哪里是官场太极高手孙同泰的对手,无计可施,无奈地生着闷气。

孙同泰也有他的难处。

按理说,沈校长千金来求,在书协拨个场地,召集一些会员,帮柳青山弄个讲座也是举手之劳。难就难在柳大仙把沈净得罪得太深,此时谁若是帮了柳青山,某种意义上就是与沈净为敌。

果然,沈净从孙同泰的求救电话中得知沈墨的"吃里爬外",将沈墨叫回家中,先是教训她作为一名青年教师要专心教学科研,不要在无用之事上耽误时间。接着还戏称,按英国经济学家亚当·斯密早在18世纪所提出的"看不见的手"市场理论,书卖不卖得出去,不是弄个讲座就能解决的,而是要得到市场的认可,这与作者是否自我标榜为艺术家,整天装出一副仙气儿,没有半毛钱关系。

很显然,沈净的气还没消。

听着爸爸对柳青山的热嘲冷讽,想着这些天孙同泰的敷衍应付,跑断腿磨破嘴皮子的沈墨气不打一处来,与沈净吵了起来。

父女俩你来我往,互不相让,言辞越来越激烈,主题也从"柳青山著作的学术价值"吵到了"你知不知道旁人怎么看待你如此打压柳老师",再后来沈墨竟然说出了"你做你的小人,我不愿跟着你一起丢脸"。

啪!

沈净看着自己的手,不敢相信,盛怒之下,自己打了女儿一记响亮的耳光。

沈墨捂着脸,委屈的眼泪夺眶而出……

"墨墨……爸爸……"沈净想要解释,却不知如何开口。

砰!

沈墨重重地摔门而出。

整个房间漆黑一片,只有手机显示屏因为来电而发出荧荧亮光。

手机还在顽强地嗡嗡作响,沈墨已经记不得这是第多少个未接电话。直到手机终于偃旗息鼓,房间又重回到沉寂的茫茫黑色中。

沈墨一直在哭,说不清是为了第一次挨耳光,还是因为自己的父亲变成了这样一个"恶官"。

沈墨蜷缩在沙发上，终于拿起了手机，点开屏保，手机的微光映照在沈墨脸上，泪痕依旧。

果然，二三十个未接电话都是沈净打来的，一看便知，父女连心，再多的争吵，也阻挡不了一个父亲对女儿的担心。

咦？最后一个未接电话竟然来自萧航。

沈墨还在犹豫着是否给他回个电话，叮的一声轻响，来了一个条短信。

——我刚回宿舍，楼下房管大妈说，一个小时前见你哭着跑回来。不放心你，没事儿吧？

不用问，这是萧航发的短信。正躲在黑暗中孤独无助的沈墨读着这条短信，就像一团黑暗的当下正亮起的手机微光，虽弱，但也是一丝温暖。

说心里话，此时的沈墨真想一个电话拨回去，听听萧航的声音，或者，他都不用说话，静静地在电话那头听自己倾诉即可。

沈墨的手指都已经放在"回拨"提示上，即将划拨，却突然放弃，无力地缩回手指。

说什么呢？

告诉萧航今天的事儿？

他会不会看不起爸爸？……他会不会看不起我？

手机的光自动熄灭，房间再次被黑暗吞没，就像沈墨的心，没有了方向。

叮——

又是一条短信，再次让房间有了亮光，也重燃了沈墨的希望。

果然，还是萧航。

——我现在你家门口，给你买了你最爱吃的慕斯蛋糕，记得你说过，不开心的时候，吃点甜的，就会笑了。

沈墨的矜持、犹豫、担心……都在这一瞬间消失殆尽，从脚趾似乎涌起一股暖流，攀缘而上，融透了全身。

感动？幸福？惊喜？

抑或是……期盼？

沈墨从沙发上跳起，开了门，看到了那张温暖熟悉的脸——萧航！

"其实刚才给你电话,我就站在你门口,听到屋里手机声响,知道你在家。不知道你为啥哭,但知道怎么治你的哭,所以刚才冲下楼,买了慕斯蛋糕。快,拿着……还不请我进屋?"

慕斯蛋糕已经吃完,沈墨的情绪也平缓了许多。

"……真没想到,我爸竟然会幸灾乐祸……小人嘴脸……"

话刚出口,沈墨就奇怪,自己竟然能毫无负担地将对父亲的负面看法向萧航哭诉。要知道,这种"家丑"不是一个女儿能轻易对外人吐露的。

——解释只有一个,沈墨已经把萧航当成除父亲沈净之外,第二亲的男人了!

"沈墨,这件事我觉得要客观来看。"

萧航这些日子与沈墨接触也是频繁,知道她为了帮助柳青山,没少出主意想办法,之所以如此卖力,一方面是她对柳老师一贯崇敬,不希望这本极具学术价值的心血之作被束之高阁,无人问津,另一方面也是想要替爸爸沈净"赎罪",期望可以帮助缓解或化解柳青山与沈净之间的矛盾。

"你爸爸毕竟是副校长,平日里众星捧月,这两次被柳青山弄得下不了台,心里肯定有气,人在气头上做出的决定,不能完全与人品扯上边。这只能说明一点,沈校长是官,不是官僚,因为他没有官僚的八面玲珑,还依然保留着普通人的棱棱角角。"

沈墨看着萧航,不知何时起,自己痛苦难过时,他都会守护在身边,而自己也都会找他来倾诉。

"我和你都很尊敬柳老师,崇敬他的学识、他的风骨,乃至他的文人傲气。但是从人际交往这点来看,柳老师确实缺少情商,有些事情处理的方式也太艺术家思维,甚至有些孩子气,多少也有不妥之处。"

萧航抽出面纸,想要递给沈墨……

"所以,咱们需要做的只是从中调和,而不是把责任归于谁,进而自责。"

沈墨低着头,没有看到萧航递来的面纸。萧航本想再往前伸伸,想了想,鼓足勇气,直接给沈墨轻轻擦拭。

面纸刚刚碰到沈墨腮边的泪珠,沈墨下意识地躲了一下。

这个略显亲昵的动作,来得有些突然,却也不觉得突兀。

既然迈出了第一步,萧航也不愿退回,再次尝试着帮沈墨擦泪。

这一次,沈墨没有躲……

房间里,灯光柔和,淡淡中恍惚也开始有了些暧昧。

萧航温柔地用面巾纸轻点着沈墨脸颊的泪痕,每一次触碰,都带动着沈墨一次令人窒息的心跳。

两个人的脸越来越近,已经能够感受到彼此都已略显慌张的呼吸声。

萧航与沈墨心里都清楚,任由这种气氛发展下去,有些事情的发生就会水到渠成。可是,两个人都默契地没有听从理智的召唤,而是随着心跳的节奏,似乎等待着,抑或期待着,那一刻的到来。

这段日子的相处,两人早就心有灵犀,知道这层窗户纸早晚会被捅破。可真到了这一刻,多少还会有些羞涩。

男人,不能粗鲁,但可以霸道!

萧航猛然一把将沈墨拥入怀中,此时女人需要的不是温柔,不是安慰,而是火热的胸膛,坚实的臂膀……

沈墨双颊发烫,低垂着睫毛,全然没了冰美人的孤傲,宛如一只惊了的雏鹿,战战兢兢躲在萧航的怀里,不敢抬头看他一眼。

此时,还需要看?

空气中、音波间、光晕下、呼吸里……周遭一切的感官之物都裹挟着炙热的流火,铺天盖地朝着沈墨席卷而来,将她仅存的矜持与防线一烧而光,化作随风漫天的灰烬,飘往远方。

萧航越来越粗重的呼吸、激动起伏的胸膛,还有身上让人眩晕的男人气息,一切的一切,都预示着灵与肉、情与欲的爆发即将水到渠成。

沈墨的心乱了。怕?羞?抑或期待?

凝结在空气中的情绪没有留给沈墨思考的空间,萧航滚烫的双唇霸道地堵住了她的嘴,全然不顾她唇边的咸咸的泪痕,灵活的舌头撬开她残存理智支配下,似乎还要负隅顽抗的牙齿,倔强地伸了进去,根本不给沈墨任何喘息的机会。

窒息中,沈墨已彻底沉沦……

(十三)

为张欣曼开个人设计展的钱,当然不会从孟吉凡个人的腰包出。

他去向白莫生汇报之前,就已经找好埋单者——MBA 班学员。

管理学院的 MBA 班可是学院的创收大户,学费昂贵,生源也非富即贵,不是老总就是官员,其实大家也明白,MBA 课程确实能够学到很多有用的管理学知识,但更重要的是可以建立关系。

平心而论,MBA 教育是一种特别好的商科教育模式,既能让学生们有机会不脱离实践,又能学到规范成熟的系统理论,而且很多成绩优异的学生在学习期间就找到合适的创业项目或合作伙伴,展现了良好的理论水平与专业素养。

所以,凭真才实学获取 MBA 文凭的毕业生早已成为各种用人单位眼里的香饽饽,纷纷高薪聘请,想要将这些商界精英招入麾下。

但是,有少数高校为了创收,在招生与毕业环节把控不严,给一些掌握资源的投机者钻了空子,成为高官富商套取文凭,办学单位征收高昂学费敛财的工具。整体上而言,这种情况在整个 MBA 教育中纯属少数,但是永远不要小瞧一粒老鼠屎的破坏力,正是由于个别学员的素质不高、动机不纯,坏了整个 MBA 教育的这锅好汤,让部分学校 MBA 的含金量受到了社会的质疑。

本届 MBA 班有位实力雄厚的地产商潘富贵,早就过了财富积累的原始阶段,现在需要的是给自己或公司的地产项目加上文化标签,所以主动出资赞助,还特意将张欣曼个人设计展搬到公司旗下养生庄园的展厅来做,以期宣传。

张欣曼对首场作品展非常重视,自己策划展厅布局,看着一点一点初现规模,离梦想越走越近,张欣曼没少在白莫生面前夸赞孟吉凡。

白莫生提醒道："越是这种时候，你越要对孟吉凡淡然处之，更要和那些地产商人保持距离。"

"你是怕他们走夫人路线，通过我贿赂你？"张欣曼一副很懂的样子。

"同这些人打交道，可以感谢，但必须不经意地向他们暗示一下，让他们明白有些界限不可随便逾越。只有这样，他们才会对你更加敬而仰之。"

正所谓"近之则不逊，远则怨"，看来白莫生的《论语》没少读。

沈墨终于回了沈诤的电话，父女没有隔夜仇，重归于好。

纸包不住火，再说沈墨压根没有想要隐瞒，很快，沈诤就弄明白，沈墨之所以如此热衷帮助柳青山，是萧航在幕后出谋划策。

在沈诤眼里，一个刚进校的青年教师，与柳青山也是初识之交，竟然上蹿下跳，忙前忙后，胆敢主动帮助副校长的"死敌"，这绝非简单的同事互助，而是一场有预谋的示威。

幕后黑手，一定是前不久利用柳青山提名教学名师暗整沈诤的白莫生！

理由"显而易见"，逻辑"清晰可辨"，萧航是白莫生的人，白莫生是自己的政敌，这是件有预谋的政治打脸事件！

在官场待久了的人，阴谋论就如上弦之箭，随时准备出击。

终于，沈诤出手了！

校务会上，沈诤对孟吉凡提出的推举萧航担任教研室主任一事，以进校参加工作时间尚短为由，明确反对。

孟吉凡赶忙辩解，讲了些"工作年限可以弹性看待，是否可以放松门槛，给年轻人一些机会"的大道理，一副为公选才的样子，有意撇清自己想要通过此举投靠白校长的嫌疑，淡化沈校长对自己的敌意。

沈诤继续咄咄逼人，强调给机会也要讲原则、有标准，不能太过草率。

白莫生默不作声，他在等着看孟吉凡的反应。这是个好机会，借机判断孟吉凡是否可靠，是否可为心腹。

孟吉凡偷瞄白校长，见他一副事不关己的姿态，心想，既然你白校长都不愿意为萧航争取,沈校长态度这么强硬,我又何必为了小兵得罪领导?

算了,别投靠白校长不成,先得罪了沈副校长。

"沈校长说得也有道理,是我考虑不周。萧航是位很有发展前途的青年教师,我会重点关注,悉心培养,等今后再给他锻炼的机会吧。"孟吉凡前半句说给沈净听,准备丢车保帅,后半句说给白莫生听,再示投靠之意。

白莫生见惯了这种见风使舵,岂会轻易让孟吉凡左右逢源:"没错,任命领导干部需要慎重。如果说,到校时间短,就被提名教研室主任,是一种不慎重,那么仅仅因为时间因素就放弃一位有发展前途的人选,说提名就提名,说弃用就弃用,是不是也是种不慎重?"

这句话,既针对了沈净的刻板教条,又敲打了孟吉凡的左右摇摆。

沈净知道,战斗又开始了:"朝令夕改与知错能改,还是有区别的。"

"对,错误的决定能够改正,也是一种慎重。我刚刚说了,仅仅因为单一因素欠缺就放弃综合因素优秀的人选,是不是不符合党中央提出的全方位多角度提升人才建设的有关规定?"

"党中央是提出在干部的任用上可以适当放宽任职条件,但这也说明,任职条件还是要有的。"

"对,但是也正因为有了任职条件,才会有'破格任用'这么一说!"

白沈二人唇枪舌剑,孟吉凡听得满头大汗。

既然白校长搬出了破格,沈净暂时也无话可说,那就看看萧航符不符合破格提拔的标准吧。

白莫生只是引发战火,却不会主动当炮灰。随口一句,就将置身事外的孟吉凡重新拉回了战局:"孟院长,既然你能向校务会提名萧航,我想你也不会视为儿戏,未加思考。你将最初的考虑给大家说说,既然萧航年限不够,你为何还要推举他?"

这句话,把孟吉凡的退路一下堵死,若还瞻前顾后、左右逢源,就会给自己引来"草率推荐干部人选"的罪名。

神仙打架,小鬼遭殃。孟吉凡心里骂了一句,硬着头皮说了一些理由,虽然有些勉强,却也能蒙混过关。

沈净岂肯罢休,奈何李庆丰书记不愿议程满满的校务会围着这一点纠缠不止,开口提议:"这样吧,现如今教育改革,国家鼓励给二级学院更多自主权力,若没有更为合适的人选,就先让萧航代理教研室主任三个月,然后再根据他的实际工作能力确定下一步任命与否。"

白莫生立刻附议:"书记这个提议好,我同意。"

沈净见已然无法剥夺萧航的教研室主任提名,但他也不会轻易缴械投降,轻轻一句,又给萧航制造了一次障碍:"既然书记提议,我也同意。不过,管理学院这么多老师,除了萧航,难道就没有别的合适人选?"

由白莫生担任课题负责人的国家级课题《自动化交通管理系统在市政管理过程中的应用研究》已经基本完成产品研发,萧航参加本次课题讨论会,就是从管理学的角度,帮助完善这套自主研发的交感系统。

当然,萧航心里清楚,白莫生主动招收自己进入课题组,更大的原因是为了帮助尚无国家级课题申报资格的自己在履历上能镀镀金。

为此,萧航心存感激。

对于"自动化""交通信号""传感装置"等理工科名词,萧航知之甚少。课题组其他成员耐心解释,模拟演示,萧航这才弄明白本课题的意义所在,更是大加赞赏。

"我国每年发生的交通事故,有些是行人车辆的疏忽所致,有些则是因为市政管理的混乱无序。我希望我刚才的一些建议能够为你们提供帮助,让咱们的课题实现更大的社会价值。"

"咱们的课题!"白莫生听完萧航的发言,特意加重音强调了"咱们"二字,笑着更正了一句。

萧航感动,这样的学者之风,令人钦佩。

课题组散会后,白莫生单独留下萧航,告诉他沈净对提名他为教研室主任一事所进行的阻挠,勉励萧航一定要认真准备管理学院即将举行的教研室主任公开选拔,全力争取,为学校做好基层管理贡献才智。

说完,似乎担心萧航会因此对沈净有看法,白莫生还特意补充道:"沈校长的异议也并非没有道理,你也不要因此气馁。这次教研室主任选举,无关个人恩怨,而是贤才居位,校之幸也!"

萧航心想,虽然也听闻过白莫生在与沈净斗法中,使用过一些小手段,但人在官场,身不由己,整体上来说,白校长还是相当受公允之人。

不过,这两天萧航可没有时间准备选拔之事,而是全身心投入帮助柳青山的各种宣传推广中去。

柳青山第一次坐到摄像机前,有些不自在。

萧航躲在镜头后,为柳青山加油鼓劲。舒雅也被萧航的阳光率真所逗乐。

节目开始,各位专家对藏品各抒己见,柳青山对书画印章边格的讲解很到位、别致,再加上相关的人文故事,为节目增色不少。

顺利完成录制的柳青山终于舒口气,自我揶揄道:"唉,知识廉价,斯文扫地,为了卖书,现在的知识分子都要出卖色相了。"

舒雅伶牙俐齿:"柳老师,您还老大不情愿的,您知道为了上这档节目,萧航给你跑了多少腿,我为你磨了多少嘴,制片人得罪了多少关系户,才弄成吗?"

柳青山在权贵面前是大仙儿,在美女面前,立马和其他他所有男人一样,毫无招架之力:"舒主持,我就开个玩笑。你们这些功臣,等我书卖完了,一并请吃大餐!"

舒雅故意噘着红润的小嘴,嗔怒道:"舒主持?怎么听着像高僧大德?我就这么不入您法眼,直接赶出红尘,归入方外人士啦?"

美女的好处就在于,不论真怒假怒真话假话,都会引起男人百分百的重视。

天子呼来不上船的柳青山竟然有些手足无措,笨口拙舌:"……不……当然不是!现在这称呼真难办。叫舒小姐,'小姐'俩字含义太多;叫舒女士,又把你叫老了;叫舒老师,你比我小这么多;叫舒……"

咯咯咯,舒雅笑得直不起腰。

"好了好了,不难为柳老师了。你就叫我舒雅好了。"

美女的眼波会说话,不仅柳青山终于松口气,萧航看了也心中一颤。

奇怪,我不是见异思迁的人啊,怎么会?

萧航暗自思量,这个女人太媚,今后要敬而远之。

敬而远之,可没有想象的那么容易。

舒雅不知是对萧航动了心,还是平日说话风格就是如此,总喜欢黏黏糊糊,似嗲非嗲。

丑女卖弄风情,会让人作呕,可美女软语轻言,谁能抵挡得住?

这无关道德,只是本能!

萧航这次来找舒雅,是应柳青山所托,希望舒雅可以注意网络炒作的度与品格,不要将专业书籍的营销弄成公众忽悠。

柳青山之所以有这种顾虑,是这几天的网络宣传已经从对《印章边格分类与释注》的讨论逐步演变成对"艺术独行客"的八卦。

柳青山并不完全反对网友为他所取的"艺术独行客"这个称谓,只是反感网友在讨论中很少关注前两个字"艺术",而是更多地八卦"独行客",讨论的热点也集中在柳大侠如何与沈净斗法上,将他塑造成一位戏耍权贵于股掌之间的大仙儿。

舒雅一听为了这事儿,呵呵笑了:"这你们就不懂了吧,现在的年轻人生性叛逆,喜欢挑战权威,有属于他们的一套价值观。单纯推广边格知识,受众面太窄,而若让他们喜欢上柳青山身上那股'孤独剑客'的风范,就会对他的作品感兴趣。当然,我也没指望这帮热衷八卦的年轻人能够买多少书,而是为了产生话题,促进年轻网友的转发量,让柳老师迅速扩大知名度。"

萧航说:"我懂你的意思,有了知名度会更利于这本书在专业人群的销售。可柳老师担心这样下去,会激化他与沈净的矛盾。"

其实,柳青山不愿激化矛盾,并非害怕沈净,而是不愿让沈墨为难。再说,他更不愿自己的烧书行为被定性成"有预谋的炒作"。

在萧航的一再要求下,舒雅同意告知负责网络宣传的小妹妹,做调整。

调整可能有些晚了。

沈净已经看到了网上的一些帖子:《无州大学独行客,坚守艺术斗官僚》《柳大侠三战沈校长》《游走于艺术世界的孤独大侠》《让副校长头痛的艺术家就是他!》《柳青山落选优秀教师内幕》……

标题越来越"惊悚",内容越来越传奇,这一切让沈净更加坚定了他的想法——这不是售书营销,而是政治阴谋!

沈墨劝慰父亲,柳老师和此事没有关系,而且他还主动要求调整网络内容。

"放心,我虽然记恨柳青山,可我清楚,他只是单纯无脑政治幼稚的老学究,被人利用当枪使。萧航这个人,你以后少接触。"

沈墨替柳青山说话,是为了解开爸爸的误会,谁知却将枪口引向了萧航。

"爸爸,你是不是太敏感?真的想多了!萧航就是个热心人,他只是单纯想帮柳青山卖书而已,压根没有要让你难堪的企图。"

"墨墨,你还太年轻,这么多年来一直被爸爸保护在羽翼之下,根本不了解这个社会。萧航与柳青山才认识多久?有多深的交情值得如此卖力?营销的时机为何选在柳青山大闹会场烧书之后?还把你拉下水?这些你都想过没有?"

沈墨沉默了,低头不语……

半晌,沈墨幽幽说道:"爸爸,小时候你总是教育我,要多看别人的好处,相信这个社会的善意,好人肯定比坏人多。现在的你却总是怀着戒备心、审视心和猜疑心看待人与事,太多的负能量,是不是在官场待久的人都这样?"

沈净听出了女儿的失望,心里酸酸的:"你以为爸爸想变成这个样子?爸爸需要保护自己,保护——你!"

沈墨当然了解妈妈去世后爸爸将自己拉扯大的不易与艰辛,看着沈净鬓角的白发,沈墨的眼泪一下子夺眶而出:"爸爸,我不希望你总是这么累,身累,心累。我希望你还回到原来的你,相信我,也……相信……萧航。"

　　知女莫如父,沈诤看得出女儿对萧航动了真情,只能在心中祈祷女儿千万不要遇人不淑,自己被萧航害了没关系,可千万不能让女儿受连累受伤害。

　　也许……连这个萧航也都是被人利用的棋子?

　　沈诤在心里自我安慰着。

　　萧航真的成了被人利用的棋子,利用他的人竟然是白莫生。

　　而且,还是萧航主动去求的"被利用"!

　　鉴于孙同泰不同意通过书协为柳青山办讲座,萧航希望另寻一处艺术爱好者云集的场所为售书宣传推广。所以,当听闻张欣曼个人设计艺术展时,他顿时有种"踏破铁鞋无觅处,得来全不费工夫"的感觉。

　　萧航主动找到张欣曼,说了想法,提出能否在作品展期间增加一个小的分支活动,来个联合讲座,从设计师的角度解读印章在书画构图设计中的功能。

　　张欣曼与柳青山是同事,平日里虽无过深私交,但也相互欣赏,只是作为校长夫人,经过这么多年耳濡目染,张欣曼多少还是培养起一定的政治敏感度,不敢轻易答允,准备回家请示白莫生后再做答复。

　　白莫生思索片刻,让张欣曼答应下来。

　　"你真的不顾及沈诤的想法?"张欣曼还是有点不放心。

　　白莫生反问:"我是校长,通过自己夫人的设计展帮我校另一位教师员工推广学术专著,和老沈有什么关系?"

　　张欣曼见白莫生明知故问,悻悻走开:"你们这些官员,太累!"

　　张欣曼猜得没错,白莫生当然不会放过这么一个冠冕堂皇又让人难以抓到把柄的机会,去打击沈诤的威信。校长助理选拔会召开在即,也关系到一年后的校长换届,白莫生需要加快节奏进行战略布局了。

　　不过,张欣曼只猜出了白莫生棋局的第一层次。

　　第二层次,对白莫生来说,更为重要。

　　而为了完成第二层次,必须利用一个人——萧航!

萧航最近忙并快乐着。

柳青山与张欣曼的联合营销方案制订完毕，一切都在有条不紊地实施中。

萧航整体策划指挥，沈墨联络实施，舒雅负责媒体支持，就连白泓涵也挎着专业相机承担起图片记者的重任。

萧航总算遇到能展现自己专业才华的机会，布展、统筹、外联、企宣，大到与所邀媒体的对接协调，小到准备讲座现场的桌椅板凳，萧航都游刃有余、处理得当。

"这是个能让人心安的男人，盯紧了，小心被我抢走哟。"舒雅看到沈墨时不时游离在萧航身上的目光，打趣起来。

"想要就要，谁稀罕?!"因为父亲的阻挠，沈墨暂时还没有公开她和萧航的恋爱关系。

舒雅不怀好意地凑到沈墨脸前："这可是你说的啊! 你要是和他没关系，我可就不客气了。现在这社会，好男人，要抢!"

沈墨打量起舒雅，仿佛想要从她的脸上找出答案，刚才的话是真是假。

或者，我现在就告诉舒雅，萧航是我男朋友，宣布一下主权?

这种事，不是应该男生来做吗?

萧航那边没有表示，我若是先宣布了，会不会显得我有些不矜持?

女人就是这样:不恋爱，麻烦;恋爱了，更麻烦!

萧航不仅完美地帮柳青山把书销售一空，还为设计展出谋划策，取得了非常大的成功，在业内外都影响非凡。

张欣曼非常高兴，在孟吉凡面前对萧航赞不绝口："孟院长，萧航这孩子管理学科班出身，有理论水平，也有实践能力，是个好苗子。"

张欣曼不是不知道领导夫人的规矩，在校园内不能轻言评论，以免自己的话被丈夫下属误认为是领导之言。但是，今天她之所以这么说，就是想狐假虎威，帮萧航在孟吉凡面前加加分。

我就是不稀罕当领导，当然，我的政治脑子也不差。张欣曼内心里飘飘然起来。

孟吉凡听到张欣曼称呼萧航为"这孩子"，更是感慨萧航背景深厚，立即顺着张欣曼的话夸赞萧航。

白莫生却打断孟吉凡的表扬，对萧航说："对于年轻人，是要多鼓励，但也要客观。本次设计展上能够如此成功，除了萧航的营销方案外，真正的幕后大功臣是孟院长！尤其在资金运作这一块，萧航你以后要多向孟院长学习。"

"咱们为联合讲座忙活这么多天，居然没听说整个张欣曼设计展是孟吉凡帮着张罗的。"

萧航忙不迭将白莫生刚才的话转述给沈墨。

沈墨知道了，沈诤自然而然也就知道了。

本来，沈诤听闻张欣曼要与柳青山举办联合讲座，在她的个人作品设计展帮柳青山推广营销，心里就开始梳理这里面的门道与关系。

张欣曼是白莫生的夫人，柳青山是自己的"对头"，所以，白莫生利用夫人的活动场地为柳青山的新书摇旗呐喊，明眼人一看就知道这是一个政治手段。

可是，今天从沈墨口中得知，整个设计展的幕后金主竟然是孟吉凡，这让沈诤更加警觉，如此看来，柳青山的专著营销整档子事儿不仅是为了打自己的脸，更是一个政治小集团的整体阴谋，目标直指校长助理选拔！

官场上很多事经不起琢磨，越琢磨，不是越明了，而是越复杂。

其实，复杂的不是事情本身，而是人心。

沈诤此时已经将孟吉凡划为"白党"之人，心里恨恨道，既然如此，我还真要好好和你们斗一斗，看看到底谁能当上校长助理！

白莫生观察到沈诤对孟吉凡的敌意，心中窃喜，这正是他棋局的第二层次，故意将孟吉凡对设计展的功劳告诉萧航。白莫生知道，萧航与沈墨的关系不一般，萧航知道了，沈墨就会知道，而沈墨知道了，沈诤一定也会知道。

沈诤一旦知道,孟吉凡在白莫生与沈诤之间左右逢源的机会就会彻底切断,没了做墙头草的后路,孟吉凡就会对白莫生死心塌地。

仔细分析一下,沈诤与柳青山的矛盾可大可小,并没有什么根本的深仇大恨。但是这段日子,网络上、口碑上、校务会上,沈诤是节节败退,越发被动。

孟吉凡发现沈诤不能把控局势,更加坚定了投靠白莫生的心思。

对于官员来说,比丢面子更可怕的,是丢了下属对自己的信心。

古往今来,多少王侯将相,不是输在谋略不足将少兵弱,而是败在部属们看不到跟着他能取得胜利的希望。

所以,这一次,孟吉凡是铁了心要投靠白莫生。

所以,他比萧航还要看重明天举行的管理学院教研室主任公开选举。

管理学院办公室,全员到齐。

教研室主任公开选举,这还是第一次,以往基本都是院长推荐,学校审批,基层教职员工并无多少实质的话语权。

所以,今天这阵势,教职工人虽然都来了,可观战的多,参选的少。

也难怪,这是管理学院的特色,不像其他学院,每逢教研室主任任免,很多老师挤破头想要争取这个职位,可管理学院老师在校外都有兼职,或自有公司,别说教研室主任,就算院长竞聘,很多老师也不感冒。

尽管参选人数并不算多,但包括萧航在内的四名参选老师都实力非凡,依次做了演讲陈词后,管理学院全体教职工进行了投票。

萧航的演讲不同于其他三位老师的喊口号表决心,而是言简意赅,直陈利弊,既分析了目前教研室工作有待提高之处,又实打实地给出了切实有效的解决方案。在场各位老师都是管理学专业出身,一听就知道萧航的演讲没有水分,全是干货。

而且是有实效、有见解、有层次、有布局的干货!

投票结果众望所归,萧航凭实力高票当选。

其实,现实生活中很多人抱怨社会不公,这种黑幕,那种猫腻,却不知公道自在人心,只要你足够优秀,能干之人总是有用武之地!

孟吉凡主动与萧航握手,表示祝贺,心中松了口气,对白校长总算有了交代。

图书营销大获成功,柳青山的专著一售而空,他的心愿已了,履行诺言,请本次售书活动的所有功臣吃大餐!

萧航、沈墨最早到达餐厅,与柳青山闲聊着,等候舒雅。

不一会儿,舒雅也来了,身边还带着个年轻小美女。

"哟,你们都早到了? 来,给大家介绍一下,这位就是负责网络营销的小妹妹。"

正在聊天的萧航与沈墨闻言,抬头一看,真是无巧不成书——这小妹妹是胡昊菲!

胡昊菲也没想到会在饭局上遇到萧航,而且,还有沈墨!

气氛有些尴尬……

柳青山当然不知道这里面的门道,热情地邀请胡昊菲落座。

"舒雅姐,我突然想起来,我还有些事。要不,你们吃吧,我先走了。"

舒雅有些纳闷,拉住了胡昊菲:"来都来了,民以食为天,天大的事儿,吃完了再走。"

菜品上齐,鸣锣开吃。

今天,柳青山兴致很高,与萧航等人愉快地聊着。整个饭桌上,只有胡昊菲闷头吃饭,低头不语。

舒雅觉察到她有些反常:"昊菲,你前阵子在我们电视台实习时,每次去食堂吃饭,就属你话多,今儿咋啦?"

胡昊菲敷衍:"都是无州大学的长辈,我一个当学生的不敢插话。"

萧航打趣道:"你上次在我课上,话说得不是挺好的吗?"

萧航没有恶意,不忍心看着胡昊菲一个人孤单闷吃,想要借这个机会搭话,化解尴尬,所以语气上明显带着几分友好与真诚。

"对,上次你的课,话是我说的,怎么着?"

看来,说者无意听者有心,胡昊菲误以为萧航想要借题发挥,秋后算账,索性心一横,把筷子往桌上一放,一副"你是老师我就怕你"的模样。

话说到这份上,舒雅和柳青山也看出事有蹊跷,询问是否有误会。

"走后门当老师,耍手段抢女友,你对得起'老师'这个神圣的称谓吗?"

90 后就是 90 后,有话就说,快意恩仇,胡昊菲将大闹课堂事件原样托出,还好汉做事好汉当,直言这是自己的主意,与哥哥胡昊辰无关。

吃饭吃出这么个大八卦,舒雅想要窥探究竟的心已经沸腾起来。

换作别人,萧航肯定据理力争,可是面对这么一位为了哥哥"仗义执言",却被哥哥蓄意欺骗的小姑娘,萧航心里充满了同情。

柳青山却忍不住了:"这位小同学,诬陷萧航走后门的事儿早就有了公断,纯属无稽之谈。萧老师和我无亲无故,也没有任何利益交集,所以我可以公正地说一句,以萧老师的实力水准,根本不需要走任何后门,也能进得了无州大学。"

胡昊菲不说话,看得出她并没有被柳青山说服。

"昊菲,你错怪萧老师了。我和你哥哥分手,与萧老师无关,是你哥哥……"

沈墨外表冰冷,内心善良,不忍将胡昊辰的劣迹当众说出,打碎他在胡昊菲心中光辉正大的哥哥形象,所以,换了说法:"……是我和你哥哥性格不合,和平分手在先。至于,我和萧航究竟什么关系,我可以明确告诉你……"

"我可以明确告诉你,也顺带告诉在座的各位,我和沈墨——恋爱了!"萧航是留学回国的绅士,这种场面怎么会让女人独自承担,当然要勇敢站出来。

柳青山心中早有预料,衷心祝福;舒雅眼中闪过一丝失落,但也旋即恢复调整,祝贺沈墨。

萧航看着胡昊菲,不急不躁:"昊菲,我可以用人格担保,我和沈墨老师的恋情开始于她和你哥哥分手之后,确切说,就是这阵子帮柳老师的过程中。"

"你的人格？我和你又不熟,谁知道你的人格值几个钱？我只相信我哥哥,他一定不会骗我!"

萧航闻言,刚要说出真相,被沈墨轻轻拉了拉衣袖,读懂了她眼里想说的话。

但是,萧航没有选择沉默,而是告诉沈墨:"我知道你的善良,你不想看到一个小姑娘知道真相后伤心。可是,真相就是真相,不应该被诋毁,更不应该被隐藏。有时候,话越不趁早说开,将来会更难说开。"

沈墨知道,萧航的理智并非因他是个残酷的人,而是他想保护自己心爱的女人!

萧航缓和语气,尽量用一种平和的口吻将事情的来龙去脉告诉了胡昊菲。

从胡昊菲的表情可以看出,这个真相对她的冲击很大。

"不!不可能!你还在诋毁我哥哥,我不信你的话!"

"你若不信我的话,不信沈墨的话,可以问问默守正教授。他的人品,他的信誉,你应该知道,而且他是你哥哥的导师,对你哥哥有他的了解。"

"不劳你费心,我一定会去问,你等着。"

胡昊菲眼中噙着倔强的泪水,拎包起身,匆匆离去。

临走时,为了替哥哥撑着脸面,还冲着沈墨甩下一句:"谢谢你和我哥哥分手,要不然他也不会有现在他的幸福!"

胡昊菲没有撒谎,胡昊辰最近确实春风得意。

竟然有女读者看了他发表的文章后,十分崇拜,鸿雁传书,两人坠入爱河。

当然,胡昊辰肯定不会告诉这位美女,自己发表的这篇文章其实是剽窃了默守正教授的观点与逻辑。

其实,要说胡昊辰没有能力,只会剽窃诬告,也有失公允。

这不,他的学术能力很快得到了领导赏识,委以重任,成为两个专项基金课题申报的审批人。

这一下,轮到胡昊辰开始感慨,不论世道怎么变,关系不是万能的,走得远,还得靠实力!

其实,这是很多满腹负能量的愤青的共同特点,在他们眼里,别人成功都是靠关系,自己成功永远凭实力!

可是,负能量在肚里存久了,哪怕凭实力光明正大争取来的东西,也会被抱怨社会的思维惯性所支配,用到了不太光明正大的地方。

所以,胡昊辰刚被任命为项目审批人,就开始考虑,权怎么变成钱?!

——不是说吗,有权不使,过期作废!

相比哥哥,胡昊菲可就没那么幸福,尤其是在如何与导师孔德仁相处的问题上,着实让她有些抓狂。

胡昊菲不仅要做助教,替孔德仁给本科生批改作业、带基础课、指导大四学生的毕业设计,有时候甚至还要去帮孔德仁接孩子放学,俨然是孔老师家不花一分钱请来的小保姆。

更可气的是,孔家小少爷本来就是个吃货,每次放学见了胡昊菲就吵着饿,要么肯德基,要么必胜客,一趟下来,胡昊菲搭上时间不说,还要自掏腰包支付公交、出租、餐饮费。

孔德仁一副礼貌客气的样子,教育儿子每次吃这么多好东西,要谢谢昊菲姐姐,但却从来不提报销之事。以至于胡昊菲真的想不通,门路广、关系野的孔德仁收入颇丰,如此吝啬贪财是不是有什么心理疾病?

胡昊菲烦不胜烦,退学的念头都有了。胡昊辰得知详情,想法子为妹妹解困,主动找到孔德仁,告诉他目前国家大力发展文化产业,期望做大做强若干传媒集团,增加文化软实力,若孔德仁能够牵头,促使传媒学院与管理学院联合申请传媒集团管理运营的课题研究,自己可以凭借无州社科发展基金会的便利条件,帮他通过国家级重点课题的项目评审。

孔德仁心动了,此事若成,也算他上任传媒学院正院长以来,在团队课题上的一大政绩。

孔德仁找孟吉凡商谈此事,孟吉凡也需要这些重量级的课题项目增加自己在校长助理选拔上的砝码,二人一拍即合。

　　当然,孔德仁明白胡昊辰的一片苦心,从此对胡昊菲也就不再过多压榨,还让她加入《传媒集团运营模式之国际比较》跨学科联合课题组,也算投桃报李。

　　胡昊辰心里美滋滋,有权就是好,哪怕变不成钱,也能换成另外一种权!

　　胡昊菲享受着终于逃出牢笼的解脱感,欢天喜地来联合课题组开会,一进门,顿时一种"才出狼巢,又入虎穴"的昏天黑地感扑面而来。

　　——不是冤家不聚头,管理学院指派的课题负责人正是刚刚上任教研室主任的萧航!

（十四）

　　冰美人沈墨恋爱了!

　　这个消息迅速传遍全校,有的是关注校长千金的动向,有的是关注校花美女的归宿,总之,很多人都在议论萧航。

　　认识萧航的,都称赞郎才女貌;不认识萧航的,都揣测又是一个凤凰男。

　　嫉妒是人的天性之一,财务处长王一波心里很不是滋味。这些年对小师妹沈墨的暗恋,被萧航这小子横插一刀。

　　所以,只要是萧航来财务处办事,不管是联合课题的项目,还是教研室的预算,都躲不开王一波的刻意刁难。一会儿是手续不全,一会儿是有待核实,害得萧航跑了一遍又一遍,才盖了这求爷爷告奶奶的一个章!

　　萧航心里不平,作为无州大学一名青年教师,他想要向上级主管领导反映情况,可是作为萧航这个个体,他虽然拥有白校长和沈副校长两个可以直达的上报渠道,他还是不希望再次被旁人误解为仗着有上层路线,争风吃醋,在领导面前打小报告的小人。

　　萧航只有找柳青山闲聊。谁知,柳青山还是一贯的耿直秉性,并没有顺着萧航的话来安慰他,而是说了他对王一波作为财务处处长的一些看法。

　　"小萧,你们现在这帮年轻人男女感情的事儿,我老了,搞不清楚,也懒得管。若王一波因为吃醋，故意刁难，这是他的糊涂。但是我觉得，评价一个人好与坏，要看他在大是大非的问题上糊不糊涂。"

可以看出，柳大仙对感情纠葛这些"俗世小事"不感兴趣。

"你招聘的时候，记不记得因为贪腐被抓起来的那个张副校长？"

萧航当然记得这档子事儿，还不是因为这个张副校长，他才又参加了一次招聘复核。

"知道在处理张副校长的案件中，谁起了关键性作用吗？"

"王一波？"

"对，就是他！"

"他举报的张副校长？"

"当初，张副校长主管咱们学校的新食堂基建，大笔大笔的经费从他手里过，他想要拉拢主管这个项目财务审批的王一波，给出了巨额的好处费，被王一波一口拒绝。因为王一波财务管理严格，又非常廉洁自律，所以张副校长看在他这儿没有办法突破，才转而拉拢原来的财务处一把手。"

"他这么做，不怕张副校长和顶头上司给他穿小鞋？"

"你担心得太对了。听说，他那阵子特别痛苦，各种打压，各种排挤，可是他还真硬挺了下来。不仅没有同流合污，还通过过硬的财务技能，发现了原财务处处长帮张副校长做的假账，这才举报，为无州大学挖出一只大蛀虫。"

"不容易，光听你描述，就能想象他当时的处境与压力。"

"所以说，哪怕王一波在脾气上、感情上有这样或那样的毛病，但是作为财务人员，只要能守住他的本分与底线，就无愧财务处处长这个头衔！"

"当然，若是待人接物上还能再好点，就更完美啦。"萧航幽默打趣道。

人的多面性真的太复杂，若只凭着与王一波的接触感受，肯定要将他归类为影视剧中典型的职场恶人，谁又能想到争风吃醋持权刁难人的他竟然有着大是大非上的铮铮铁骨？！

其实，王一波的刁难讽刺，萧航并不在乎，但是白莫生与沈诤这两个人对他与沈墨恋爱之事的态度,他不得不重视。

白莫生倒也没有说什么,可张欣曼知道消息后,简直就像炸了锅:"萧航这孩子怎么了? 明知道你和老沈不对付,还和老沈的女儿走得这么近? 不,都直接谈恋爱了?"

白莫生:"咱们那个时代就已经提倡恋爱自由了,你还想干涉人家的正常交往? 再说,这次柳青山的事情上,沈墨不也是忙前忙后,与她爸爸还差点闹翻,说明这个女孩子品质不错,是个好女孩。"

白莫生最后不忘再三嘱咐张欣曼,这是萧航的私事,不许横加干涉,但是从今以后在与萧航聊天时,一定要注意分寸,关于沈诤的话一概不提。

要说这边白莫生对萧沈恋爱的事儿还算温和,沈诤那边的态度却是十分严厉,坚决不许。

"墨墨,咱们无州大学这么多青年才俊,你怎么就看上了萧航?"

"萧航人好,有才,我为什么不能看上他?"

"你知不知道他和白校长之间的关系?"

"他只是白校长故交之子,并无血缘关系。我是你女儿,他不一样喜欢我?"

"我就怕他冲的就是你是我的女儿!"

"爸,我知道,你一直想保护我,可我已经是大人了,能不能让我自己选择我想要的生活?"

女大不中留,沈诤无奈叹口气,思索着下一步如何行事……

家里的烦心事还没解决,学校的矛盾又来了。

沈诤坐在会议室,听取着组织部部长向各位校领导汇报"校长助理"一职的竞聘筛选进程,共有十几位中层干部报名,今天的校务会进行首轮评审。

校长办公室内,白莫生与沈诤又开始了明争暗斗。

校长办公室外,孟吉凡与孙同泰也都等得心急火燎。

仕途之路,总有一两个关键节点。就比如这个校长助理选拔,一步上去,可能就是顺理成章的校长助理、副校长,甚至校长的升迁之路;一步上不去,可能就会在二级学院院长的职位上趴一辈子,再也没有升迁的希望。

有时候,机会可以等;有时候,机会不能等!

让人惊奇的是,本次校务会上,白莫生与沈诤竟然默契地各投了对方想要扶持之人一票。很简单,现在只是初选,还没到短兵相接的肉搏战,白沈二人不希望鹬蚌相争,让别人渔翁得利。

只有在官场上,才能真正体会"妥协与双赢"的真谛!

果然,经过首轮筛选,留下五名候选人,其中就有孟吉凡与孙同泰。

也就是说,白沈两位校长各自想保之人都入选了。

经校务会决议,鉴于本学期临近期末,要求五位候选人在假期内完成各自的校长助理工作方案,确定最终人选的会议留到下学期开学召开。

一晃,这个学期就要过去。

今天,柳青山早早来到了课堂。

学生们还没有到,柳青山缓步游走在教室走道中,手指轻轻滑过两侧的桌椅,眼神里充满了依依不舍。

今天,是柳青山的最后一课。"退休"两个字,第一次如此真切地摆在他的面前。

上课铃响,教室只坐了一半不到,全无往日座无虚席的景象。

唉……对学生们来说,今天并无特别,只是与往日无异的普通一课吧?

柳青山心中多少有些失落,缓缓打开课本:"好,咱们上课。"

正在此时,一名学生快步走进教室:"柳老师,今天上课人多,教务刚刚将教室调换到大阶梯教室,让我来喊您。"

原来如此,柳青山收拾东西,在同学们的簇拥下,来到阶梯教室。

一进门,柳青山惊呆了!

阶梯教室座无虚席,除了年轻学子,竟然还来了很多以往的学生。他们有的步入中年,岁月也已改变了他们的面容,可眼神里对柳老师的崇敬始终如一,每个人都像第一次上课一样,正襟危坐,为即将退休的老师再做一次学生。

柳青山的眼圈红了,面部因为想要强忍泪水而微微抽搐,他用手死死撑住讲桌,竭力保持着笔挺的站姿,这是老师的尊严,也是对学生的尊重。

萧航与沈墨并肩坐在前排,冲柳青山微笑鼓励,一看就知道,今天这场送别课肯定是他俩的鬼主意。

柳青山感激地点点头,深吸一口气,开始了今天的课程。

学生们看着讲台上风采依旧的老师,脑海里浮现出以往的点滴岁月,这些中年男女禁不住默默流下泪水。

柳老师的课还是那么精彩,可是老师的白发也一根根多了起来……

柳青山必须时刻掩饰有些哽咽的语调,似乎要将全部的知识在这一课给学生们通通讲完。

下课铃声响起,敲在每个人的心上。

结束了,自己钟爱一生的教育事业在铃声响起时画上句号,柳青山故作镇定讲完最后一个字,放下粉笔,合上课本,缓缓抬起头:"下课——"

没有一位学生起身离去,全都默默地注视着柳青山,千言万语都在不舍的眼神里……

"起——立——"沈墨含泪一声喊,所有学生齐刷刷站了起来。

沈墨大声报道:"2010级,沈墨!"

"2008级,王凯""2001级,张军""1998级,宋红燕""2006级,张毅""1997级,王一冬""2005级,刘静"……

此起彼伏的报名声中,哽咽抽泣,清晰可闻。柳青山再也控制不住自己的情绪,泪眼婆娑。

众人报完名,萧航眼噙泪花,最后一个站起身来:"2016级,旁听生,萧航!"

仿佛突然之间,教室静了下来……

片刻,雷鸣般的掌声响起,向柳青山致敬,向他平凡而又伟大的教育生涯致敬!

掌声中,一位不速之客走进了教室,走到了柳青山身边——白莫生!

白校长主动向柳青山伸出手，两只手紧紧相握："柳老师，谢谢你为无州大学的辛勤付出，谢谢你为国家培养出这么多栋梁之材，谢谢你为祖国的教育事业站完了这最后一班岗。我谨代表学校向你致敬！"

柳青山："我是老师，这一切都是我应该做的。"

白校长突然面露惭愧之色："你做到你应该做的，可是无州大学却没有做到我们应该做的。我这个做校长的，对不住你这位教授水准的老讲师啊！"

一石激起千层浪，众人纷纷为柳青山鸣不平。

——"是啊是啊，柳老师这水平，早就该被评为教授了。"

——"唉，教了一辈子，学生好评如潮，临退休了，还是个讲师。"

——"可不是，柳老师的很多学生都已经是副教授，他却还……"

白校长示意大家安静，随行人员将一份红底金字的聘书递到他的手中。

白莫生："职称评选，国家有国家的规定，学校有学校的标准，很多事我们这些领导也难以左右。所以，柳老师在校期间，只能按照规则走，没有论文与课题，无法晋升，就连教学名师都……"

白莫生故意顿了顿，果然有人顺着白莫生的话，想起了当初是沈净阻挠此事，柳老师才没有当选教学名师，纷纷开始小声议论起来。

白莫生面露难色，一副欲言又止的模样："今天，柳老师退休了，这么优秀的老师若不能继续在讲台上发光发热，不仅是我们无州大学的损失，也是一届又一届莘莘学子的损失。因此，我向校委会提议，以教授的待遇返聘柳青山老师，给予柳老师与实际水平匹配的职称！"

众人惊喜，萧航与沈墨带头鼓起掌来，为柳青山庆贺。

柳青山接过聘书，高兴却有节制。

"首先，谢谢学校对我的信任与认可，我接受这份聘书，不是为了职称，而是为了这三尺讲台；其次，我有些真心话，今日想一吐为快，希望大家能给我几分钟，听我唠叨唠叨。"

众人停下掌声，侧耳倾听。

"大家都知道，我一直反感现行的职称制度，不写论文，不做课题，只是一心教书,因为在我心中,教师教师,教学是第一位,不是说科研不重要,而是不能本末倒置,更不愿看到教师们为了蝇头小利而忘了师者身份,你争我抢,斤斤计较。"

白莫生认真听着,并未以校长的身份打断柳青山。

"其实,我心里明白,一个学校的管理是不能像我个人一样,随心随性,要有规章制度。这些制度肯定不能让每个人都满意,但却能保证相对的公平。所以,从这个角度上,我能理解职称评选的条件要求,也支持作为新时代高校老师,教学科研两方面都要有立身之本的才能。我只是希望职称评选不要过于单一,唯论文论,唯课题论,而要增加一些选项,让专心教学的老师们也有晋升途径。"

师者胸怀,德服天下。

柳青山将聘书高高举起:"春蚕到死丝方尽,蜡炬成灰泪始干。只要学校需要我一天,只要学生需要我一天,我一定会教下去!"

柳青山返聘教授之事,在网上迅速传播开来,引起热议。

白莫生这一招,杀人于无形。既给了柳青山一个说法,换得众人对白校长的赞誉,又将舆论之火烧向主管人事工作的副校长沈诤。

沈诤感受到校内坊间的舆论压力,痛快地答应了孙同泰的邀约,以书协名誉主席的身份去虚山市参加"书法之乡"称号的评审工作。

虚山市委宣传部部长毛志雄亲自到高速出口处等候,按常理,只有省部级领导到访,才会让市委委员专车迎接,毛志雄解释,这么做是对文化的尊重,对艺术家的礼节。

孙同泰趁机讨好沈诤:"沈校长,我这是托你的福,才有这待遇啊。"

沈诤客气:"这次咱们来,是书协身份,与副校长无关,是我托你的福才对。"

孙同泰笑而不语,心想过两天你就知道了。

毛志雄安排了高规格接待,吃喝玩乐,衣食住行,全程陪同沈诤与孙同泰视察各类书法中心、学校、协会等,两三天内相谈甚欢。

尤其是,每到一处,各个书法机构的负责人都会以"久仰书协名誉主席大名"为由,向沈诤求购墨宝。

沈诤起初拒绝,可架不住孙同泰与毛志雄的左右吆喝,勉强应允下来。孙同泰宛如沈诤经纪人一般,沈诤这边刚写好,那边就已谈妥价钱,根本就不给沈诤拒绝的机会。

人都是这样,第一口最难,一旦开了口尝了鲜,反而就觉得理所应当。

这一路下来,沈诤轻轻松松就赚了二三十万。再加上毛志雄以虚山市市委的名义开出的高昂评审费,沈诤也不禁感叹艺术圈的生财之道不比官场少。

评审结果,皆大欢喜。虚山市被授予"书法之乡"的称号,成为宣传部部长毛志雄的一大政绩。而这个政绩对毛志雄来说至关重要,因为他即将升任主抓虚山市经济工作的副市长。有此政绩,为他今后的工作开展提供了强有力的政治资本。

为沈诤送行时,毛志雄对沈诤耳语:"沈校长,无州大学管理学院的 MBA 课程全国知名,我也想继续深造,为将来的经济管理工作提高知识水平,对得起虚山市三十万老百姓的这份信任。"

沈诤终于醒悟,高规格接待的原因所在。

孟吉凡虽然被迫站到白校长的队伍里,但也没有必要直接对抗沈副校长,更何况他已经听说,上次校长助理竞聘筛选会,沈诤也为自己投了一票,不管他出于什么目的,自己也应该投桃报李。再说,下学期的 MBA 班若能来个副厅级领导学员,对无州省内企业家的招生吸引力也会大增。

所以,当沈诤将他叫到办公室,暗示他照顾毛志雄的报考后,他立马爽快答允,送一个对自己未来发展也有利的顺水人情。

还真是应了那句话,官场没有永恒的敌人,只有永恒的利益。

最重要的是,反正是权权交易,用公家的人情换私人的利益,只赚不赔。

孟吉凡思前想后,决定推荐毛志雄报考"卓越领导(总裁)EMBA 班"。这种课程的学员层次高,多是企业老板或政府官员,不需要参加国家统一的

MBA 联考,只要经过面试即可。当然,毕业时没有毕业证,只有学位证,学费昂贵,二十五万元左右。

孟吉凡心里清楚,对于毛志雄来说,有了无州大学的硕士学位就已足够应付其未来仕途发展的学历要求。

至于面试环节,就完全是孟吉凡的操作范围了。

对 MBA 产生兴趣的,还有黄建安。

毕业至今,黄建安在商界也算混出了一些小名堂,可是总觉得企业想要上个规模,缺少必要的外部条件,比如强大的关系网。

一次生意场酒局上,黄建安听闻报 MBA 班,可以结交政府官员与商界名流,与这些人同学,以后官场上、商场上遇到啥难事,不愁摆不平。

其实,这种想法比较普遍,很多老总在商业领域的实战经验比管理学院的老师要多很多,之所以甘当学生,就是为了同学资源网。

黄建安动了心,刚好趁萧航来家里为康松辅导书法的时候,提了此事。

萧航原则上很支持黄建安继续进修,学习科学系统的管理知识,只是听了这些官商资源之类的小九九,指责黄建安的学习目的过于功利。

黄建安知道萧航的脾气,避开价值观的话题,直接询问如何报考的事宜。

萧航讲了一些招生流程,也推荐了许多招生章程上明确列出的考试参考书目,鼓励黄建安认真复习,考取正规的 MBA 班,因为在学历上还是有些区别。

MBA 学员毕业最终有三种结果,通过国家考试,能拿到毕业证和学位证双证;仅通过无州省考试,能拿到无州省 MBA 毕业证,但无学位证;没有通过无州省与国家统考的,只拿学校发的结业证。当然,三类学员的学费也不相同,从高到低依次递减,对于最后一种只拿结业证的学员来说,他们就是花钱混个脸熟。

黄建安自己就是公司老总,不存在应聘时的学历问题,所以他打算拿个结业证即可。

萧航生气当年的同窗好友怎么如此没志气，揶揄道："如果只想拿个结业证，还不如直接申请 EMBA 班，不需考试，通过面试即可。我们管理学院下学期有个卓越领导（总裁）EMBA 班，当官的不少，你是不是去巴结巴结？"

"哎，名字听起来不错，这就是为我量身打造。"黄建安一本正经，毫不理会萧航此番话的本意是调侃与讥讽。

生活，真的是把锉刀，磨光了多少人的锐气与志向！

柳青山的锐气不仅没有消减，反而有种老夫聊发少年狂的态势。

由于前阵子售书营销的余热与影响，柳青山在书法爱好者中的名气见涨，抱香雅集的参与者也从无州大学师生逐渐吸收进一些书法爱好者。

康松，就是趁着这个机会，被萧航引荐给柳青山的。

爱才惜才的柳青山对康松青睐有加，更对他身残志坚的学习态度大加赞赏。现今很多大学生压根不珍惜在校时光，逃课挂科玩游戏睡懒觉，仿佛有大把的青春任其挥霍，而康松的眼睛里满满都是对知识的渴望，对学校的向往，对学子的羡慕。

而当柳青山得知，康松正是与自己互动频繁的网友"笔墨的行走"，更是对康松喜爱有加。

每次来到抱香雅集，萧航都对康松耐心细致、照顾有加。沈墨看在眼里，越发认定自己的眼光，萧航是个值得托付终身的好男人。

可是，康梅的出现，让沈墨隐约感受到一丝酸酸的醋意。

康梅每次都陪康松来抱香雅集，一方面她需要推着弟弟从家过来，另一方面她自身对书法也很感兴趣。当然，来了这里能够遇到萧航，也是她心底的一个静静的期盼。

有着书法这个共同话题，还有着大学期间一起在书法社的共同经历，康梅与萧航每次都有说不完的共同语言，聊不够的往年回忆。再加上一起细心照顾康松，不知情的外人看来，这就是个由姐姐、姐夫、弟弟组成的幸福之家。

沈墨是个善良的好人，但首先更是一个女人！

她询问萧航是否还经常与前女友康梅联系，萧航承认因为康松的书法课，他依然经常与康梅见面。

沈墨感到委屈，自己为了坚守这份爱情，时时刻刻都在顶着父亲的压力，萧航竟然还"私会"前女友？

恋爱中的女人，智商为零。这话是真，却非准确。因为恋爱中的女人"丧失智商"的原因，并非变笨，而是太爱对方。

萧航知道，沈诤的排斥让沈墨背负很大的压力，所以没有与沈墨辩解，开始有意回避着康梅。

康梅意识到沈墨的猜忌，心中更是憋屈，自己与黄建安谈了六年的恋爱，到如今还是没有等来一纸婚书，若自己已经走进家庭，沈墨还会如此防范自己？

康梅不知道答案，就像现在的她，不知道自己的归宿……

黄建安的应酬越来越多。

没有资源，没有背景，黄建安想要广结人脉，拓展关系圈，当然要抓住一切机会组织酒局，参加酒局，甚至蹭酒局。

在酒桌上，黄建安唯一的法宝就是硬撑出一副豪迈实在的模样，用自己的胃，用自己的健康，用一杯一杯的酒，博取好感。

每次回来，黄建安都带着一身酒气。也许是笑脸都在酒局上用给别人了，回到家中的黄建安脾气越来越大，稍有不顺，就借着酒劲对康梅高声斥骂。

康梅隐忍着、避让着，可是内心的痛苦无处宣泄，无人倾诉。

终于，康梅犹豫再三，还是拨通了萧航的电话，告诉他，她并不想打搅萧航，只是若再没人让她打这通电话，她一定会憋疯的。

萧航正在陪沈墨喝咖啡，不太方便多聊。可是，他听出了电话那头康梅的心酸，于心不忍，柔声安慰，不觉间聊了好久，杯中的咖啡凉了，一回头，沈墨已经不见了踪影……

萧航赶忙挂断电话，冲出咖啡店，才发现沈墨独自一人坐在店口的长凳上。夜风阵阵，有些凉意。

萧航走过去，脱下外套，给沈墨披上，询问她为何不在店内等候。

"从我本心来说，我很同情康梅，也希望她能过得幸福。康梅现在过得不好，你安慰安慰她也是应该，所以，我不想打断你和她的电话。但是……我看着你隔着电话那么温柔地和另一个女人打电话的样子，我……"

无须多言，因为萧航已经紧紧地抱住了她。

沈墨、康梅、舒雅，三个女人已经够萧航受罪得了，现在又多了一位胡昊菲，萧航的头都炸了。

幸好，这个小丫头是跟我对着干的。萧航心中苦笑，沈墨三人的争风吃醋竟然让自己觉得胡昊菲的故意捣乱都变成一种"幸福"！

事情和跨学科联合课题有关：《传媒集团运营管理之国际比较》课题组的两个负责人孔德仁与孟吉凡都做起甩手掌柜，每人任命一名各自学院的教研室主任担任实际的课题负责人。传媒学院所派老师的所学专业是媒介理论，对经营管理不感兴趣，经常缺席课题会，只剩下萧航独扛大旗。

好在萧航出于专业，对课题所涉及的研究很感兴趣，所以为了学术，任劳任怨，担当起带着两个学院的一帮学生联合研究的重担。

活儿累没关系，可怕的是心累。

萧航发现，整个课题组压根没有一丝一毫的学术氛围，确切地说，这帮青年学者和学生没有任何科研热情，每次开课题会，玩手机的玩手机，咬耳朵的咬耳朵。

细问之下，原来课题组成员要么是两个学院的新入职助教，要么就是课题挂名导师的博士生、研究生，甚至本科生。

这些成员年龄不大，却似乎早已成为了科研老油子，口口声声劝萧航不要太过认真，课题组负责人挂名不干活，我们大伙就是被抓来做"科研民工"的。既然负责人们都糊弄，咱们也别傻干，百度百度，拼拼凑凑，课题结项时糊弄一篇调研报告就行。反正，课题结项评委名单是课题负责人推荐邀请，都是他们的朋友,还能真不给过关?

更为糟糕的是,胡昊菲抵触情绪爆棚,不是肆意挑战萧航的学术权威,就是故意消极怠工,每次开课题会都要给萧航找些麻烦。

萧航知道胡昊菲本性不坏,只是纠结于对他的误会偏见,原本他并不想与她一般见识,坚信日久见人心,期望能够感化胡昊菲。

但是,为了学术尊严,萧航终于发话了。

"我回国工作已将近一个学期,你们抱怨的这些,诸如行政领导才能拿重大课题,高职称老师压榨青年教师之类的事儿,我都听说过,自己也经历过,也为此烦恼、不平,甚至愤怒过。"

会议室里稍微安静了一点,都想听听萧航怎么说。

"但是,我们作为青年教师群体,难道就没有我们自己的责任与错误?"

萧航话锋一转,切入正题。

"比如说咱们现在这个联合课题组。你们是不是好高骛远,放着眼前实实在在的课题不做,幻想着这个或那个一举成名震撼学术界的某某课题?你们是不是眼高手低,每次咱们这个课题分配任务,又有谁按时保质地圆满完成?"

会议室内一片寂静,课题组成员纷纷低下了头。

"你们只看到现在很多有资历有头衔的老教师可以享受一定的学术便利,可是你们忘了,他们当中大多数人也是从咱们这个年纪,从咱们这个职称一步步奋斗而来。翻看他们的履历可以看出,他们没有荒废他们的学生时代和青春时光,一本专著接着一本专著,一个课题接着一个课题,踏踏实实,才有了今天。"

胡昊菲闷声不语,似乎也在反思……

"毕竟,不要忘了,弄权领导和贪心教授只是少数,有良知、讲学术的教师群体才是我们高校系统的中坚力量!"

萧航看到会议室里有一两个科研老油子似乎并不太赞同,补充道:

"我要说的不是喊口号的心灵鸡汤,其实很容易就能逻辑推断,我们无州大学蒸蒸日上,咱们国家的整体教育水平在国际上也越来越有学术地位,这就充分证明了只有正能量多才能取得如此发展,因为负能量多的话,只会带来退步!"

萧航故意顿了顿,进而话锋一转。

"我虽然比你们大几岁,可按照联合国对青年的定义,我也是你们的一员,咱们都是小鲜肉组合。"

可能是意识到氛围有些压抑,萧航聪明地打趣一下自己,课题组成员果然都抿嘴笑着,气氛缓和了好多。

"也因为如此,我也多少清楚一些咱们的毛病:轻活琐碎,重活怕累,简单看不上,复杂干不了。看啥都是老干部欺压新员工,想啥都不是尽力而为珍惜当下,而是等老子将来如何如何,我要怎样怎样……"

众人默不作声,如芒在背,却也不得不在心底承认萧航所言不虚。

"给你们讲一个小故事,也是我的亲身经历。当年在英国留学时,有一次宿舍里的下水道堵塞了,我打电话给宿舍管理员,请他来帮我修理。可是当天凑巧我有课,眼见他已经修得差不多了,就着急忙慌谢谢他,说已经通了,他可以先走,剩下的等我上课回来自己稍微糊弄几下就行。至于维修单,反正我是业主,帮他签服务满意即可。可他却死活不同意,说了一句话,一句让我这辈子都记忆深刻的话……"

萧航看着眼前一张张欲知后事如何的脸,稍微卖了一下关子,继续说道:

"他说,对不起,这是我的活儿,是我的手艺,我要对得起维修单上我每一次签的字,因为它们是我的名声!"

胡昊菲被深深触动,她偷偷看了眼其他课题组成员,他们脸上都写着钦佩与惭愧。

"他只是一名维修工,学历没有咱们在座的任何一个人高,说的这句话也没有任何咬文嚼字或高屋建瓴,可这个道理对我来说真的是振聋发聩,犹如当头棒喝,让我反思。"

萧航诚恳地环顾整个会议室,他知道,这些和他年龄相差无几的青年才俊,就像是暂时被风沙遮掩的明珠,他只要能帮他们吹去表层的浮沙,他们自然就会绽放异彩。

"很多时候,我们做事时总想着这是为别人而做:小时候为爸妈学习,上大学为导师当苦力,工作了为老板卖命,却不知其实生命中我们做的每件事,都是为自己而做,为自己扬名!"

萧航看出了众人的惭愧,也感受到他们每个人胸膛里喷薄欲出的"重整山河"的决心,所以点到即止,换作一种鼓励的语气,与大伙共勉。

"这个故事,说给你们听,也是说给我听。来,让我们从今天做起,从这个联合课题做起!"

期末考试如期而至。孔德仁在外讲学,便委托胡昊菲替他监考判卷。

胡昊菲有研一考试要复习准备,想要请假,被孔德仁在电话里骂个狗血喷头:"别以为你哥哥帮我弄个课题,你就能在我面前蹬鼻子上脸,有本事别让你哥哥像个三孙子似的来求我!"

胡昊菲头脑一热,想要冲到学校纪委告孔德仁,被同门师姐拦住:"昊菲,别犯傻,咱的毕业大权都握在他的手上。"

"师姐,他卡着你论文不给过不让你毕业,说什么论文质量不过关,啥时候改好啥时候才能交,以为大家心里都不清楚,不就是因为你上次发表文章时拒绝让他署名第一作者,他趁机报复吗? 不试试看,你怎么知道告不赢?"胡昊菲愤愤不平。

"怎么告? 论文质量这东西,仁者见仁智者见智,导师不满意学生论文质量,严格要求,还显得他孔德仁认真负责。"

"那他敲诈实习工资,对师姐骚扰的事儿总能告吧?"

"将工资给他的时候,没有人在场;骚扰的事儿更是说不清,他用的都是模棱两可的暧昧语言,怎么解释都行。"

"照你这么说,咱们只能任人宰割?"胡昊菲一百个不情愿。

师姐无比惆怅地望着窗外:"忍忍,再忍忍,总有毕业那一天……"

胡昊菲突然心底一阵冰冷,难道师姐的现在就是我的将来?

胡昊菲实在不忍心再麻烦哥哥,让他为了自己的事低三下四,想来想去,只能去找实习时的知心大姐舒雅倾诉。

舒雅的日子也不太好过。

每逢佳节倍思亲,在舒雅这儿,却是每逢佳节被逼婚!

说来也是,舒雅容貌秀美,工作稳定,身为无州省知名主持人,收入颇丰,小有名气。按道理,怎么也轮不到她成为剩女。

其实,越是舒雅这种条件优越的女孩越容易剩下,正所谓高不成低不就。

比她条件差的,她看不上;比她条件好的,从经济能力或社会地位上来算,多为中年成功人士,基本都有了家庭;和她条件上下相当的,又都愿意找傻白甜的单纯小姑娘;而主动找她献殷勤的,又多是奔着情人关系,而非婚姻。

所以,每到年底,舒雅都会找着各种借口,能晚回家就晚回家,逃避三姑六婆的贴心盘问。

舒雅并非不为自己的婚事着急,可是要么遇人不淑,要么好不容易对人有了感觉,人家却早已心有所属,比如——萧航!

舒雅也曾多次含蓄而又暧昧地暗示过萧航自己的好感,可萧航却总是顾左右而言他,巧妙躲闪。直到那天柳青山请客,萧航主动公开恋情,舒雅才知道自己的希望渺茫。

要是摊到别人,舒雅肯定会继续出击,哪怕一丝希望也会争取,可这是自己的好朋友沈墨,实在不忍心伤害她。

感情的事儿,谁都能骗,就是骗不了自己。

舒雅越是回避萧航,就越是思念。

越是不愿见沈墨,沈墨却越是总来找她倾诉情感之苦。

而沈墨口中经常抱怨的"我爸坚决不同意我俩的恋情"又一次次激起舒雅心中的希望之光……

终于,舒雅决定给自己一个机会,一个让缘分做裁判的公平竞争机会。

——报考 EMBA 班!

（十五）

什么？舒雅也要来我们管理学院读 EMBA？

萧航听沈墨聊起此事，有些吃惊。

"对，她跟我说，主持人是一个对综合知识要求很高的职业，尤其是台里准备让她主持财经人物访谈，提前学一些商业管理知识，应该对今后的发展有益。"

舒雅告诉沈墨的这些话确是实情，可到了舒雅这个年纪，务实是第一位的。

舒雅的想法很简单，读了管理学院的 EMBA，就可以冠冕堂皇地接近萧航。自己绝不会对萧航主动出击，但若是日久生情，那便是缘分的天意，并非自己对不起闺蜜沈墨；退一万步说，就算萧航始终对自己无意，EMBA 班上的同学多为金龟婿的潜力群体，总比在自己原有的小圈子里找寻男友方便得多。

当然，舒雅已经有了播音主持的硕士学位，所以选择了只拿结业证的研修课程，学费只相当于正常价格的五分之一，虽然费用不低，但在她可承受范围之内。

就当交了婚介公司的 VIP 会员费。舒雅的算盘打得也很精明。

期末考试终于结束，学生们纷纷离校回家。

白莫生主持本学期最后一次校务会，布置了下学期的各项准备工作。沈浄则主推一项议案，由艺术学院孙同泰院长牵头的合作办学方案。

根据此方案，无州大学授权张立伟的虚山职业技术学校，以无州大学艺术学院培训基地为品牌，联合办学，面向社会招收喜爱书画艺术的学生。

每名学员学费一万元，无州大学只需提供师资，招生、宣传、教学、场地、管理等所有事宜均由文化公司负责，毕业考核通过后，给予结业证，若有意继续深造者，在通过国家同等学力考试后，授予相应文凭。

沈诤心里有些打鼓,担心白莫生提出异议,直接否决合作办学整个提案。

出人意料的是,白莫生第一个发言,肯定了合作办学的积极意义,表态赞成。有了白莫生定的调子,其他领导也纷纷投了赞同票,新来的副校长孙敬业有些迟疑,但最终也选择了妥协。

唯有李庆丰书记提出异议,指出此事涉及无州大学名望,需要对合办方的资质做深入调查。

沈诤补充,自己已经做过前期核查,合办方是正规注册的专科学校,实力雄厚,应该没有问题。

李庆丰书记还在迟疑,白莫生再次发言:"既然沈校长对合作办学事宜前期已有介入,再加上也是由他提的议案,就由沈校长作为此事的负责人,主抓合作办学的推进与监管。"

会后,"白系"人员询问白莫生,为何轻易投了赞同票。

白莫生莫测高深地笑了笑,意味深长地说:"有时候,家里买了一堆桃子没放几天就烂了,结果发现,不是每个桃子一开始就坏了,而是把这些好桃子和坏桃子放在一起,久而久之……"

难道是白校长看出这次合作办学必有猫腻,故意留给沈诤将来犯错的机会?

寒假来了!

沈墨在火车站与萧航依依惜别,对刚刚陷入爱河的小情侣来说,别说一个月的分离,一天见不到都相思成灾。

萧航紧紧搂着沈墨,在她耳边轻轻说着。萧航真的是个理想的伴侣,工作时成熟稳重,独处时温柔浪漫。

火车开动,萧航坐在窗边,还在回味着与沈墨的柔情告别。

"萧航?"一个女子声音在耳边响起,舒雅吃惊地睁大眼睛,"这么巧?你去哪儿?"

萧航回答:"虚山。"

"你也是虚山人？"舒雅更是觉得不可思议。

萧航解释他父母是北京人，当年到无州省虚山市乌马河镇四柳村当下放知青，后来因种种原因没有返京，留在了虚山。

舒雅心中将巧合看作是冥冥天意，与萧航邻座之人换了票，一屁股坐到萧航旁边，一路攀谈。

列车到了虚山，舒雅家人开车来接，顺道将萧航送到小区门口。

在家的日子，除了陪父亲，萧航都是在陪沈墨煲电话粥。

某天，电话响了，却是舒雅打来的："萧航，我和几个朋友聚会，刚好在你家附近，走路两分钟就到，你也来吧，都是年轻人，人多热闹。"

萧航婉拒，舒雅也不客气："我好歹也算帮了你很多忙吧？请你吃个饭，这点面子都不给？"

萧航无奈，只能赴约。

年轻人之间，没有那么多礼数，熟悉得很快，萧航融入席间氛围，推杯换盏。

丁零零，放在桌子上的手机响了。

萧航接听电话，电话那头的沈墨听到嘈杂声，询问萧航在干吗。萧航担心沈墨瞎想，避而不提舒雅就在身边，只是回答和朋友一起吃饭。

舒雅等萧航挂了电话，故意打趣，沈大美人也会查岗啊？

萧航笑了一笑，不置可否。

酒足饭饱，众人提议玩"谁是卧底"游戏。

萧航玩得兴起，不知不觉已到深夜。赶巧萧航输了一局，按照手机软件随机派发的惩罚方式，萧航要在朋友圈转发一条游戏系统提前预备好的一段文字。

——我就是喜欢大胸妹！

众人起哄，要求萧航愿赌服输。

萧航也不是耍赖之人，只是这条状态太过限制级，有违萧航平日风格。

"萧航是大学老师,朋友圈里很多好友都是他的学生,若真的发了这条状态,影响确实不好。"舒雅替萧航解围 ,"这样吧,让他以这满桌的酒瓶作为背景,发一条喝红了脸的图片,对于他往日的儒雅形象来说,已经就是惩罚了。"

众人只好作罢,萧航感激舒雅的体贴,拍了照片,发了朋友圈。

一片哄笑声中,萧航与众人尽兴而归。

刚到家,沈墨的电话追了过来。

萧航看了眼手表,已经将近晚上十二点,自己玩得太嗨,竟然忘了晚上十点就要给沈墨打电话的承诺。

沈墨的语调明显不高兴,萧航解释与好友聚会,多喝几杯,忘了打电话。

"好友? 都是谁? 我认识吗?"沈墨突然问道。

萧航一愣:"我在老家的朋友,你怎么会认识?"

"真的没有我认识的人?"沈墨不依不饶。

萧航心中犹豫,要不要将舒雅的事儿告诉沈墨,自己没有做亏心事,为何要如此心虚?

萧航刚要坦白,沈墨却直接问道:"我刚才给你打电话时,你为什么不告诉我,你和舒雅在一起?"

咦? 沈墨怎么知道我刚才和舒雅在一起?

莫非是舒雅给沈墨打了电话,故意说起刚才饭局的事儿?

若是这样,她用意何在?

"我……我刚才是和舒雅一起吃饭……没告诉你,是怕你……多心。"

"你若没有做亏心事,为何怕我多心?"沈墨挂断电话,压根不给萧航解释的机会。

萧航纳闷,想了想,给舒雅打了电话:"你刚才给沈墨说了什么?"

舒雅语气淡定:"我没有给沈墨打电话!"

"你没打,她怎么知道咱们刚才一起吃饭?"

"那你要问她呀?"舒雅不急不躁,反问萧航,"你也要问你自己,为什么怕她知道咱们俩在一起?"

舒雅故意强调着"在一起"三个字,萧航无奈挂断电话,败下阵来。

一个女人,已经够难伺候,两个女人,真累!

萧航只好给沈墨打电话,却没有人接。

萧航知道,对于女人来说,这种时刻,她可以不接,但你不能不打电话。

也不能只打一次就放弃。

因为,对女人来说,锲而不舍的态度比合理的解释更重要。

萧航一遍又一遍地拨打电话,沈墨看着嗡嗡作响的手机,终于,发给萧航一条短信"看看你的朋友圈"后,关机睡觉。

萧航赶忙刷微信,终于明白了事情缘由。

原来自己受罚发了那张朋友圈照片后,舒雅紧随其后也发了一张角度几乎一样的照片,同样的场景,同样的布局,一看就知道这两张照片所拍之处为同一个地方。

沈墨今晚一直在等萧航电话,可是过了十点半还没踪影。等得无聊时,刷刷朋友圈,本想边刷边等萧航打电话,结果看到了这两张照片,女人的敏感让她直接一个电话打来问罪。

至于舒雅为何要发那张照片,看来只有舒雅自己心中知晓。

第二天清早,沈墨打开手机,并没有心中期待的未接电话或道歉短信。

好你个萧航,不想好啦?

沈墨怄气,强忍着不给萧航电话,等到中午吃饭时,还是杳无音信。

沈墨开始胡思乱想,好不容易熬到下午两点,实在忍不住抓起手机要给萧航打电话,就在此时,一条短信发了过来——下楼,等你!

沈墨不敢相信自己的眼睛,旋即飞奔下楼,冲出楼门,看到萧航的那一刻,所有的气恼都消失得无影无踪。

萧航手中的一捧玫瑰娇艳欲滴,像一团火焰炙烤着沈墨的心。她再也顾不得昨晚的不愉快,直接扑入萧航的怀中,像个孩子般,委屈地哭了起来……

萧航没有任何话语,就是这么抱着,将沈墨深深地拥入怀中。

刹那间,天地之间仿佛静默,片片雪花中只有两个相爱之人,渐渐白了头……

良久,萧航终于开了口:"昨晚的事儿,我觉得必须当面向你解释。"

沈墨的双唇猛地堵住了萧航的嘴,玫瑰花束从手中滑落……

女孩的世界里,很多事并不是只靠言语才能解释。

第二天,沈墨以去市郊棋盘山写生画雪景为由,"逃离"沈净的监控,去和萧航一起登山赏雪,浪漫约会。

山峦起伏,白雪皑皑,阳光照射在雪被之上,越发耀眼,天空清澈湛蓝,宛如一幅焕然天成的水彩画,清丽脱俗。

雪后晴天,心情大好,沈墨与萧航手牵着手,时而欢笑追逐,时而停步拥吻,聊无游人的景区俨然这对恩爱情侣的小乐园。

终于爬到山顶,沈墨支起画架,运笔写生,今天的画作已不是单纯的山水风景,而是留下她与萧航的爱恋回忆。

萧航则为沈墨做起后勤服务,倒热水、削苹果、拿饼干、冲泡面……

一阵山风吹过,沈墨搁在脚边的画纸被卷到山崖边。赶去捡画纸的沈墨脚下一滑,竟然顺着山坡滚落下去。

"不好!"萧航冲过来想要拉住沈墨,还是晚了一步。萧航想都没想,顺着积雪的山坡跌跌撞撞,追了下去……

好在积雪松厚,二人未受重伤,但沈墨的脚扭伤了,不能行走。手机也在刚才的滚落中不知丢在何处,无法报警求救。此处已是半山腰,想要爬上去,绝无可能,只有顺着山形地貌,先走到山脚下再找出路。

萧航撕下衣布,为沈墨包扎,悉心照料。沈墨倔强想要行走,奈何疼痛难忍,萧航霸道地将沈墨背上身,一脚深一脚浅地在雪中前行。

沈墨伏在萧航后背,感受着他有力的臂膀,阳刚的气息,浓浓的深情……

终于走到山涧,暖阳雪融,溪水潺潺,沈墨已然忘却跌落山崖的恐惧,恍然觉得这是上天赐给自己与萧航的独处佳机,无人打扰,身心合一。

这里是险境,可有萧航在身边,沈墨感受到的却是一种实实在在的安全感。

然而,最终,两人还是迷路了。

天色越来越晚,山里的温度越来越低,萧航感受到沈墨的哆哆嗦嗦,脱下外套,不顾沈墨的反对为她穿上。

沈墨感动得泪水打湿萧航的肩头……

天无绝人之路,前方有一间废弃木屋,应该是看林人早期的住所。天黑了,为了安全,两人决定在此暂住一晚。

发现木屋之初的兴奋感旋即被巨大的落差感所替代,废弃木屋里没有食物饮水,灰尘满地,一张窄窄的木床也已断裂,没有被褥铺盖。可以说,除了能稍微遮点风雪,这个废屋并无任何作用。

"没事儿,这好歹也算景区独栋生态氧吧别墅!"萧航总是那么阳光乐观。

惊喜总在不经意间出现,他们发现了一个火柴盒,里面有仅存的几根火柴。

太好了,若是能燃起篝火,今晚便能驱寒。

萧航拆下木床,手脚并用,或折或踩,把木料弄成小段木条,找了块毡布,试着点火。两人小心翼翼,像是普罗米修斯看护着火种一样,他们知道,这是对抗山夜严寒的最后一线希望。

划了一根,没着;又一根,还没着……看来火柴有些年头,已经失效。

沈墨满脸紧张,手心都快攥出了汗。

很快,火柴盒里仅剩最后一根火柴。

萧航抽出这最后一根火柴,递到沈墨嘴边:"吻,具有魔力,王子可以吻醒睡美人,公主也可以吻醒青蛙王子。来,冰美人同志,你吻一下,赐予它魔力,我要在这冰天雪地的漫漫黑夜,向你证明,童话并不是骗人的。"

这家伙,都什么时候了,还开玩笑……

沈墨的心被暖暖的爱意包裹着,有他在,我什么都不怕。

说来也是奇怪,难道真有爱的魔力?

火柴着了!

萧航与沈墨兴奋地搂在一起,庆祝这个只属于他们二人的天意。

很快,篝火燃起,木柴噼啪作响,火星或明或暗,萧航用棉大衣将自己与沈墨紧紧裹在一起,聊着、说着、笑着、唱着……

漆黑的夜色中,幽静的山间只有木屋缝隙处隐约闪烁的火点,只有温婉缠绵的歌声,只有紧紧相拥的一男一女……

沈净急疯了。

大半夜了,女儿还没回家。

沈净打电话询问棋盘山景区,才得知游人发现山顶遗留的画板泡面,报告了景区,工作人员在山坡积雪上发现滚落痕迹,判断有人失踪,奈何天色已晚,只能明日再行搜寻。

沈净像是被困在笼子里的野兽,眼睛血红,焦躁不安,迟迟不能入睡。

最终只能披衣起床,在亡妻的照片前默默祈祷,保佑女儿平平安安。

一夜无眠,终于天亮。沈净开着车一路狂奔,赶到棋盘山。

搜救队伍已经出发,工作人员让沈净在景区办公室等候消息,可是他执意要与搜救队同行。

此时的沈净,不是教授,不是校长,只是一个父亲!

沈墨被找到的时候,她一眼就在搜救队中看到沈净,哇的一声哭着就扑了过去,紧紧搂着自己的父亲。

爸爸的眼睛布满血丝,面容憔悴,连鬓角的白发也似乎一夜多了许多。

沈净抚摸着女儿的头发,低声安慰:"好了,别哭了,爸爸接你回家。"

萧航站在当下,不知是否应该与沈净打招呼。

反倒是沈净看到萧航后,竟然推开沈墨,一步冲到萧航面前,扯住他的衣领,像一只愤怒的老兽,逼视着想要伤害幼崽的敌人:"你到底什么目的?!你差点害了她,你知道吗?!"

萧航不能回手,无法作答,更是从心底心疼这位饱受惊吓的父亲。

还是沈墨拉开了沈净,向爸爸讲述了一切——萧航的跳崖追救、体贴照顾、棉衣相让、真情背负……

作为父亲,沈净内心里总是希望能有一位靠谱之人接过手中的接力棒,在未来的日子里,替自己照顾女儿。

他看得出,萧航与沈墨应该是真心相爱,难道是自己太过多疑?

要不,给年轻人一个机会,自己也近距离观察一下萧航?

终于,随着救护队回到景区门口,沈净打开车门,等沈墨坐进去后,面无表情地看了萧航一眼:"车上还有座。"

这是萧航第一次登门,有些狼狈,却已是突破。

沈墨乖乖去厨房做饭,留给生命中最重要的两个男人之间破冰谈话的机会。

萧航知道,这是仅此一次的机会,若不能改变沈净对自己的误解,今后的感情之路必将阻碍重重。

怎么说?从何说?萧航不愿投机揣测,选择了开诚布公,推心置腹。

他向沈净表明了对沈墨的真心,绝无其他任何目的。

以沈净的阅历,基本可以确定萧航所言无虚,诚意十足。看来,也许是自己过于先入为主,带有成见,错怪了他。

沈净暂时搁置了偏见,与萧航聊起了书法,又从书法聊到教学、工作、发展、规划……

沈墨在厨房忙活着,不时偷偷探头查看,见到父亲与萧航似乎越谈越投机,心里乐开了花,很快张罗出一桌子家常炒菜。

饭桌上,不谈公事,只聊家常,聪慧的沈墨居中穿针引线,这顿饭逐渐有了家宴的感觉。

事后,萧航在想为何一顿饭就能化解许久的误会?

答案很简单,他和沈诤有着一个共同点——深爱着沈墨。

萧航提前返校,除了安慰沈墨,已经身为教研室主任的他还要准备参加EMBA的招生面试。

面试当天,孟吉凡早早到场,宣布了考场纪律,便和萧航等人开始了学院选拔。报名的人还真挺多,无州省不缺拿钱买学历的企业老总。

黄建安的面试还算顺利,只是看到自己的老同学萧航大模大样地坐在评委席上,而自己却作为考生受其审核,心中多少有些怪怪的。

上学时成绩不如他,在康梅的心里不如他,现在连身份也不如他!

舒雅的出现,惊艳了全场,除了萧航,似乎所有的考官都提起了兴趣,尤其是孟吉凡的态度更为热情。

所有学员都已面试完毕,毛志雄的秘书才匆匆赶来,先冲着评委道一声歉,然后解释毛部长因为临时有市委常委会,实在脱不开身,便委托秘书前来面试。

萧航眉头皱了起来,这也太不拿学校当回事儿了。

孟吉凡却神情淡定,处变不惊的样子。萧航瞅了眼其他几位评审,似乎也都无动于衷,唯孟吉凡马首是瞻。

孟吉凡发话了:"市委常委会关系到虚山市三十多万百姓生活的方方面面,毛志雄同志身居要职,临时有会脱不开身也算情有可原。不过周秘书回去一定要转告毛志雄同志,一定要端正学习态度,既然想要学习,就要全方位配合服从学校的日程安排,将来入学后绝不允许此类事情再次发生。"

秘书连连点头。孟吉凡作势征求在座评委的意见:"既然如此,大家看看,要不我们就破个例,给这位学员一个机会?"

众人点头。萧航不干了:"面试面试,就是要和学员当面交流,判断他是否有参与课程学习的潜质与能力,若都由秘书代劳,我们直接开个秘书班好了。"

孟吉凡没想到萧航敢于当场反驳,面子上有些挂不住:"萧老师,你是第一次参加招生,不了解 EMBA 招生的特点,学员们都是各个领域的精英才俊,为了招到优秀人才,有时候我们需要机动灵活,特事特办。"

萧航听得出孟吉凡话里有话,你小子的教研室主任是我提拔的,所以你才有资格参加招生,别不识抬举。

萧航与毛志雄并无过节,只是希望保持对考场纪律的基本尊重,可他并不知道,今年过年期间,除了他放假回老家,不在学校外,在场的所有考官都与孟吉凡一样,收到过毛志雄派人送来的"虚山特产"。

所以,现场考官无人声援萧航,邻座之人反而小声劝萧航不要太过于较真。

孟吉凡冲着秘书使个眼色:"这样吧,既然你已经来了,先讲述一下毛志雄同志的工作经历。若无特别之处,就以缺考直接论处,若各方面确实优秀……"

孟吉凡侧头看了眼萧航,换上一副诚恳的姿态:"小萧,你想想,地方领导干部还有几个对自己有高要求,想要继续深造,提高理论水平的?若毛志雄同志真的很适合来我校进修,咱们可不是为管理学院培养毕业生,最终受益的可是虚山市三十万老百姓啊!"

这番话,虽有托词之嫌,但也多多少少打动了萧航。

"算了,先听听毛志雄的简历,若不符合招生标准,管他什么副市长不副市长,我百分百投反对票。若确实尚且符合要求,就当是为虚山市三十万老百姓定向委培了吧。"

萧航不再说话,算作默许。

客观来说,毛志雄本科管理专业毕业,任职以来也有不少政绩,丰富的基层管理经验更是加分不少,而且提交的面试论文也条理清晰,论据充分,除了今天没有亲自参加面试以外,在众多申请者中综合排名还在前列。

孟吉凡首先表态同意录取,定了调子,其余的评委纷纷附和,萧航的这一票已经形同虚设。

萧航刚回到宿舍,毛志雄的秘书就拎着名酒名烟,拿着红包礼金前来拜访。不用说,肯定是孟吉凡给的地址。

萧航内心涌起一股屈辱的感觉,知识在权贵眼里只值几条烟几瓶酒,所有的一切都能通过权权、权钱、权色进行交易。

萧航黑着脸,请秘书将礼物礼金都拿回去:"我之所以最终没有坚持将你们毛部长以旷考拒之门外,是因为官员希望继续深造、主动学习是好事,如果真能在 EMBA 进修班学些科学系统的管理知识,也能服务百姓造福一方。"

秘书拎着东西灰头土脸地离开,心中琢磨这是哪儿来的怪人。

萧航情绪低落,隐约感觉如同陷入了如影随形的巨网之中,任他如何挣扎都逃脱不了人情世故的束缚。

一瞬间,他仿佛理解了柳青山无奈自辞书法大赛评委的举动,这是一种喊不出声的呐喊,虽然听到的人只有自己。

沈墨静静地陪在萧航身边,知道眼前这位男人经历着无以言说的痛苦。

萧航低沉着声音:"我也想做个合群的人,却成了这个群体的异类,变为同事眼中的挑事者。墨墨,我错了吗?"

"你错了!"

萧航没想到沈墨如此作答,有些不敢相信。

沈墨正色道:"你错了,不是错在你的原则、你的坚守、你的价值观,而是错在不知如何与他们周旋、与他们较量、与他们抗争。"

沈墨温柔托起萧航蔫蔫的头:"对坏人,更要有策略!"

(十六)

生活总是起起伏伏,有烦心事,就有开心事。

萧航与沈诤最近接触得多了起来,沈墨看在眼里,乐在心上。

萧航听沈诤闲聊了几句合作办学事宜,当即就想到这对康松来说,是个好机会。沈墨开玩笑嘲弄萧航是个深情之人,有点啥事都忘不了前女友及其家人。

萧航刮了下沈墨的鼻子:"你肯定是汪涵的粉丝,好大一碗老坛酸菜面。"

话虽这么说,沈墨还是陪着萧航一起来到了黄建安家,告诉康松这个好消息。

康松果然很兴奋,三下五除二就填好了报名材料,兴冲冲地让萧航帮助修改。黄建安给康松打气:"这还用改?萧航哥哥或沈墨姐姐,随便谁帮你打声招呼,你不就考上了?"

萧航用手指弹了黄建安脑门一下:"你怎么不教康松一点好的?也不怕让孩子学会你这些歪门邪道。"

黄建安揉揉脑门:"歪门邪道?招生除了实力,不就是关系?"

康梅急忙打断黄建安:"小松是去学习的,不要给他灌输这种观念。"

"你们俩,还是心意想通啊。"黄建安酸酸地开着玩笑。

唰,沈墨和康梅的目光都投向萧航的身上。

康梅打心眼里替弟弟开心,特意买了许多菜,扎上围裙,在厨房里忙活开来。

五个人,自然而然地分成了两拨:萧航与黄建安像是在大学宿舍一样,摆开棋盘,对杀起来,康松也坐在一旁观战,一会儿帮萧航,一会儿帮黄建安,摇旗呐喊。而沈墨不好意思让康梅一个人在厨房忙活,也卷起衣袖,去厨房帮忙。

要说,沈墨与康梅也不是第一次见面,好几次在抱香雅集的活动中两人也打过照面,可都是笑一下,点点头,没有太多交流。

这次,算是两个女人第一次正式见面,都在竭力伸展着女人敏感的触角,接收着对方每个眼神、每句话、每个动作传递的信息与气场。

一开始,两个人还聊着女人的话题,说说保养,谈谈时尚。聊着聊着,话题慢慢就转到萧航身上,似乎都在暗自彰显着对萧航的"主权",一个总是回忆当年大学时期的种种往事,一个故意讲着她与萧航的现在与未来。

萧航下着棋,不时地瞟着厨房里热情交谈的沈墨与康梅,因为离得远听不清,只能尝试着从她俩的面部表情来判断厨房内究竟是"杀气"还是"和气"。

黄建安觉察到萧航的心不在焉,偶尔抬眼一看,猜出了萧航心里的七上八下。

你小子从来都是春风得意,也有今天?

黄建安享受着萧航的窘迫,幸灾乐祸。

该!

饭菜妥当,甚是丰盛。

看得出两个女人都将压箱底的厨艺绝活展示出来,对女人来说,随时随地都是比拼的战场,对情敌如此,有时候哪怕是闺蜜,也是如此。

这顿饭,活脱脱就是萧航的"鸿门宴"。

康梅作为女主人,当然要客气地请客人多吃多喝,可是她刚讲完一句诸如"萧航,别光吃米饭,多吃菜"的客套话,沈墨就当仁不让地拿起萧航的碗,给他东一筷子,西一筷子地夹菜。

明眼人一看就明白,这是在说——我家的男人,我照顾!

这边两个女人还没摆平,那边黄建安开始耍起了小坏,一边帮康松夹菜,一边故意说道:"小松,这个辣子鸡块是你姐姐烧的,那个糖醋里脊是沈墨姐姐做的,还有这些这些,都是你爱吃的,开不开心?"

黄建安心想,自从你小子回国,我心里没少添堵,今儿,我也让你尝尝滋味。

康松当然开心,左一筷子鸡块,右一筷子里脊,嘴里还不忘说着:"谢谢姐姐、沈墨姐姐。"

"都好吃吗?"黄建安故意补了一句。

"都好吃,都好吃。"

"萧航,你咋今天有点客气? 快吃,哪个菜好吃,对你的口味,你就多吃。"

黄建安轻飘飘地给萧航劝菜,像每个正常的男主人所需表现的一模一样。

"对,萧航哥哥,你觉得哪个菜好吃?"

康松是小孩子,哪里懂这里面的玄机。萧航心里一丝苦笑,我的康松弟弟,你萧航哥哥可要被你害惨喽。

果然,沈墨与康梅都停下了筷子,直勾勾地盯着萧航。

两个女人都没说话,可眼神里传递着同样的讯息——对啊,萧航,哪个菜更好吃?

萧航此时再也没有什么海归、博士、大学老师等等光辉头衔,他和全天下所有男人一样,夹在前女友和现任女友之间,大气都不敢喘,惶惶不安。

这回,轮到黄建安优哉游哉,给自己和萧航各斟了一杯酒,吱溜一声,小酒下肚,甚是惬意。

"萧航,这么多好菜,喝啊。"

萧航白了黄建安一眼,恨得牙痒痒,你小子,行,等 EMBA 班开学了,看我怎么"收拾"你——

MBA 班开学典礼,历来都是管理学院的重头戏,也是学员们彰显实力的完美秀场。

有了康梅这个贤内助,黄建安的装扮得体,不招摇,不寒酸,在一众企业老总学员中还真有点鹤立鸡群、玉树临风的感觉。

舒雅再次惊艳全场,优雅端庄的白领丽人装束恰到好处地包裹出玲珑曲折的完美身材,既不过于严肃,也不太过轻佻,该展示的都展示了,不让看的也都没有暴露,从老总同学们恨不得装上一副透视眼的神情中,满足了一个女人应有的虚荣心。奈何萧航目不斜视,她只能暗叹落花有意流水无情。

毛志雄作为班上唯一的政府官员,气场优势当仁不让。一众企业老总同学聚拢上前,递名片,留电话,盘算着如何将这位副市长和自己的生意接轨。

孟吉凡发言致辞,预祝本期学员都能学有所成,学有所获。

庆典中途,毛志雄投桃报李,说已经听秘书汇报了那天面试时发生的小插曲,为了表示对孟吉凡的感谢,邀请孟吉凡去虚山市给中层领导干部开个管理学培训讲座。

孟吉凡心知肚明,这样的讲座,讲课费自然异常丰厚。

一切,都在规矩之中……

开学了,萧航也开始忙碌起来,备课、教案、论文、课题、学生实践、教研室计划……当然,还有恋爱!

沈净对萧航与沈墨的关系,持有"不鼓励、不反对、不表态"的三不原则。

对萧航来说,不反对就是最大的支持,与沈墨的接触也不再遮遮掩掩,很多学生见状,调皮地提前讨要喜糖。

喜事,还真不止这一件。根据入职协定,满了六个月,这学期萧航就可以评职称、申报课题。

萧航的条件非常优秀,职称材料顺利通过,进入评审环节。

无州大学学术委员会由校领导和若干位老教授组成,每年到了这个时候,前来走关系托人情的职称候选者挤破门槛,如何在资历和实力中选择,拷问着每位大评委的良知。

孔德仁虽然已经转正为传媒学院院长,可职称还是副教授。

这个"副"字让他很是光火。所以,爱财如命的他也终于下了血本,想要逐个打通关系,趁着这次职称评审,解决正教授头衔。

可是,出乎孔德仁意料的是,并非所有老师都像他所想一样,爱财如命。尤其是任评审委员的几位白发苍苍的良心教授指出,孔德仁提交的论文数量达到了评审标准,但是论文质量却是不敢恭维,一看就是拼凑之作,显而易见是买通了期刊主编才得以发表。

良心教授们提及如今的垃圾论文,无不痛心疾首,别说创新性,就连基本的学术性都没有。而且,他们中有些人也听闻孔德仁对学生的压榨行为,苦于没有证据,不能给予孔德仁应有的惩罚,只能用"职称落选"作为无奈之下的正义之剑了。

相反,萧航刚刚参加工作,入职后的论文数量并不多,但其中有两篇很有学术价值,得到了良心教授们的一致赞赏,高票通过,授予副教授头衔。

人间自有公道,社会自有公平!

有时候,大家都在抱怨,社会中太多灰色地带,太多暗箱操作,却忽略了身边一点一滴的正能量,一丝一毫的公正心。

萧航为自己高兴,为学术高兴,为无州大学高兴。

孔德仁将职称落选的邪火发到学生身上,借题发挥,变本加厉地侮辱学生"猪脑子、废物、不要脸、没自尊……",学生们敢怒不敢言。

毕竟享受着胡昊辰的课题照顾,孔德仁对胡昊菲态度略好,但是色眯眯的眼神中透露的讯息让胡昊菲更加恶心。

越怕啥,越来啥。

孔德仁一条短信发过来,让胡昊菲去办公室找他。胡昊菲看了眼手表,已经晚上八点,系办公室别的老师应该早已下班,便推辞不去。

孔德仁直接打电话追过来,说有些明天给本科生上课的事宜必须今晚交代。

胡昊菲拗不过,硬着头皮前往。

果不其然,办公室除了孔德仁没有别人。

一进门,孔德仁就色眯眯说道:"昊菲,知不知道,这是孔老师喜欢你,才会让你单独上课,别人想要还没这机会呢。"

"那是,我们这帮学生都像是您的孩子,都把你当父亲敬仰,哪有父亲不喜欢孩子的?"胡昊菲软中带硬。

孔德仁装作没听懂,开始有意无意地对胡昊菲碰碰手、蹭蹭胳膊。

胡昊菲急中生智,打落办公桌上的保温杯,热水烫了孔德仁的手,让他暂时不敢再过于放肆。

"昊菲,不是我说你,像你这么毛毛躁躁,将来怎么找男朋友?"孔德仁假装关心。

"找不到就不找呗,一个人挺好。"胡昊菲应对着。

孔德仁满脸淫笑:"唉……这是你还没尝过两个人的妙处。"

胡昊菲一阵反胃,希望这个话题能就此打住。

孔德仁却毫不收敛:"其实,婚前了解些基础知识,也是必要的。有利于家庭和谐,各方面的和谐,懂吗?"

胡昊菲再也压不住火,拉下脸,不热不冷地回了句:"孔老师,我只懂,这么晚了你还不回家,师娘一生气,你家肯定会很不和谐。"

孔德仁岂能被小丫头用话顶回去:"说起你师娘,我这辈子过得很不幸福……"

刚巧,一位老师回办公室拿东西,孔德仁打住话头,胡昊菲趁机借口离开。

回宿舍的路上,胡昊菲越想越气,还为人师表,整个一衣冠禽兽!

突然,胡昊菲听闻身后有脚步声,转身一看,一个黑影紧跟其后。胡昊菲加快脚步,黑影竟然也跟了上来。

也不知哪儿来的勇气,胡昊菲抡起拎包就朝黑影头上打去。

"哎哟,你干吗?"黑影抱着头,大喊一声。

胡昊菲护住自己,壮胆子问:"你为什么跟着我?"

黑影郁闷:"我每晚都要在这儿饭后快步走,你到了我的地盘,我还说你跟着我呢。"

胡昊菲直觉此人不是坏人,愧疚道歉。

黑影借着路灯看清了胡昊菲的模样,惊奇叫了声:"是你?!"

是我?

这个人认识我?

胡昊菲听完黑影的描述,才想起上学期刚开学时,自己走到教师公寓附近时,有位背相机之人将自己拦住,说他正在学习摄影,正在找模特练手,不由分说一通抓拍,事后还索要微信,说要传照片。

结果,自己接收完照片后,就将此人微信删除,再无联系。

没想到今晚的黑影正是那日拍照之人,多少也算是个缘分。

"上次,你骗完照片,就把我删了。这次遇到,一回生二回熟,再加一次,也算是砸我这一拎包的补偿吧。"

胡昊菲自知理亏,只好答应,心想大不了过会儿回到宿舍再删了便是。

谁知,黑影像是能猜到胡昊菲心思一样,加完微信,突然掏出自己的身份证,亮给胡昊菲看:"这是我的身份证,我不是坏人,请不要再把我删了!"

这家伙,看着坏坏的,倒还算坦诚。

"给我看看你的学生证,这样就算你把我删了,我也能再找到你。"

嗨,这家伙,不光坦诚,还很无赖。

奇怪的是,这家伙的无赖却不让人反感,反而有种大男孩的调皮。胡昊菲将学生证递给黑影。

胡昊菲?!

白泓涵?!

"老萧,刚才,就在刚才,一位妹子唤醒了我沉睡的心扉。"

白泓涵与胡昊菲互加微信后,心中兴奋难耐,就去了萧航宿舍,迫不及待地与之分享。

萧航对这位白公子很是了解,见一个爱一个,爱一个甩一个。

"你别不信,这次我是认真的。"白泓涵诚恳的眼中几乎要蹦出'我恋爱了'四个字,"她和别的女孩不一样,让我有一种心动的感觉、一种迷魂的牵挂……"

"好了,好了,你别在我这儿诗兴大发,我还有课要备。哪天约出来吃个饭,我请客,也让我们一睹能让白公子如此倾心的神秘佳人。"

"有啥神秘的,你见过。"

"我见过?"

"对。你还记不记得,上学期有次在你公寓门口,我给一个女生拍照,你当时和沈墨一起回来……"

萧航似乎有些印象,可匆匆一瞥,记不清女孩的长相。

"这么漂亮的女孩你都记不住?"白泓涵心中不甘。

"我又没你那心思,见一面,怎么记得住? 除非打过交道,知道名字。"

"传媒学院研究生——胡昊菲!"

这世界,真小。

萧航主持联合课题会,禁不住多看了胡昊菲两眼,这姑娘的脾气,够白泓涵喝一壶的。

既然白泓涵说没有向胡昊菲透露自己是白校长儿子的身份,萧航也没有必要挑明此事,但出于对哥们的关心,他嘱咐了几句,胡昊菲这姑娘本质不坏,是个标准90后,有个性,绝不是看起来那么娇小温顺。

"外表清纯,性格暴烈,双面娇娃,买一送二。我赚了!"

得,白泓涵已经死心塌地了。

经过这段日子联合课题组的磨合,胡昊菲也被萧航的学识所折服,这个人好像并没有哥哥描述得那么坏。

更何况,上次课题组有笔经费要去财务处预支,胡昊菲早早过去,排队等候,好不容易轮到了她,可是王一波认出是萧航牵头的课题组的项目经费,故意挑刺,拖着不办。

胡昊菲等得心焦,直接与财务办公人员吵了起来。

萧航接到电话,急忙赶去财务处,不仅没有像有的人那样牺牲学生利益,让胡昊菲给财务老师赔礼道歉,而且还站在她的角度上,与财务处据理力争,博得了胡昊菲发自内心的好感。

胡昊菲给哥哥讲了自己的感受,胡昊辰这才知道萧航竟然在课题组里,很是不高兴,为什么我要白白给他弄一个课题平台?

胡昊辰委婉地向孔德仁施压,要把萧航踢出课题组。

胡昊菲得知此事,竟然与哥哥发生争吵:"倒不是我觉得这个课题离了萧老师就不行,而是仅仅因为他和你的一些过节,就蓄意报复,这样很不公平。再说,同学们若是知道原因,我还怎么在学校待?"

为了妹妹,胡昊辰不再坚持——妈的,又便宜了这小子!

康松也开学了。

康梅推着康松,将他送到合作办学的学校,交了一万元学费。

谁知,出纳人员却要求她再交五千元的赞助费,才可办理入学手续。

康梅质问为何招生简章里没有此款规定?

出纳人员强硬表示自己只是经办人员,如有疑问请找负责人咨询。

康梅继续与之交涉,被出纳人员以"不要耽误后面排队学员交费"为由,赶出新生报到队伍。

令康梅更加心寒的是,其他学员似乎对乱收费司空见惯,不仅没有力挺康梅,反而也表现出不耐烦,催促康梅不要耽误大家的时间。

——这就是社会中,沉默的大多数!

康梅孤掌难鸣,只好站在排队交费队伍旁的角落里,一边安慰康松,一边给黄建安打电话,告之事件原委。

黄建安正在谈生意,很不耐烦:"好了,我这边正忙着,不就五千块钱嘛,别人都交了,你还啰唆什么?卡里的钱够吗?不够我这就打给你。"

康梅渴望得到支持的心,被最亲近的男人抛弃一旁。她挂断电话,委屈得眼泪差点流了出来。

康松见状,急忙安慰姐姐:"姐,你别哭,要不,我不上了。"

康梅擦了把即将夺眶而出的泪水:"上!为什么不上!就是这五千块钱交得太不清不楚。"

"姐,你每年给我的压岁钱,我都留着,你要是钱不够,这五千块钱我来出。"

康梅从弟弟的眼中读出了他对课堂的渴望,这么一个能够争取大学文凭的机会,在康松的内心深处等了好久好久。

康梅看着一个接一个排队交款的人们,对于莫名的五千元赞助费,没有异议,没有怀疑,也没有丝毫抗争,像是一群没有血性的行尸走肉。

康梅想要给萧航打电话,号码刚拨通,又毅然挂断。

算了,他现在有他的生活,能用钱解决的事儿,就别再给他添麻烦了。

康梅走到出纳面前,掏出卡,想要缴纳五千元赞助费。

出纳还在为刚才的事情生气,故意让康梅难堪,声称刚才轮到你交款,你不交,现在要交,请到队尾重新排队。

康梅感受到众人的目光像是利箭般齐刷刷射向自己,一种屈辱感让她瞬间从头到脚如电击一般。若为了自己,康梅会选择掉头就走,可为了弟弟,她只有无奈地选择了屈服,低着头朝队尾走去。

每一步,都是那么沉重;每一步,都是那么屈辱。

"来,到我这儿排队吧。"一名排在前面的小伙子主动招呼康梅,并转身对排队人群喊道:"大家都看到了,她刚才就排在前面,再说还有个弟弟坐轮椅要照顾,让她先交费吧。"

康梅点头向众人致谢,走到前排,好歹挽回一点面子。也挽回了对人性的一丝希望!

黄建安的 EMBA 读得也还顺利,课程分为几大模块,每个模块都对实际的商业运营有着直接的指导意义。而且,师资上来说,要么是无州大学管理学院自有的专家学者,要么是外聘的一些商界名家,这样既保障了理论学习的系统性,也维护了理论与实践的交互性。

再看看班上的大部分同学,成绩优异,思维活跃,聊起来才华横溢,做起模拟项目时,又都是逻辑分明。

黄建安心想,就算是没能弄起关系网,能够进 EMBA 班学一遭,也算学费没有白交。

更何况,开学还没一个月,黄建安就和一位同学签了订单,做成一笔生意。

怪不得 EMBA 班这么火,确实能学到东西,也确实能打通关系!

EMBA 课程不多,集体活动多;EMBA 上课的不多,参加聚会的多。

今天的郊游,所有的学员都来了,就连平日里通常让秘书替自己上课的毛志雄也来了。

餐桌上,毛志雄被推为首座,萧航作为班主任坐在左边次座,唯一的美女学员舒雅坐在右边次座,其余人等按照公司、规模财富状况依次坐好。

远离课堂上的经济学模型和管理学理论,学员们推杯换盏,畅所欲言,只有毛志雄还端着官架子,但也比平日里在主席台上开会的正襟危坐放松很多。

大伙喝到兴起,舒雅提议增加趣味性,玩真心话大冒险。不怀好意的男同学们当然纷纷附和,举手赞同。

毛志雄听完游戏规则,担心有失官威,借口离开,临行前主动邀请下次郊游活动去虚山市,由他做东。

萧航心里冷笑,由你做东?由虚山市老百姓的纳税钱做东吧?!

游戏开始,各有输赢,哄笑连连。

舒雅终于也输了一把,一位肥头大耳的老总同学趁机问:"美女主持人,你来上 EMBA 班肯定是为了钓金龟婿,说,在座的有没有谁被你看中了?"

一帮老男人如饥似渴地盯着舒雅,只有萧航装作低头喝茶。

舒雅撩了撩头发:"有!"

"谁?谁?谁?"众人狼嚎,黄建安也兴致勃勃地等着谜底揭晓。

舒雅妩媚的眼光划过众人,娇羞中一丝勾引,故意拉长声音:"他——是——"

众人翘首以盼,都希望舒雅性感红唇中会吐出自己的名字。

由于舒雅拖腔太长,萧航也忍不住抬头看了看,刚好与舒雅目光交汇,任他再好的定力也被电到。

舒雅:"他是……你们当中……最年轻的!"

这是回答,也是疑问,舒雅享受着万绿丛中一点红的待遇,尽情戏耍着。

果然,一众老男人吵嚷着,比起了生日,最老的几位直接一副失望落寞的样子,而面相年轻的几位则玩性大发,如同在玩刮刮乐的大男孩,等着最终的结果。

幸运者胜出——黄建安!

众人议论:"舒雅,原来你是冲着黄总来的哟。"

黄建安像是中了大奖,龇着牙,美滋滋。

舒雅不置可否。突然,有人喊了起来:"不对,不对,咱们漏了一个人,还有萧老师。"

"对啊,刚才我们只比较学员的年龄,忘了老师了。萧老师,你哪年生日?"

萧航连连摆手:"舒雅若对谁有意,也是对你们同班同学,我就不添乱了。"

"萧老师眼光多高,哪能看上我这种庸脂俗粉。"舒雅眼神带有一丝挑衅。

众人更是哄叫:"萧老师,你看美女都发话了,你就报个年龄,也不一定就是你哟。"

萧航无奈,爆出年龄,与黄建安同年,还真小了两个多月。

"哇!原来萧老师才是最年轻的,原来舒雅是冲着老师来下手的。"

舒雅故意不置可否,反而媚眼含笑地看着萧航,任由众人起哄。

这小子,天生是我的克星?黄建安暗暗骂了一声,心里微微有些醋意。

萧航不能任由场面尴尬下去,脸上挂笑,但语气严肃:"好啦,你们都被舒雅骗了。我女朋友沈墨是她的闺蜜,她在和你们开玩笑!"

搬出现任女友的名字,大煞风景,舒雅心里一阵不舒服,兴致一下冷了下来,故意要争口气:"对!我当然开玩笑啦。萧老师的女友我认识,他也不是我的菜!"

舒雅出其不意地挽住黄建安的胳膊,把头装模作样地靠在他的肩膀上,哆哆地向众人宣布:"小安安,才是我的最爱!"

黄建安直到进了家门,嘴都还是咧着的,笑开了花。

舒雅真的看上了我?其实,我在这么多学员当中虽然不算有钱的,但绝对算最帅的。美女就是有眼光!

男人都是这样,刚遇到美女时,多少有些不自信,可一旦被美女称赞认可后,宛如打了一针肾上腺激素,自信心立马爆棚!

康梅哪里晓得黄建安的自我意淫,见他回来,当头一句:"笑什么笑?你倒是出去聚餐高兴了,家里的事儿你也不管!"

　　沉浸在偶像爱情剧剧情中的黄建安被康梅的抱怨直接拉回家庭生活剧,只能暗叹,同样是女人,舒雅那么风情万种,康梅怎么天天就知道柴米油盐酱醋茶?

　　"小松在培训学校上课,学得还不错,就是校园内没有任何残疾人便利设施,很不方便,我找校方谈了几次,都还没有解决。"

　　这就是家庭妇女吃亏的地方。

　　外面的女人不谈家长里短,只聊风花雪月;不会素面朝天,只会鲜衣靓装。所以,外面的女人天天都有新鲜感,而自家的老婆却只有疲劳感。

　　黄建安不是不懂这个道理,可惜,他就是男人,这就是现实!

　　"你眼里只有你弟弟,啥时候知道心疼心疼我?你以为我出去聚餐就是吃吃喝喝,还不是为了生意,在同学面前也要装孙子,我容易吗?"

　　黄建安很不耐烦:"再说,培训学校有没有便利设施,我能管得了吗?"

　　萧航也知道自己管不了,可既然康梅电话打来求助,怎么也要跑一趟。

　　康梅熟门熟路,领着萧航来到培训学校办公室,张立伟不在此办公,只留下一位管理人员和财务人员负责日常的工作。

　　"你怎么又来了?我都说了,当初是为了不耽误康松上学的机会,我们好心通过了他的申请,现在倒好,难道我们学校为了他一位残疾学生,还要大修大改?"管理人员看到康梅,立马拉下脸。

　　萧航挺身而出,耐心解释:"不用大改。专用道、升降梯,我们都不要求,可最起码厕所得增加残疾人专用设施吧,我弟弟在这儿上一天课,去厕所在所难免。"

　　管理人员眼皮抬都不抬一下:"这样,你们先回去,我们开会商量商量。"

　　这种敷衍,谁都看得出。萧航毫不退让:"我这位朋友来找了你们许多次,开学也快有两个月了吧,一点答复都没有,这次我们就不回去了,就在这儿等你们开会。"

　　管理人员抬眼看出萧航一副奉陪到底的样子,也来气了:"请你不要妨碍我们办公。若真有不满,要不这样,你让你弟弟退学。"

萧航火了:"退学? 这就是你们的管理? 解决不了问题,就解决学生?"

管理人员死猪不怕开水烫。

"若是我弟弟违反校规,你们开除他,我也毫无怨言。可他凭本事考入,认真学习,你们若无正当理由将其除名,这是违反合同,我们可以告你们!"萧航不卑不亢,掷地有声。

康梅也说:"是啊,我们交了一万元学费,外加五千元赞助费,作为学生家长总有权提些要求吧?"

五千元赞助费? 萧航感觉事情有些蹊跷。

康梅这才告诉萧航不仅无故征收五千元赞助费,还没有开具发票,只是给了张收据。众多培训学员都是私人来学,也不需要发票,只要能正常入学即可,所以此事无人理论。

萧航知道,虽然孙同泰以无州大学常驻管理代表的身份被委派到此合办学校,但沈净才是无州大学对合作办学的实际负责人。

若出了事情,沈净肯定脱不了干系。所以,萧航赶紧给沈墨打电话,告知乱收费现象。

"墨墨,赶紧让你爸问一下,我觉得要出事儿!"

(十七)

果然,沈净一挂断沈墨的电话,就直接联系孙同泰询问此事。

孙同泰似乎早有准备,不慌不忙地说出自己的托词:"其实,我们原本就想定学费为一万五千元,这与同类培训学校的价格比,不贵! 后来之所以分成一万元学费与五千元赞助费,无非是想要将赞助费不入账,直接截留,作为合办学校的小金库。"

沈净太清楚,各个高校,每个院系,几乎都有自己的小金库,只要钱款没有进个人腰包,在目前的大环境看来,也非大事。所以孙同泰这才毫不隐瞒,有恃无恐。

　　沈净多少松了一口气，但一算账，今年招生五百名培训学员，每人五千，这可是二百五十万的一笔巨款，不由得还是有些紧张，便追问款项去处。

　　"沈校长，你也知道，现在是商品社会，一切都明码标价。我请书画界知名大师来咱们学校艺术学院讲课，人家图的是无州大学的品牌，也知道高校这种事业单位的外请专家课时费是统一规定，所以不会在讲课费上过多要求。"孙同泰做出巧妇难为无米之炊的哭穷样儿，"但是，我若请他们来合办学校讲课，一方面没有无州大学这块金字招牌作为吸引力，另一方面他们也知道合办学校是商业化运作，这些大师也不傻，肯定会按照市场价格要求课时费。如果没有小金库，每次外聘专家来讲课都要到咱们学校财务申报，麻烦不说，还会有损专家的面子，以为我们在课时费上斤斤计较。毕竟人家能来，都是看在我这个朋友面上。"

　　沈净清楚高校有时在流程上很是烦琐，内心对这点还算认同。

　　"再说，书画家可都是艺术家，不是一般讲课老师，迎来送往，规格档次都要跟得上。有些大腕能来讲课已经是给了天大的面子，接待上若是寒酸，送的小礼物要是没有品位，会很被人家瞧不起，也丢咱们无州大学的脸。"

　　中国是个人情社会，有些场面上的事儿在所难免，可接待费有具体规定，没有小金库还真难做到必要的规格档次。沈净叹口气，无奈但接受。

　　"对于办学来说，一万元学费有一万元的办法，从我们艺术学院找几个青年教师兼职讲课即可，但我总觉得，既然要和社会机构联合办学，赚钱就不是咱的第一目的，或唯一目的，传播无州大学的品牌名声才是扩大影响的核心需求。"

　　孙同泰慷慨陈词，头头是道，正气凛然之色让人仰视。

　　"都说做事难，看来还真是。我操心费力想要把合作学校办得有特色、有档次、有标准，因囊中羞涩才想出这一招，没想到却被人误会要中饱私囊……"

　　孙同泰的眼圈竟然红了，戏演得如此之好，已经丝毫不像演戏。

　　"要早知道如此，我把赞助费都退给学生，然后中规中矩、不温不火地办学就是了，何必让自己这么累。"

　　沈诤当然看得出孙同泰演技一流，可官场就是这样，只要下属肯干活，聪明的领导有时候也会默契地按照下属的剧本配合着演下去。

　　沈诤安慰孙同泰，自己只是听闻赞助费一事，例行询问。但也趁机告诫孙同泰，钱在小金库，违规不违法，可若进了个人腰包，可就是大问题了。

　　孙同泰很识趣地给足沈校长面子，连连点头称是，称沈校长提醒得对，绝不会辜负沈校长和学校的信任与支持。

　　沈诤放松语气，转变话题，与孙同泰闲聊几句。

　　孙同泰知道这出戏唱到此，刚刚好，大家面子上都过得去，领导的威严也得以保障，便告辞离去。

　　临出门前，孙同泰停下脚步，转身说道："哦，对了，沈校长，培训学员们早就听闻您的大名与学术才华，我也多次提议想请您来合办学校讲讲课。您看下周有空吗？课时费就按外请专家最高级算！"

　　孙同泰和萧航并不太熟，不过既然这次是沈墨领着来的，面子还是要给的。

　　萧航表明来意，请孙院长给培训学校负责人说一说，能不能为康松安装残疾人便利设施。

　　萧航之所以没有让沈墨请沈诤帮忙，是觉得自己与沈诤的关系刚刚有所缓和，不能小事琐事都麻烦沈校长，一则让人烦，二则会给人仗势欺人的错觉，也会让沈诤小瞧了自己。

　　孙同泰打起太极，推诿责任："萧老师，我们艺术学院只负责提供师资，其余事项应该是培训公司的责任范围，我也是爱莫能助。"

　　萧航说着客气话，承认给孙院长添麻烦，但还请一定帮忙想想办法，毕竟康松在培训学校的学习时间还有三年，这个问题不解决，确实会给他的学习带来很大的障碍。

　　孙同泰心里也想看在沈墨的面子上答应此事，借机能在沈校长那儿卖个好，只是毕竟是合办学校，尽管张立伟对自己言听计从，但在商言商，残疾人便利设施的整体改建也是一笔不小的开支，自己还真不能轻言而定。

"萧老师,你也要为联合办学的合作方考虑,他们不能就为一名残疾学生改建整个教学楼。"孙同泰特意强调"一名"残疾学生,言下之意,请不要麻烦我为你们搞特殊化。

"就是因为只有一名学生,才更要做此改建!"萧航灵光一闪。

不光孙同泰,沈墨也好奇起来。

萧航胸有成竹:"孙院长,从我们管理学营销效力来说,若真有好多名残疾学生,做改建只是培训学校为形势所迫,而若只有一名残疾学生,培训学校却依然选择改建,这不正是绝佳的宣传素材,以人为本,学生至上?!"

咦,有点道理。孙同泰有些动心。

沈墨明白过来,再接再厉:"对啊,若是如此,学员们多交的五千元赞助费不也更能说明去处,充分展示了取之学生、用之学生的理念吗?"

对啊,这笔二百五十万的款项不就有了说法?孙同泰心里盘算着。

萧航冲着沈墨会心笑了笑,再添一把火:"我知道孙院长是淡泊名利之人,可是这种好人好事决不能就此埋没。只要孙院长能促成此事,我刚巧在电视台有朋友,可以让她们来做个专访,宣传宣传。"

孙同泰眼睛放光,嘴上却还虚谦着:"我都这把年纪了,做了就做了,宣传是你们年轻人的事儿。"

话至此,已经成功一半。

萧航与沈墨趁着孙同泰转身之际,互冲对方做了个胜利的"V"字手势。

耶!

前脚出孙同泰的门,刚才的战友立马"反目"。

"说! 你的电视台朋友是谁?"沈墨嗔怒,假装沉下脸质问着。

萧航见状不妙,赔着笑脸:"我的朋友,还不是通过沈老师您认识的?!"

沈墨不吃这一套:"这么说,你口口声声的朋友是舒雅了?"

"……我……我也是刚才急中生智,为了说服孙同泰,脱口而出。"

"时刻装在心里,才会脱口而出吧。"沈墨给萧航下套。

在这种事儿上纠缠下去,男人会死得很惨。

萧航掏出电话,转换话题:"我还是先给舒雅打个电话,说说此事,万一人家不同意采访,我在孙同泰那儿还真不好交代。"

沈墨故意为难萧航:"你既然敢当场许诺孙同泰,就是你知道,只要你一开口,舒雅怎么会不答应,是不是?"

萧航额头冒汗,把手机递给沈墨:"你要这么说……来,你来打!"

"我怎么合适打这个电话?"沈墨嘟着嘴,转身不理萧航。

"事儿是因为你前女友的弟弟而起,电话是要给你的暗恋追求者打,再加上我这个现任女友,人物关系岂不乱了?"

萧航一口老血差点没有喷出来。

沈墨嘴上说着,手却接过电话:"喂,舒雅,有个事儿给你说一下……"

"……好的,墨墨,只要孙同泰能促成改建,采访的事就交给我,放心吧。"

舒雅挂断电话,继续安慰起专程找她来诉苦的胡昊菲。

"昊菲,孔德仁要是像你刚才说的这样贪财好色,活脱脱一个流氓,我看这学你是没法上了。不要怕,录音取证,找机会告这个衣冠禽兽。"

胡昊菲叹口气:"孔德仁很狡猾,也很谨慎。出言轻佻骚扰时,从不留下短信或微信证据。只要进了他的办公室,他又总是以安心讨论学术为由,要求女学生将手机关机,有时还强迫倒空拎包里的物件,防止学生带了录音笔之类的东西。"

嚯,还是个有准备、有策略的色狼!

舒雅只能提醒胡昊菲切莫晚上独自去孔德仁办公室,若实在推辞不掉,一定要带人同往。实在不行,找人冒充男朋友,多少会让他忌惮三分。

冒充男朋友?

自己的同学,孔德仁都认识;哥哥胡昊辰,孔德仁也认识……

除此之外,自己身边没有什么男生可以用来冒充。

哎,对啦,有个人,很合适!

胡昊菲想起白泓涵,他最近经常来献殷勤,看得出他对自己感兴趣,以他的体格倒是个很不错的护花使者。

只不过,自己和他也算是刚刚接触,如何说出口?

胡昊菲还在思索,舒雅却急匆匆抱歉,拎包离去:"昊菲,下次再聊,我今儿还有事儿,先走一步。"

舒雅还真不是找借口离开,而是有一个饭局——孟吉凡院长的饭局!

舒雅来到饭店,才知道今天是地产商潘富贵聘请孟吉凡担任公司独立董事的欢迎酒会,而舒雅是整个EMBA班唯一受邀之人。

"按照商界礼仪,需要女伴相陪,而我离婚多年,单身一人,只有请你这位美女来帮我撑撑场面。"孟吉凡手持香槟酒,志得意满地携舒雅穿梭于各位成功人士中,与参加酒会的政府官员、老总、名人之间寒暄问候。

刹那间,在舒雅眼里,孟吉凡略显富态的身形也变得有魅力起来。

成功,不仅是男人最好的催情剂,也是男人的美容剂!

这也是孟吉凡的用意所在,从舒雅参见面试那天起,孟吉凡就已经喜欢上这位风情万种的美女学生。

所以,孟吉凡很有手段,在校园内课堂上,一方面不断透露出自己对舒雅的倾心好感,一方面又点到即止,毫无半点猴急逾越之举。

同时,他也知道,对于舒雅这种见多识广的成熟女人,能吸引她的一定是殷实生活的未来远景,以及雅而不俗的上流生活。

所以,孟吉凡等候时机,在今天这么一个给自己加分的时刻,邀请舒雅前来捧场,尽情展示小男生所不具备的成熟男人的魅力,力求首次"约会"的震撼感!

其实,对于当下许多公司来说,形象正面、书卷气浓的高校独董就成了企业老总们的首选。

一方面,高校独董手里掌握着最前沿的科研项目,这些科研项目以及研究资源,会在适当的时候回报给企业;另一方面,高校领导和教授都有着很多门生,遍布各个行业及领域,很多已经在官场或商界功成名就。

孟吉凡领着十几二十万的独董年薪,当然懂得潘富贵的意图,早就开始撰写专家评论,从学术层面上,为地产公司的养生庄园房产项目卖力鼓吹,制造宣传攻势。

知识就是力量!可在孟吉凡这里,知识就是利益!

其实,知识产生的应该是价值!

这不,由白莫生担任课题负责人的国家级课题《自动化交通管理系统在市政管理过程中的应用研究》圆满通过了课题结项答辩,其成果不仅形成科研论文集出版,还申请了一项发明专利。

庆功宴上,白莫生动情地说道:"都说书生无用,我申报这项课题,就是要证明知识不仅能提升思想境界,还能产生社会价值,更能产生经济价值。我们这群身处象牙塔之内的科研知识分子,就是要产学研结合,不做死学问,不当老学究。"

众人鼓掌。

"我说这话,不是说所有的知识都要和市场挂钩,唯经济论价值。而是说,知识是活的,是僵化的治学态度让鲜活的知识失去了生命力。"

萧航看着白莫生的白发,打心眼里敬佩在白校长在这个年纪还能有如此开阔的思维与见解。

白莫生接着说:"知识应该回馈社会,这项专利应该到属于它的天地施展效力。我觉得作为领衔发明人应将此专利拍卖给有志公司,让他们将这项技术推广,造福百姓。这次拍卖对我来说不图赚钱,所得款项我个人不要一分钱,而是根据在座各位对本课题的贡献大小,作为奖金发给大家。"

萧航庆幸有此好领导,真乃无州大学之福!

得知萧航帮忙搞定康松的残疾人便利设施问题,黄建安心里窝火,自己的女朋友一旦有什么事儿,第一时间求救的人还是她的前男友。

"你是我的女朋友,别有事没事给萧航打电话。在你心里,究竟谁重要?"

康梅顶了回去:"我打电话给你,你根本没有道义上的支持,永远都是拿钱去解决问题。我要的是你的钱吗？我要的是你对我价值观的认同。"

黄建安夸张地揉揉耳朵，似乎听到火星语言："价值观？你毕业都这么多年了，怎么还像象牙塔里的学生妹子，谈什么价值观？"

黄建安指着桌子上刚收的货款："现在这社会，钱就是价值观！"

"你啊你，什么时候变得越来越俗气。"康梅毫不掩饰失落之情。

"我俗气？"黄建安晃着手中的一沓钞票，"我俗气，当年咱们毕业，你为什么为了康松的医疗费投入我这俗人的怀抱？你那清高不俗的萧航能帮你解决什么问题？"

康梅见黄建安突然往事重提，揭自己的伤疤，气得鼻子一酸，不争气的眼泪落了下来。

黄建安并非有意伤害康梅，只是最近被舒雅迷得心猿意马，看着七年之痒的"糟糠女友"左右不顺眼，这才借着吃醋的劲儿吐槽两句。

不过，男人都怕女人流泪，康梅委屈抽泣，黄建安反而搂着她的肩膀安慰起来。

"好了，别哭了。对我，你还不知道？来得快去得快，嘴上说说就没事儿了。"

"你嘴上是痛快了，我心里难受你都不管了？我承认，当年选择离开萧航，和你好，有对你帮助垫付康松医疗费的感激，可天下女人都这样，受不了男人对自己好，你那时嘘寒问暖，我真心感动爱上你，也是事实。"

黄建安想起这些年的不易与欢愉，心软了，将康梅拥入怀中。

康梅贴在黄建安胸膛上，静静地听着他的心跳，仿佛想要辨别这个男人的用情真心。良久，康梅幽幽低语："建安，咱们结婚吧。"

结婚这件事，一直是横在康梅与黄建安二人之间的隔膜，都能感受到，却也都默契地从未点破。

刚谈恋爱时，黄建安是不敢结婚，出于男人的自尊，他希望等事业有成，经济殷实，再给康梅一个家。后来是没时间结婚，生意越做越大，有了经济基础，但整日忙于生意，没有精力料理结婚事项。现在已经七年了，爱情早已转化成亲情，两个人像是一家人分不开，却也没了结婚的激情。

更何况，班上来了个"林妹妹"——舒雅！

康梅见黄建安没有回答，起身正视着他的眼睛："建安，咱们结婚吧，我是女人，青春耗不起。我也不图你大富大贵，就现在这样，吃穿不愁，平平安安过一辈子。"

黄建安打起马虎眼："我今天跑一天要账，累了，我先去洗个澡，这事儿过两天再说。"

黄建安逃进卫生间，打开水龙头，插上门，像是怕康梅追进来逼问。

康梅心里凉了，这么多年了，他还是不了解我，我怎么会是死缠烂打的女人？这个问题，今天是最后一次问！

作为一个女人，这已经是我自尊的底线。

浴室内氤氲密布，哗啦啦的热水从莲蓬头喷出，落在黄建安身上，水花四溅。

享受着舒舒服服的热水澡，黄建安根本没拿康梅所提的结婚当回事儿，心里盘算着一笔生意：如果培训学校真要为了康松改建残疾人便利设施，趁着还没有商业对手知道此事，自己可以先拿下这个项目。

在黄建安眼里，小舅子的残疾也是一个商机！

"喂，萧航，我毕竟是康松的准姐夫，培训学校改建残疾人便利设施的事儿，我想和联合办学的负责人聊聊。"

黄建安擦着湿漉漉的头发，边打电话边从浴室内走出来，倒了杯果汁，一饮而尽："我和康梅照顾小松这么多年，对设备的型号性能比较了解，可以提些建议，省得人家费了半天劲儿改建后，还是不合适。"

萧航很高兴黄建安能为康松的事情上心，给孙同泰打了电话，先是告诉他电视台的采访已经落实下来，然后请孙同泰安排张立伟和黄建安谈一谈。

有了电视台采访的诱饵，孙同泰答应得比较痛快，只是他也有自己的小算盘，不打算让张立伟出面谈，而是自己亲自上阵，将以人为本的美名安到自己头上。

现在正是与孟吉凡争夺校长助理位置的关键时刻，若在此势均力敌胶着之际,省电视台能有一个正面宣传的专访,说不定能起到最后一击的关键作用。

官场里,只要有了各自的小九九,荒诞也会变成你情我愿。

——姐姐为了弟弟残疾之事"大闹"培训学校后,姐夫来找校方谈小舅子便利设施的订单问题。

"黄总,整个事件是不是你想做这单生意的一个局?"孙同泰不留情面。

黄雅安讪讪一笑:"我要是你孙院长,听完这一切,也会这么想。不过,有句诗说得好,有心栽花花不开,无心插柳柳成荫。我女友这么一闹,还给咱们争取来一个合作的机会,也算是缘分。"

"缘不缘分,说得太早。萧航这么卖力推荐你来见我,是不是他有提成?"

萧航因为临时有事,没能陪同前来,不然听到孙同泰的这个质问,肯定会气得脸绿,有口难辩。

黄雅安连声否认,孙同泰根本不在乎提成与否,只关心自己能否从这笔生意中受益:"说说看,我为何非要从你公司订货?"

黄雅安早有准备:"一、康松所需设备的型号规格,这么多年照顾他,我最清楚;二、价位上肯定会物美价廉;三、钱不能让一个人赚完,您照顾我的生意,我一定会表达足足的心意!"

最后一句是关键,孙同泰隐约嗅到了丰厚回扣的气味,反正买谁的产品都是买,不如买沈校长的女儿的男朋友的大学同学的货了!

官场上,绕的圈子远不远,不重要!重要的是,最终能和谁搭上关系!

"黄总,你报个价,从你们公司买要多少钱的货?"

黄建安知道话聊到这儿,才是进入正题:"培训学校是由三层楼房宿舍改建而成,对于康松来说,主要就是两大块,残疾人升降平台和无障碍卫生间,我来之前粗略算了一下,要十五到二十万。"

听完报价,孙同泰沉思不语……

黄建安赶紧补充:"事成后,给您返五个点,不知孙院长有没有意见?"

孙同泰微微一笑："既然报价十五到二十万，咱们就按十五万算，回扣不要！"

咦？奇怪？一般人听说有返点，恨不得直接定最高价，反正是公家的钱，定价越高，回扣越多。没想到孙同泰还是个清官，黄建安心生敬意。

谁知，孙同泰随后补充道："实付款十五万，发票开二十五万，多的十万，税我帮你交！"

我勒个去，原来这老小子更黑！

自从萧航当了副教授和教研室主任后，就很少去白校长家吃饭。

一则张欣曼邀请的次数少了，二则萧航确实也比刚入职时忙多了。

现在的萧航也终于有了一定的学术自由权，有资格申报校级、市级、省级、国家级的各种课题，所以也越来越忙。

今天，白莫生打来邀约电话，让萧航到家吃饭。

饭桌上，大家都默契地避而不谈萧航与沈墨的恋爱关系，只聊奇闻趣事、国际政治。

等吃完饭，白泓涵进厨房帮张欣曼洗碗刷锅，白莫生告诉萧航，本来他要去北京参加中国智能科技管理论坛，向与会专家与企业推广自动化交管系统。可是，临时有事儿，实在去不了，所以想让萧航代去。

"你也参加了上次那个专利课题《自动化交通管理系统在市政管理过程中的应用研究》，对内容还算了解。所以我想让你和我带的一个博士生一起去，你们两个人，一个从管理学角度，一个从自动化技术角度，介绍咱们这款专利产品对市政交通管理的作用与前景。"

萧航看了具体的论坛日程，还算巧，档期刚好能排开，便爽快答应下来。

今天，沈净来培训学校"名家讲坛"开讲！

刚到校门口，沈净看到自己亲笔书写的校名匾牌已经挂上，白底金字，在阳光下熠熠生辉，心想：

"这个张立伟别看有些土大款，还是挺识货，对好字有品位，要不然也不会花十八万求我写校名。"沈浄经过孙同泰这大半年的谄媚与洗脑,对于高价售字已经全无警惕心,反而心安理得,自鸣得意。

进了校园,沈浄见到正在改建残疾人便利设施的工人进进出出,从孙同泰口中得知事情缘由,点头称赞。

孙同泰抓住时机,补了一句:"沈校长,你看,要没小金库,这项经费得等学校一层层审批呢。现在您放心钱都用到学生身上了吧,整整二十五万呢!"

沈浄心情不错,难得开了玩笑:"小心驶得万年船。这才二十五万,还有两百多万的去向不明呀?"

孙同泰赔着笑脸:"放心,笔笔开支,明记在册。今儿晚上就有一笔,和您还有关。"

"和我有关?"

"课时费、接待费!"

"⋯⋯哦,课时费正常算,接待费就不用了。"

"课时费给您按照外请专家最高级别算,接待费您也别推辞,我不是铺张浪费的人,把您和张大师的宴请合二为一,希望您不要介意。"

"张大师也来了?"

"对,您也知道他可是全国书画界数一数二的大家。这次本来是以书协的身份请他来讲学三天,明天就要回上海。我一想,既然他好不容易来一次,就以培训学校的名义顺道也请他来'名家讲坛',这样咱们无州省只出一次往返机票,就造福了书协和培训学校两处的交流工作,沈校长,您觉得我节不节省?"

"同泰,好,难得你这么有心。"

"所以,既然咱们省了一次往返头等舱,接待上就不能太寒酸,以免张大师还真以为咱们是有意占他的便宜,让人觉得不尊重。"

"对,规格上可以适当稍微提高,文化名人更在乎人格尊重。"

孙同泰心里偷着乐,既然沈校长认同接待费必不可少,规格应该提高,什么是"适当提高",可就由不得你了。

果然，这场接待，规格很高。

先是无州省最好的王府饭店佳肴珍馐，接着养生会馆贵宾理疗，最后还送了价值不菲的当地特产，当然，红包里厚厚一沓名家课时费更是少不了。

张大师很满意，这次来无州，三天里好吃好住好招待，岂能不做个顺水人情，低声对孙同泰说："放心，你进全国书协当理事的想法，包在我身上。"

末了，沈净与张大师握手惜别，孙同泰与张立伟各送一位，分道而行。

沈净坐在孙同泰的车上，还沉浸在与张大师的书画交流中，感慨不愧是国内名家，艺术修养叹为观止。

孙同泰见沈净没有批评招待规格太过超标的意思，放下心来，盘算着接待费中又能套现万儿八千。

算下来，一年不要多，来来往往接待七八个名家，光接待费套现这一项，就是好几万进账，而且还能跟着吃喝享受，人生百年，不过如此啊。

——这就是小金库的好处，也是孙同泰要截留二百五十万学费的主要目的。

整整两百多万，若是贪污，目标太大，容易被查。但若划入小金库，就等同进了写着"公家"二字的敞口钱袋，钱虽说还是公家的钱，可主管领导想怎么拿就怎么拿，想怎么花就怎么花。

一个原则：只要不进私人腰包，吃吃喝喝奢靡享乐，不犯法！

车子停到沈净家门口，孙同泰下车为领导开门，打开后备厢，取出早已备好的礼物，塞给沈净。

沈净推辞："我又不是外地专家，要什么地方特产？一起吃个饭，就行了。"

"那不行。在无州大学，您是校长，帮学生讲课，那是支持艺术学院建设，我也不和您客气。可在培训学校，您也是外请专家，别的专家有的，您也要有。不能搞特殊化，太过高风亮节，也是特殊化的一种。"

孙同泰开着玩笑，执意将东西塞到沈净手中："沈校长，赶快进屋吧，这在学校,咱们推来推去,被人看到了,也不好。"

沈诤被最后一句话提醒,不再坚持,拎着礼物进了家门。

孙同泰冲着沈诤的背影冷哼一声,买礼物的钱来自小金库,收了它,你还能撇得清?

（十八）

电视采访顺利播出,培训学校为了一位残疾学生竟然改建校舍,社会上反响强烈,孙同泰一时风光无限。

好事成双,校长助理选拔也有了结果,孙同泰终于击败孟吉凡,成功当选。

"论学术能力、论文课题、管理能力、社会名望,我都比他强,要不是国家提倡单位领导最好配备民主党派,孙同泰沾了光,我会输给他?"

孟吉凡一肚子牢骚,一百个不服气:"还有……最近那个新闻专访也给他加了点分,这个时间点突然冒出的电视宣传很可疑,我觉得是有人在刻意帮他。"

白莫生也说:"你也觉得可疑?我派人去财务查了下,本次改建开销二十五万,稍微和当前的市场价对比就发现,这个价格太有水分。"

孟吉凡听出一丝希望:"您是说,他有贪污?"

"你记住,今后工作中,不论怀疑谁有贪污,一定要有证据,没有证据之前,不要乱讲。"

白莫生严肃地告诫孟吉凡:"乱讲,一则不能坐实罪证,二则会打草惊蛇,对己不利。"

"白校长,您是说,我们要暗中搜集证据,打他个措手不及?"

"我什么都没说,我只是觉得有疑点。"

白莫生的脸上依旧水波不惊:"今天校务会上,票数开始对你不利,我就知道沈诤一定私下里做了工作,有些干部也是担心我明年退休后,要在沈诤手下做事,岂能不提前示好。"

说至此,白莫生的脸上划过一痕不易觉察的悲凉。

春江水暖鸭先知。在官场这摊浑水中,水还未暖,鸭已先知;人还未走,茶水已凉!

"既然大势已去,我就没再刻意坚持与沈净对抗。不是咱们输了,而是为了让对手输,有时必须先让他赢。"白莫生似乎胸有成竹。

孟吉凡眼中放光:"您的意思,咱们还有翻盘的可能?"

白莫生不置可否,而是问了孟吉凡一个问题:"狼,什么时候最凶?"

孟吉凡愣了愣,试探地回答:"饿的时候?"

白莫生摇摇头。

"被逼入绝境的时候?"

白莫生还是摇摇头。

孟吉凡猜不出来,白莫生才慢慢悠悠说出谜底:"受伤后的反扑,最凶!"

孟吉凡思索着白莫生此话的意思。

"若不能将对手一招致命,就不要贸然出手。若要出手,就要让他再无翻身反扑的机会。"白莫生面无表情。

孟吉凡恍然大悟:"明白了,我会亲自在改建费用上深挖细究,这个孙同泰最近上蹿下跳,是该让他栽个大跟头了。"

"不光他……"

白莫生眼睛中寒光乍现,看得孟吉凡打了个寒战,白校长怎么会拿小小的孙同泰当回事儿,他的目标早已锁定——沈净!

"专访也做了,新闻也播了,萧大幕后策划人,啥时候慰劳慰劳我这个心甘情愿给你当枪使的电视民工?"舒雅伶牙俐齿,揶揄着。

美女的优势就在于,哪怕你内心清楚知道不要接近她,可当她走近时你也还是很难拒绝她。

萧航挠挠头:"你说吧,想吃啥,我和沈墨请你。"

舒雅翻了个妩媚的白眼:"别张口闭口沈墨沈墨,放心,我吃不了你。从那天沈墨用你手机给我打电话,我就猜出来,康松的事儿是你策划的,但你家沈墨不让你直接和我通话。"

萧航干笑了笑,依旧掩藏不住内心的尴尬。

"萧大帅哥,你还真以为我舒雅没人要?实话告诉你,我在 EMBA 班可是一枝独秀,追求我的人多了去了。"

萧航给 EMBA 班上行政管理学这门课,当然知道班上一众男同学对舒雅的众星捧月:"舒大主持人的魅力谁人不知?作为班主任,衷心祝愿你能爱情学业双丰收。"

"学业,努努力就行。爱情,想丰收,要两相情愿才行。"

舒雅嘟着樱桃小嘴,幽怨可怜的样子:"我本将心向明月,奈何明月照沟渠。我爱之人不爱我,爱我之人我不爱,古今中外,莫不如此,也许……这就是爱情吧。"

舒雅黯然神伤的样子让人怜爱,萧航急忙稳定心神。

"萧航,我已经筛选出两个追求者,一个与我年龄相仿,事业也还算殷实;一位事业相当成功,年龄比我大很多。你说我该选哪个?"

"当然年龄相仿的。你又不是那种依靠男人的物质女。"

"你怎么知道我不物质?别人都议论我来上 EMBA 就是为了傍大款呢!"

"别人怎么说,我不管,我只相信自己的判断。社会上有误解,以为美女都是渴望做土豪家中的金丝鸟,但是,以我和你接触的感觉来看,你绝不是那样的人。"

舒雅心弦一颤,眼圈不由得红了:"你能这么说,对得起我对你的喜欢。"

萧航嗅出空气中的隐约暧昧,告诫自己,切莫乱了分寸:"不光我这么说,沈墨也一直夸你,说能配上你的男人不多。"

就算找到了能配上我的男人,又有何用?还不是对了人,错了时间。

舒雅突然很可怜自己,何时我变得如此不堪,要人怜悯?

她心一横:"好,既然你也这么说,我就给年轻点的一次机会。"

年轻点的,是黄建安;年纪大的,是孟吉凡。

除了 EMBA 班和舒雅,很难有事儿能让这两个人产生联系。

谁能想到,康松的校舍改建这档子事,不仅将他俩联系起来,还将无州大学许许多多的人都卷了进去。

孟吉凡单独约见黄建安,一番嘘寒问暖,一番圆滑客套,终于绕来绕去,绕到了核心问题:"听说,孙同泰他们改建校舍用的器材设备是从你公司买的?"

黄建安没有在意,随口答道:"对。"

"这整套下来多少钱?我有个伯父,年龄大了,家里也想弄一套。"

"二十五万……你伯父若想弄,家庭套装就行,冲着孟院长,我给最低价。"

"最低价多少?"

"如果不是要求进口品牌,两三万就行。"

"两三万?怎么孙同泰那边二十五万,我这边才两三万,你不会舍不得卖我正品吧?"

"哪有商家舍不得卖东西的。孙院长他们要改建三层楼的升降机,还有每层的厕所,当然贵些。"

"就算每层厕所,三层也才三个,两三万一套,三个才不到十万,再加上升降机最多十万,怎么也要不了二十五万啊。"

黄建安立马警觉起来,想要敷衍:"改建的工程大小也不一样……反正孟院长亲戚若要用,我给最低价便是。"

孟吉凡不再说话,盯着黄建安看,似乎想要从他脸上刨出账单来。

黄建安被看得有些不自在:"孟院长,究竟找我有何事?"

孟吉凡知道遮遮掩掩解决不了问题,索性打开天窗说亮话:"小黄,有个事我想请你帮忙,事成之后,必有重谢!"

黄建安怎么也想不到,孟吉凡这次找他,是想让他告发孙同泰。

黄建安可不想掺和到校长助理选拔的政治斗争中去,再说,对生意场来说,过河拆桥的事儿打死也不能做。

黄建安仔细辨别着孟吉凡话的真假,心想我也不是吓大的,虚开发票,最多就是罚款,可若是出卖客户,以后在这一行还怎么混?

"人为财死鸟为食亡,我肯定不会白让你帮忙。我在一家地产公司当独立董事,他们最近有一期楼盘需要建材,我知道老总对现在的供货商有些不满意,早就想换掉。我可以帮你搭线,若能傍上地产公司,对你来说可不是一期楼盘的利润,未来几年的发展空间直接就打开了。"

孟吉凡为了打消黄建安的疑虑,直接拨通电话:"喂,潘总,咱们公司不是想要找新的建材供应商吗?刚巧我有一个朋友做这一行,他的报价比现在这家要低,质量肯定没问题,人家就是想和咱们公司建立长期合作,傍着大款好喝汤。"

电话那头传来一阵笑声,说既然孟院长力荐,哪天约着见面聊聊,可以考虑合作。

这种客套话,黄建安听多了,不以为然。

"潘总,生意场上的客套话,我可听多了。你可不能敷衍我。"

孟吉凡似乎看出了黄建安的顾虑,继续说道:"你若是能帮我落实此事,帮我这位朋友拿下这个订单,我这边也少不了你的好处。听我 EMBA 班上的毛志雄市长说过,虚山市临海的 8 号地可是已经开始招标了。"

电话那头的声音有些兴奋,直接许诺,只要能拿下虚山市 8 号地,除了这期楼盘,连着未来在虚山市的几栋楼盘也会用孟吉凡这位朋友公司的建材。

孟吉凡挂断电话,看了眼黄建安,没有说话。

因为,从黄建安冒着贪婪亮光的眼中可以看出,此时已无须多言。

孟吉凡这笔生意做得漂亮,两头卖好。

其实,早在一个月前,地产公司的潘富贵聘请孟吉凡担任独董,就是听闻虚山市毛副市长在读 EMBA,想利用孟吉凡打通关系。

孟吉凡拿着地产公司给的活动经费,吃饭、桑拿、温泉、按摩,最后再奉上一张数目不菲的银行卡,终于得到毛志雄的允诺,会在招标时暗中助力。

孟吉凡压着这个好消息,没有立即告诉潘富贵,主要是还想再敲诈一两笔活动经费。现在倒好,刚巧用在收买黄建安身上。所以才敢在电话里如此把握十足,和潘富贵玩起了"互惠"交易,一分钱没花,就攻破了孙同泰的同盟战友黄建安。

对于黄建安来说,这笔交易也不傻。

检举孙同泰,自己也会受到一定牵连。但罪名也无非是虚开普通发票,最多就是罚款,和未来几年的地产建材生意来比,这点损失,几分钟就能赚回来。

再说,经过与孟吉凡协商,自己不会作为揭发者直接跳出来对付孙同泰,而是作为无奈的知情人被迫交代问题。

没有永远的朋友,只有永远的利益。这句话,对官场适用,对战场适用,对商场也适用!

很简单,为了利益而建立的联盟,终究也会为了利益而瓦解。

萧航此时正在驶往北京的高铁上,和沈墨煲着电话粥。

"这次参加中国智能科技管理论坛,也不完全是为了白校长而去,我自己其实对本次论坛的一些议题很感兴趣,也想借此机会和业内一些专家建立联系,今后有机会好多交流学习。"

"你待几天回来呀?"

男人关心专业,女人却想着爱情,沈墨也不例外。

"三四天吧,看情况而定,若是获奖了,可能还要再多待一天,参加获奖产品的推介会。"

"那我还是希望你们不要获奖。"沈墨撒娇。

萧航笑了:"别瞎说,白校长和整个团队辛苦科研的专利产品若真是被咱们的儿女情长耽误了,我心里可过意不去。"

"我不管,你每天都要给我打电话,一天都不许少。"

"好,开会时我可能要关静音,只要回到宾馆,我就给你打。"

恋爱中的男女,电话内容都没有什么营养,这与学历无关。

孟吉凡趁着夜色,真可以说是偷偷地溜进了白莫生家。

张欣曼见到孟吉凡，刚打了声招呼，就被白莫生支开，领着孟吉凡进了书房。

孟吉凡将已经说服黄建安的事儿做了汇报，当然隐瞒了作为地产公司独董的种种交易。

白莫生也不关心如何收买这位关键证人，只要有了突破口，后面的戏就可以开唱："嗯，果然和我推测的一样，孙同泰虚开发票，套现小金库里的钱。"

"对，这样的人当选无州大学的校长助理，校之不幸啊！"

白莫生似笑非笑："你是不是心里怪我，早就怀疑此事，为何不在校长助理评选出结果前捅出来？"

"……我相信，白校长您做事，自有您的道理。"孟吉凡这句话，等于承认。

"校长助理竞聘结果前，若捅出此事，整倒孙同泰，谁最有机会当选？"

"当然是我啊！我俩评分一直不分伯仲。"

"你若是教职员工，前脚听说有人告密，后脚见你顶替当选，你说他们会怎么揣测？怎么议论？"

"……"

"高校是知识分子聚集之处，最恨的便是用打击报复的手段击垮对手，取得不当利益之人。你若是在这种氛围内就职上任，有威信？有人缘？有好处？"

孟吉凡这才意识到自己的官场道行还嫩得很。

"现在不一样了，孙同泰已经当选，而且电视宣传弄得动静很大，捅出此事，大家会觉得是他自己太过招摇，人怕出名猪怕壮，太高调是要栽跟头的。"

"可是，若孙同泰因为此事倒台，由我接任校长助理，大家岂不是还会怀疑是我的所为？"

孟吉凡知道如此斩钉截铁认定自己会来接任，有些妄自尊大，不过下属若在上司面前偶尔露出些"傻气单纯"的无戒心状态，也是一种示意亲近的手段。

果然,白莫生并未见怪,笑了一下:"等孙同泰被开除公职,移交司法机关,我会建议再召开一次应急评审会,在上次票选前五名的候选者中再做一次投票,以你的分值,当选已是绝无悬念。到那时,别人只会羡慕你的运气,绝不会怀疑你的动机。"

孟吉凡已经看到了校长助理的官帽在向自己招手,突然,一个人影在脑海中的出现击碎了这场美梦:"再选一次,若沈副校长还从中作梗,会不会还有变数?"

白莫生收起笑容,冷冷道:"你觉得,这件事捅出来,沈诤还能坐在副校长的位子上?"

"您是说,这件事与沈副校长有关?"

"不是这件事与沈诤有关,而是孙同泰这个人与沈诤有关!"

中国智能技术管理论坛,名头很大,参会单位很多。

萧航和白莫生的博士生刘涛一起准备材料、制作演示文稿、布置展台、与参会嘉宾交流,忙得不亦乐乎。

萧航是个善学之人,好不容易逮到这个机会,只要有空,每个议程都想参与,哪怕几分钟,也会认真听发言、记笔记、做咨询。

相反,刘涛却轻松很多,但凡有空,就躲在展台后看小说。

萧航劝刘涛有时间再修改修改演示文稿,争取在明天的竞赛单元,好好表现,力争拿奖。

刘涛神色轻松,志在必得:"放心,这次参会,白校长的专利必得金奖!"

萧航对自动化设备的评比标准不甚了解,参加这项课题也是白莫生的照顾,只是从管理学的角度提些建议,所以见刘涛如此乐观,以为他是出于对导师的崇拜,也就没有在意,还是劝刘涛切莫大意失荆州。

沈诤看到网上的帖子《以人为本? 还是以钱为准?》时,事态已经扩散,他的第一个直观反应便是,这只是一场大风波的前奏。

　　明眼人谁还看不出来,这个帖子的名字起得很讲究,直指令孙同泰声名
鹊起的电视专访《以人为本的办学标准》。

　　这个帖子以培训学校内部员工的口吻披露爆料,指出培训学校的残疾
人便利设施改建只是披着伪善的外衣,行着贪污公款的勾当,发票款额二十
五万远远超过实际款项的具体数字。

　　末尾,爆料人声称自己在培训学校人微言轻,只能推断此事有猫腻,并
未掌握真凭实据,还请大家广为扩散,形成舆论,让有关部门介入,核查
此事。

　　沈诤赶忙给孙同泰打电话,质问此事详情。

　　孙同泰还在嘴硬,拒不承认,并称正在梳理内部员工,期望挖出“内奸”。

　　“内部? 你刚当选校长助理,马上就有这种帖子流出,我觉得外部的可
能性更大!”沈诤当官这么多年,政治敏感度还是有的。

　　孙同泰被点醒:“您是说,是孟吉凡他们搞的鬼?”

　　“我怎么说不重要,谁搞的鬼并不重要,你心里有没有鬼才重要!”沈诤
也不是吃素的,“你要是有问题,赶快向我交代,越早越好;若没有问题,赶快
想办法摆平此事,要不然对你今后开展工作很不利。”

　　这件事情还真没那么容易摆平。

　　虚开发票的事儿还没有说清,网络跟帖中又有人举证,培训学校每名学
员多征收五千元赞助费,还不给发票,这笔款项究竟何在?

　　网民们沸腾了,各种扒皮,各种爆料,从培训学校的问题扩展到孙同泰
大权独揽书法协会的问题,从孙同泰的贪欲延伸到孙同泰的私生活,事态越
闹越大。

　　孙同泰坐不住了,跑到黄建安公司,质问是不是他漏出风声。

　　黄建安大喊冤枉,明明是你们培训学校内部出了内鬼,现在害得我也要
受连累。

　　孙同泰安慰黄建安,只要咱们守口如瓶,统一口径,就不怕有人搞鬼。

　　黄建安不置可否,敷衍应付。孙同泰感受到背叛的征兆。

沈诤也坐不住了,无州大学委派他负责合办学校的整体监管,出了这档子事儿,最小也是个监管不严的渎职之罪。再加上他稍微做了下整个事件的深入调查,又再次发现了萧航的身影,这让刚刚对萧航改善印象的沈诤再次提起警觉之心。

"墨墨,这件事我听说是萧航找孙同泰协商,请他帮忙改建残疾人便利设施,还主动找电视台做专访?"

"对,康松是萧航大学同学的弟弟,有了困难,找他帮忙。萧航也是好心,才去找的孙院长。"

"就这么简单?"沈诤疑心骤起。

沈墨为萧航担保:"就这么简单!我知道整个事情的来龙去脉。"

"……我只怕,你只知道事情明面上的经过,却不知暗里的动机。"

沈墨闻言,拉下脸:"爸,你又来了——"

"墨墨,不是爸爸又怀疑萧航,而是整个事件太像一场有预谋的圈套。"

沈墨掏出手机:"爸,你要是不信,我给萧航电话,你和他直接对质。"

沈诤拦阻,不许沈墨冲动瞎闹,可是已经来不及,电话已经拨通。

嘀——嘀——等候接听。

无人接。

沈墨再拨,这次沈诤反而不再阻拦,他也想听听萧航如何应答。

还是无人接。

再拨,还是无人接。

继续拨,终于有人接听。

"喂,萧航……"沈墨像是抓到希望,急切呼唤。

"我在开会。"萧航压低声音回了四个字,啪,挂断电话。

忙音——沈墨看着手里的电话,落寞无助。

沈诤作为父亲,看得出女儿的难过,不忍再让她伤心。

沈墨却依然替萧航辩解:"他确实去北京开会,也许现在正忙,等他回电,我再问他。"

沈墨的声音越来越小,内心深处隐隐约约对自己的话也没有了信心。

"北京开会？不在无州？"沈诤问。

"对,他替白校长去北京参加中国智能科技管理论坛。"

"白莫生？自动化学科的论坛？现在这个节骨眼？"

沈诤越想越不对劲,越想越觉得一张大网正当头罩下……

世上本无事,庸人自扰之。

有时候,确实是庸人;有时候,聪明人做庸事!

沈诤是聪明人,之所以越想越歪,正是应了那句话,只缘身在此山中。

更何况,这座山是座沟壑纵横、乱木丛生的秘境深山——官场!

这就如同哪怕是一米八几的壮汉,平日里看见个模糊人影,听见一声背后咳嗽,绝不会一惊一乍,可若深更半夜独处墓地,但凡有些响声,就能吓得屁滚尿流。

其实,并非萧航故意不接沈墨电话,而是,当时他正在论坛上进行着 PPT 演讲,从行政管理的角度介绍白莫生专利产品的优势。能够冲着电话快速说出"我在开会"四个字,也还是趁刘涛轮流演讲的间隙,萧航见缝插针,偷偷所为。

萧航与刘涛的演讲单元顺利结束,与会专家掌声热烈,纷纷对此项专利表示赞赏。会后晚宴,一些专家学者前来交流探讨,害得萧航只顾着应付对答,忘了给沈墨回电话。

打电话不接,这么晚了也不回电话,也难怪沈墨越等越生气。

女人都是这样,一开始可能还是单纯等电话。若一时半会还没有男友消息,她们的编剧潜能就会被激活,脑子里的假想剧情比电视剧还要狗血,绝对可以让一个深情男子瞬间变成无耻渣男。

最可怕的是,她们会对自己的假想剧情深信不疑。

更何况,事态的发展越发"佐证"着假想剧情的合理性!

因为,上午的帖子还在攻击孙同泰,晚上八点的上网高峰时段,又出现了一个新帖子《没有后台,岂敢如此明目张胆？扒一扒孙同泰的幕后靠山》,箭头直指无州大学副校长兼省书法协会名誉主席沈诤。

更有好事者将去年书法大赛柳青山烧书事件重新翻出,作为沈孙二人勾结的证据,似乎合办学校的猫腻早有端倪。

不得不佩服,网民有神探,高手在民间!

"墨墨,你将这些事件联系起来,仔细分析,是不是每件事都有萧航的身影? 是不是很多事的起因或推动者就是他? 若他只是单纯出于好心,怎么每件事都能作用到我的身上,产生不利影响? 真的会这么巧合?"

这是爸爸的话,沈墨不由得不信,难道萧航接近我,真的是为了整垮爸爸?

(十九)

等到萧航第二天从宿醉中醒来的时候,离论坛颁奖时间还有不到两个小时。

萧航赶紧冲到浴室,好好洗洗身上残留的酒气。

热水一激灵,萧航的酒醒了很多,也回想起昨晚论坛组委会宣布了参赛名次,还真被刘涛说中,白莫生的专利产品获得了 2015 年中国科技创新发明金奖。

昨晚宴会上,很多认识白校长的参会人员纷纷过来敬酒祝贺,萧航作为白莫生项目团队代表之一,只能替白校长一一接受,干杯为敬。

不过,喝着喝着,萧航从大家的言谈之间突然意识到,好像在场的每个参会者都斩获奖项,无人空手而归,难怪大家酒兴如此之高,原来是皆大欢喜!

醉意盎然的刘涛告诉萧航,所谓"中国智能科技管理论坛"是由一家杂志社承办,根据"参会须知",只要花上两万元,所有参展单位都可以提名自己公司或新产品参加各个奖项的角逐,并享有参加"科技典范·创新楷模"表彰盛会红毯仪式、论坛会刊彩版宣传、科技成果推介会上五分钟演讲等诸多福利。

刘涛指着某些正在推杯换盏的参会嘉宾,轻蔑地笑着:"他们这些参展单位,只要为本次论坛花钱赞助,就可以根据赞助金的款额等级,享有不同的权益回报,获得不同的参赛奖项。"

萧航这才明白过来,敢情这场所谓的国内顶尖学术论坛,只是一场花钱买奖、自演自嗨的权钱交易。

萧航终于明白为何刘涛对参赛演讲漫不经心,却又信心满满必得金奖。

"这么说,白校长也交了赞助费?"萧航不忍心问出这句话。

刘涛瞪大了眼睛:"说什么呢? 白校长怎么会和他们一样沦落到交赞助?"

萧航悬着的心扑通落了地,在他心里,白莫生就是精神导师。

刚才听了刘涛揭开内幕,他只能在心里一遍又一遍地麻痹自己,白校长的主旨是为了尽快推广新专利,若白校长也花钱买奖,那也是受大势所迫,无奈苟同。

如今,听到白莫生没有参与赞助,他对知识界的信心又重新燃起。

无州大学堂堂校长还是坚守着学术人格!

谁知,刘涛笑眯着眼,凑到萧航耳边,不无得意地悄声炫耀:

"论坛主办方前年申请个国家级自动化课题项目,今年结项,白校长是该项目审核验收委员会副主席!"

萧航的心凉了,有时候,学术腐败比权钱腐败还要卑劣!

所以,昨晚萧航一杯接着一杯喝着酒,是想着,醉了,就不心烦了。

所以,酩酊大醉的萧航忘了给沈墨回电话!

萧航洗完澡,穿着妥当,一看表,还有二十分钟,想起昨天忙来忙去,忘了给沈墨回电话。

刚拨通号码,才响一声,有人敲门。

这个刘涛,这么早就来叫门? 萧航嘟囔着,暂时挂断电话,打开房门。

门外站着一位年轻貌美的不速之客——舒雅!

"萧老师,我是无州电视台的记者舒雅,请问您对此次获奖的感言是什么?"

舒雅这个女人真是奇妙,成熟起来妩媚动人,单纯起来调皮可爱。

"你怎么来了? 怎么知道我住这儿? 找我有什么事?"萧航只能借问话来掩饰内心的惊慌。

舒雅眨了眨水一般的眼睛,撇着嘴:"萧航同志,于公来说,你是我EMBA班主任;于私来说,你我也算熟人。我大老远追到北京,你就不请我进屋喝口水?"

根本不等萧航答话,舒雅已经进了屋,萧航阻拦不及,只能故意开着房门以示清白。

舒雅何等聪明,看着故意敞开的房门,心中百味杂陈,一方面感慨萧航真是个好男人,可惜与自己无缘;另一方面心里凉凉的,我在他心里难道是那种不自重的女人?

想至此,舒雅已经没有了调笑的兴致,变回一脸严肃:"听闻无州大学白莫生教授团队的专利产品在国家级论坛获得金奖,我们省电视台的总编室要求财经频道做专题报道,宣传无州创新。鉴于我在无州大学管理学院就读EMBA,所以特意派我昨晚连夜前来,请萧老师赏脸配合。"

萧航见是公事,这才放下心来:"你们消息够灵通的,昨晚刚公布结果,今天你就到了。"

"白校长的前几个专利项目也都是我们省台做的报道,宣传知识创新,也是媒体责任所在。"舒雅心里有气,索性一副公对公的口吻。

萧航还真不太适应舒雅的这种态度,只能打马虎眼:"怎么采访,说吧。我们一定全力配合。白校长的博士生就在隔壁,我把他也喊来?"

舒雅摇摇头:"现在不用,下午采访。我和摄像昨晚坐了一夜车,又累又困,所以我让他在楼下大堂喝咖啡准备带子,休整一下。然后我就找会务组要了名单与房号,先上来看望一下你,交代一下我们的拍摄思路,也好让你在颁奖典礼时有所准备。"

说完,舒雅掏出事先准备好的采访提纲与报道方案,与萧航探讨。

这个女人,真是千面娇娃,瞬间又从调皮少女变成了职业记者。

工作一旦谈起来，时间总是过得很快。

一转眼，要出发去会场参加颁奖典礼了。

萧航起身整理公文包，舒雅趁机借用房间卫生间，补补妆。

萧航手机响了，沈墨打来电话，明知是萧航的电话号码，还是故意冷冷问了句："请问刚才哪位打我电话？"

萧航这才意识到刚才舒雅敲门，自己开门时匆忙挂了电话，留在沈墨手机里一个未接电话。

他当然知道沈墨故意装作不认识自己号码的这番问话，其实是还在生昨晚的气，给自己甩脸子，赶忙讨好沈墨。

"我昨天实在太忙，忘了给你电话，刚才刚拨通，又有事就先挂了，别生气了。我明天就回来了，给你带礼物。"

由于舒雅在卫生间，萧航电话里不方便说些肉麻的话，还要刻意压低声音。

恋爱中的女人，第六感都像安了卫星接收器，沈墨立马听出萧航似乎刻意回避什么人："你在哪儿？房间还有其他人？"

萧航支支吾吾："我在宾馆啊，马上要去会场领奖，等我回来给你电话。"

正在此时，卫生间门开了，舒雅一边用抽纸擦着手，一边冲萧航喊着："萧航，你怎么跟我表弟一样，洗个澡，弄得卫生间满地都是水。"

啪！沈墨挂断了电话。

沈墨哭了，一个人躲在宿舍里，撕心裂肺。

昨晚，等了整整一夜电话，没有音信。

今天，等了一上午，好不容易来了萧航的电话，只响了一声，就挂了。

沈墨告诫自己，不要打回去，女人要矜持，和他耗到底，打回去就输了。

可是，时钟一分一秒过去，依旧不见萧航再次打来。

这段等候的时间里，虽只有短短的十几分钟，可沈墨已经记不清自己多少次查看手机是否有网，是否有电，是否开机。

等来等去，还是等不来萧航的电话。

终于，沈墨放下女人的傲娇，拨回电话，还要用冰冷的语气假装着毫不在乎，谁知却从话筒中听到男友宾馆房间里竟然有女人的声音。

这么多年的闺蜜，沈墨一耳朵就听出这个女人正是"情敌"——舒雅！

她怎么会去北京？怎么在萧航房间？昨晚他们是不是在一起？……

沈墨耳边再次响起沈净的话，仔细想想，这大半年来，爸爸遇到的所有糟心事还真都有萧航的影子。

难道他真的是为了陷害……

沈墨不愿想，也不敢想。

沈净那边，更是心烦。

经过一天一夜的发酵，事态愈演愈烈，孙同泰被"扒"得体无完肤，读着那些文字，连沈净都震惊自己不知从何时起，一步一步与这样一个道貌岸然的伪君子越走越近，打得热乎。

沈净决定丢车保帅，主动找李庆丰书记反映问题，先行承认自己有失察之错，然后请求查处孙同泰，以期将功补过。

李庆丰书记脸上看不出任何情绪，公事公办："白校长昨晚就已经找我通过气，说有人向他反映了网上的传言，他提议，为了无州大学的名誉，请求让纪委介入，联合有关部门核查此事。"

这是白莫生先下手为强，不给沈净主动坦白的机会。

沈净意识到可怕的暴风雨将要来临，能不能挺过此劫，只有老天知道。

沈净实在没有心情处理当日工作，找个借口，称病请假。

听说爸爸生病没有开会，沈墨急忙回家看望。

一推门，屋里一片漆黑，大白天竟然还拉着窗帘。

唰——沈墨拉开窗帘，吓了一跳，这才看见沈净一个人呆坐在沙发上，默不作声。

"爸，你哪儿不舒服？生病了怎么不给我打电话？"沈墨坐到沈净身边，用手贴在沈净额头测体温。

沈净没有回答,只是默默地将女儿拥入怀中。

沈墨隐隐有一丝不祥的预感,却也没有点破,轻声说道:"爸爸,我是你女儿,不管发生什么事,我都是你的女儿,你什么话都能对我说。"

沈净将女儿紧紧搂住,眼圈已经红了……

萧航直到接过主办方颁发的金奖奖杯,才从满腹心事中稍稍缓过神来。

沈墨在电话中听到舒雅的声音,愤然挂断电话,萧航盘算着该如何解释。

领完奖,走下台,萧航才勉强挤出点时间给沈墨打电话。

这次,轮到沈墨不接电话,萧航知道误会已经产生,急得无计可施。

舒雅带着摄像来找萧航与刘涛,按照原定方案开始采访……

铃声响起,一定是沈墨电话,萧航将刘涛拉到摄像机前,走到一旁接听。

可惜,不是沈墨,是康梅!

康梅三言两语讲了网上的帖子以及掀起的轩然大波,急切催促萧航赶快察看详情:"……原来你在北京开会,快上网看看吧,事情越闹越大,我觉得有些蹊跷,真心不愿校舍改建这档子原本是帮助小松的大好事,竟然引出这么多麻烦,弄得大家都不开心。"

"有这事? 你赶紧问问黄建安,有没有虚开发票。"

"我问了,他好像满不在乎,还让我少管男人的事儿,不肯多说。"

"……满不在乎? 他不怕事情捅出去?"

"他好像说了句'大不了罚款',挣的比罚的多,这笔买卖划算!"

萧航太了解自己的老同学黄建安,既然这么说,必有内情。

"黄建安这两天有没有什么反常的举动?"

"反常? 没有……哦,对了,这两天他总和你们学校那个管 EMBA 的孟吉凡院长通电话,每次接电话都找地儿背着我,鬼鬼祟祟,不知道这是不是反常?"

孟吉凡? 孙同泰? 萧航似乎明白了什么,挂断电话,再也顾不得接受采访,用手机上网查看,这才知道自己不在无州的这三天,无州大学正在搅起一场大风波。

萧航赶回无州大学,顾不上先去给白校长汇报此次论坛之行,委托刘涛转述整个评奖经过,就急匆匆冲回教师公寓找沈墨。

沈墨已经一天没有接萧航电话,敲了半天房门,沈墨宿舍无人应答。

萧航知道,此时发短信也不会有人回,索性直接冲到沈净家。

沈墨没有想到萧航敢直接找到爸爸家,所以听到敲门声,以为是找爸爸的客人,开门后才发现萧航站在眼前。

萧航请求沈墨给机会解释,沈墨冷冷回绝,想要静一静。

眼看沈墨就要关门,屋里传出沈净的声音:"让他进来。"

沈净此时的心境像是一只掉落陷阱的猛兽,既然在劫难逃,生死已不重要,好歹临死也要知道究竟谁是挖坑之人。

所以,压根没有丝毫客套,沈净当头就问:"这次的事儿,和你有没有关系? 和白莫生有没有关系?"

萧航看得出此次与沈墨的误会,关键是网上揭发事件,便从头到尾,一五一十地给沈净讲了个一清二楚。当然趁机也讲了自己去北京开会时,舒雅临时前来采访的事儿,算是给沈墨一个交代。

以沈净的阅历,他相信萧航所言不虚,只是这一切太过巧合,难道是上天对自己前段日子沉沦于名利的惩罚?

沈净在想,这几天自己一直在咒骂白莫生阴险小人,浑水摸鱼,趁机将事态炒大。但静心想来,若是孙同泰没有贪污,若是自己前阵子没有沉沦于名利,又怎么能授人以柄?

身正不怕影子歪,有缝自然招苍蝇!

沈净后悔莫及,轻叹口气:"萧航,我没有参与其中,也算半个受害者,你信吗?"

萧航没料到沈净突然如此一句,稍微愣了下:"我信不信,还重要吗? 关键是你自己的良心要信!"

"你什么意思？谁稀罕你信？"沈墨见萧航这个时候还说"风凉话"，有些生气。

沈铮摆摆手："墨墨，萧航说得对，其实我们每个人在世一生，很简单，每件事都能对得起自己的良心，就错不了。"

萧航接着说："当务之急，咱们要争取主动，向学校交代实情。"

沈铮听萧航由心而发用了"咱们"二字，暗自欣慰，看样子，他是认定我的女儿，早已把自己当成一家人。

"事情若是这么简单就好了。"沈铮摇摇头，"他们给我设了套，用三十万买了我的书法，作为合办学校的校名匾牌，追查起来，很难解释。再说，我前阵子和孙同泰走得很近，说对他贪污一事不知情，纪委很难相信。"

"三十万？这个数目应该可以判定是变相行贿了。"萧航是真心想要帮忙，说话也很实在，"除此之外呢？还有没有别的款项？"

"被聘为书协名誉主席后，在孙同泰的撮合下，也卖过几次字。"

"还有没有？红包、回扣、赃款、礼物……"

"礼物？对，上次张大师来讲学，晚宴后孙同泰送了我一些地方特产。"

礼品盒还在客厅角落放着，沈铮拎了过来，刚要拆开看看究竟何物，被萧航制止："不要拆封，明天原封不动拿到纪委。若盒里有现金或贵重之物，多少还能证明你不知礼品金额，并非蓄意受贿。"

沈铮闻言有理，赶紧将礼物放回礼品袋中。

沈墨看着听着，仿佛不认识眼前的父亲一般，在她心目中，父亲学识渊博，作风正派，怎么如今竟然变成贪财之人？

"爸，咱家又不缺钱，你为什么要卖字、要收礼？为什么……"沈墨有些哽咽，气爸爸，也气自己如此不礼貌地质疑爸爸。

女儿的质问深深触动了沈铮的心，哪一位父亲不希望在儿女心目中一直维持高大形象，可如今的苦果是自己造成，又能怨得了谁？

"墨墨，相信爸爸，我最近鬼迷心窍不假，可从未为了钱。"

"那你为了什么？"

"名！虚名！"

是啊,古往今来,又有多少人能过得了"名利"关?

沈诤终于明白了阿谀奉承这些"捧杀"的威力,懊恼地低下头。

"你说你从未为了钱?"当一位父亲的形象在儿女心中崩塌时,又气又羞又恼又悲,复杂的心情促使着沈墨道出压抑许久的疑问,"这些年,学校里背着我议论,当年建造教师公寓楼时,你收了不少钱。"

萧航也曾听张欣曼谈及此事,默不作声。

沈诤明显被戳中伤疤,竭力控制着内心的情绪,但依然看得出手微微在抖。

"这种谣传,你是我的女儿,你也信?"

沈墨垂下头,声若细蚊:"……原本不信,可是,现在……"

是啊,自己都已不再认识现在的自己,更何况旁人。沈诤悲叹一声,自作孽不可活。

房间里陷入死一般的沉寂……

良久,沈诤缓缓起身,走到客厅钢琴旁,轻轻抚摸着琴身:"那年你才上初三,一直有个心愿,想要学钢琴。那时候,你妈妈刚刚去世不久,爸爸答应过妈妈一定会让我们的女儿过上好日子。"

沈诤有些哽咽,沈墨的眼里噙着泪花。

"记得那一天,你放学回到家,第一眼看到这台钢琴,高兴得都跳了起来。爸爸还记得你那时梳着两个小辫,穿着花裙子,房间里洒满了金灿灿的阳光。看着你从妈妈去世后,第一次露出笑脸,爸爸心里好高兴、好开心……"

沈诤转过身,看着女儿:"那一年,正是教师公寓开建的时候。爸爸一次又一次地拒绝了建筑商送来的钱、卡、红包,却最终没能拒绝这台钢琴。因为建筑商为了送礼,下了很大的功夫,查到那天是你的生日,他们将钢琴抬进屋就走,这么沉的大物件,我怎么退回去?"

沈诤的嘴角因为内心的痛苦而轻微抽搐:"所以,我也就顺水推舟留下了这件我的女儿梦寐以求,而我在当时却买不起的生日礼物。"

沈墨扑到爸爸怀里,默声抽泣。

"可是后来,我发现建筑商在建造教师公寓期间虚报成本,以次充好。楼房质量可是关系生命安全的大事,我就责令他们整改,奈何当时我在教师公寓建造领导小组只是副组长,执行副组长白莫生与时任校长相互勾结,收受建筑商回扣贿赂,所以建筑商有恃无恐,丝毫没有改用优质建材之意。"

沈净看着萧航的眼睛,继续说道:"我在领导小组会上公开抨击建筑商的违法行为,白莫生竟然恶人先告状,到处散布我收受贿赂的谣言,想要搞臭我。后来,我扬言要退回钢琴,也要告到省纪委,他们害怕事情闹大,对他们不利,才责令建筑商不要太放肆,少赚点黑心钱也要把好质量关。"

萧航蒙了,不知道该不该相信沈净的话,这番话里的大蛀虫可是他心中甚是敬仰的白莫生白校长。

沈净:"也怪我做贼心虚,毕竟收下了价值不菲的钢琴在先,所以见楼房质量尚能得到保证,也就没有再往上告,选择息事宁人。但与白莫生也就此结下仇怨,明争暗斗了这么多年。"

这是真的吗,还是沈净知道自己大势已去,临死诬陷?萧航心乱了。

沈净看出萧航内心的挣扎:"我说这些,并非想挑拨离间你和白莫生,而是想要提醒你一句,切莫与他走得太近,要懂得保护自己。"

萧航听出沈净作为长辈的善意:"谢谢沈校长关心。"

"我不是关心你。"

萧航与沈墨都愣了。

"我是关心我女儿……这次,白莫生一定会趁机落井下石,我也是有错在先,不管组织上给我何种处分,我都认!"

沈净深情地摸着女儿的头发:"我只希望,若我不能在女儿身边照顾她,你能好好待她。所以,我也不希望你再有任何闪失,只留下我女儿孤零零一个人。"

有了黄建安的假发票证据和证词,孙同泰很快就放弃抵抗,交代事实。

纪检人员在有关部门的配合下,陆续得到孙同泰在私立小金库、挪用书协经费、买卖书协会员资格等一系列违法违规问题上的认罪交代。

孙同泰将一部分罪责推到沈净身上，以期举报有功，减少自己的刑罚。

终于，沈净与孙同泰等人被检察机关依法拘留，等候最终的审判。

黄建安因为虚开发票，被判处缴纳罚金。孟吉凡也兑现承诺，帮黄建安取得了地产公司的订单合同，一反一正，黄建安只赚不赔。

舒雅也因此事受到牵连。毕竟，她刚刚以正面案例做完孙同泰的专访，没几天，就爆出这么大的丑闻，受到电视台领导的点名批评，说她新闻调查不严谨。

萧航听闻，对舒雅抱歉。舒雅却淡淡笑了下："你我之间，何须道歉？"

如此深情的表述，多少会在萧航心底激起涟漪……

萧航稳定心神，对自己说，对舒雅偶然动心，是人性使然，可若把持不住，便是道德问题！

萧航从未想过背叛沈墨，更何况，沈墨刚刚递交了辞职信！

以沈墨的个性，她接受不了爸爸因为经济问题下台，别人在背后的指指点点。再加上从刚毕业起，沈墨就想学以致用，在市场上检验自己所学的艺术设计。所以，沈净被检察机关控制后不久，沈墨就辞职退房，租了间工作室，在校外开始了自主创业。

萧航懂得沈墨的心，没有像别的老师一样，好心劝说沈墨不要意气用事，丢了无州大学这么好的工作。

他只对沈墨简简单单说了一句话："你的决定，我支持；你在哪里，我陪伴！"

一切如白莫生的预料之中，一切在白校长的掌握之下。

在白莫生的主持下，重新举办了一场校长助理选拔，毫无悬念，孟吉凡顺利当选。

孟吉凡惊喜地发现，在无州大学校长级别管理层里，白莫生是靠山，沈净已经免职，仅剩的刘敬业副校长是去年才来无州大学工作。

校园政治格局的变化，让孟吉凡不再满足于校长助理的位置，野心开始膨胀。

当然，现任校级领导中，还是有一位李庆丰书记让孟吉凡忌惮三分。

李书记平日话语不多，作风正派，也很亲民和蔼。

他在任这些年，对贪腐行为毫不留情，前任副校长张国庆的招聘受贿案就有他的当机立断与不徇私情。

听人说，李书记当年和张副校长是共命战友，李书记却对此表态："全校所有干部师生，若踏实做人，我就是你们的书记、朋友、服务员；若是违纪违法，不论是谁，不论何种关系，一查到底，绝不通融。"

也难怪，私底下教职工们都称赞，有李书记在，无州大学正气就在！

风波过后，无州大学似乎又恢复了往日的平静。沈诤与孙同泰的事件也慢慢被人遗忘，偶尔提及，也仅仅成为茶余饭后的谈资佐料。

孟吉凡越发春风得意。

在校内，他是学院院长兼校长助理；在校外，他是地产公司独立董事。

要课题有课题，要荣誉有荣誉，要高薪有高薪，要地位有地位。

唯独，要女人，却始终得不到这个女人——舒雅！

舒雅也在挣扎之中。

中意之人萧航始终不为所动，再加上现如今沈墨家庭遭遇变故，舒雅更不忍心自己的一些行为让她受伤害。

所以，舒雅有意识地躲避萧航，但也难以说服自己对别的男人迅速敞开心扉。

黄建安通过地产商的建材订单，赚了不少。

男人就是这样，有了几个臭钱，脾气长了，自信心也长了。

黄建安开始频繁地张罗 EMBA 班各种聚会郊游，一则尝到了关系网所带来的生意甜头，希望稳固同学友情，二则趁活动之际，频频向舒雅献殷勤、讨欢心。

男人有了外心，蛛丝马迹都逃不过女人的眼睛。

康梅忍不住趁黄建安睡觉之际，翻看了他的手机，看到了他发给舒雅的肉麻短信,心碎了。

七年了,自己陪着这个男人已经七年。

别人家的七年之痒好歹还有一纸婚书,而自己整整七年,却落个名分皆无!

终于,康梅平静地告诉黄建安:两个男生追一个女生,爱得浅的会先放弃;两个女生追一个男生,爱得深的那个会放手。

“若你真的爱上了舒雅,我祝福你……”

(二十)

顶着“2015年中国科技创新金奖”的荣誉,白莫生的专利顺利卖出,被一家科技发展公司以二十万元的价格购买。

白莫生将这个好消息告诉团队成员,依照前期承诺,公平地根据每个团队成员的课题贡献大小给予相应奖金,他自己真的一分钱没有留。

虽然,一开始还有个别团队成员小声嘀咕,这个专利应该属于团队共同所有,怎么白莫生一个人就做主出售,但考虑到目前高校课题组都是项目负责人一人说了算,自己现在也分得了相应的奖金,比其他课题组埋头苦干,却无任何回报的知识民工好多了,心中也就释然了。

萧航也提出异议,他倒不在乎分得多分得少,只是纯粹从商业价值的角度提出专利转让价格偏低的疑问。

“萧航这个问题提得好,我看是说出了你们很多人想说却不敢说的话。也好,我刚好能借此做些解释,告诉大家我的一些心里话。”

白莫生赞许地冲着萧航点了点头,似乎压根没有对萧航的质疑有任何不开心。

“我们科研工作者研究课题的目的究竟是什么?是扬名?是赚钱?”

白莫生环顾众人,态度不怒自威。

“不!都不是!……是为了向学生证明知识有用,是为了告诉我们自己,知识可以产生价值!”

萧航对白莫生的这番话深有感触。不知从何时起,知识无用论甚嚣尘上,就连象牙塔内原本应该求知苦学的莘莘学子也逐渐接受了很多"醒世名言"——学得好不如嫁得好,干得好不如老爸好!

白莫生动情道:"我教了一辈子书,看到现如今主导社会的思潮与观念,很悲哀也很痛苦,这是我们教育的失败,这也是知识对抗权钱的惨败。所以,这些年我一直致力于专利产品开发,不是为了我自己从中获利,而是为了能让知识转化成生产力,造福人民,造福社会。"

萧航看着白莫生,回想起沈诤说的话,一时不辨真假。

白莫生看了眼萧航:"萧航刚才说,专利转让费少了。我说,对,不仅少了,而且是太少了。因为,知识的价值怎么能用金钱估量?可是,我也要说,若真要卖到一个你我心中的目标金额,也许我们觉得价格合理了,可会不会还有公司依然愿意买?买了后还愿不愿意推广?都很难预估。"

末了,白莫生掷地有声:"钱,对我们重不重要?重要!可不应成为我们每个社会行为的唯一判断标准!"

众人被白莫生的高风亮节所感染,起立鼓掌。

萧航舒了口气。看来,沈校长是错怪白校长了,白校长的有些做法只是官场斗争的惯性使然,整体上,他依然还是我所尊敬的师长学者!

万事开头难,创业更是不易。沈墨从辞职到现在,陆陆续续只接到两三个小订单。沈墨有些消沉。

萧航静心呵护着沈墨,陪着她,像是一棵根深叶茂的大树,供沈墨依靠庇护,为她遮风挡雨。他利用自己的知识所学,帮助沈墨做企划、弄宣传,也逐步教会她一些管理之道。

踏实做事,天必佑之。

通过多轮竞标比稿,沈墨凭实力获得了大订单——虚山市文博会宣传设计!

说来,沈墨与虚山市文博会还有一些渊源。

去年,在孙同泰和沈诤的帮助下,虚山市获得了"书法之乡"的称号。

也正因为有了这个称号，虚山市今年才想要筹办文博会，借机扩大"书法之乡"的影响，顺便带动文房四宝、古玩字画等的艺术品拍卖市场。也来一出"文化搭台，经济唱戏"。

世事无常，耐人寻味。

父亲沈诤一步步被孙同泰腐蚀沉沦，与"书法之乡"的评选有着千丝万缕的联系。可女儿沈墨却因为这个契机，才得到也许能助她一举成名的创业机会。

人世间的阴差阳错，谁又能说得清！

萧航清楚这份订单的分量，绝不仅仅在于丰厚的酬劳，而在于只要能打个漂亮仗，沈墨的作品与能力将会通过文博会的宏大平台，在业界产生巨大影响。

为了让沈墨全身心投入创作之中，萧航每天上完课，就直奔沈墨工作室，脱下课堂仪表所要求的正装西裤，换上T恤休闲裤，拎着小菜篮，收起学术严谨的理论言语，操起地道的无州方言，与菜市场的大妈讨价还价，与门口饭馆的厨师讨教厨艺，乐颠颠地主动承担起买菜做饭的琐碎家务。

不细看，谁能想到这位家庭"妇男"竟然是海归博士、大学教授。

沈墨感动，调侃萧航："唉，我真是浪费了祖国培养的优秀人才。"

萧航一脸谄媚："能成为沈大才女的小奴隶，是我寒窗苦读的终极梦想。"

傻样儿——

工作室内，温情满满。

舒雅最终还是选择了和孟吉凡在一起。

相比于粗鄙不堪的暴发土豪，孟吉凡身上的学者气息让舒雅敬佩。

对舒雅来说，"才"和"财"必选一项，更何况孟院长二者兼备。

其实，这个决定就像高考时的多选题，筛选掉最不可能的选项，尽管不太确定，也只能选择剩余选项。

萧航,舒雅真心所爱,但最不可能。

黄建安,第二备选,可自从舒雅从萧航嘴里听闻康梅的存在,以及七年的付出与坚持,从未想过做小三的舒雅也剔除了这个选项。

可是,每次想起那天萧航来找自己兴师问罪,舒雅的心都隐隐作痛。

那天,萧航听说康梅带着康松搬出了黄建安住所,原因竟然是黄建安与舒雅暧暧昧昧,他顿时气不打一处来,找到舒雅,兴师问罪。

"上次你来到我的酒店,就给我和沈墨惹了不小的麻烦。现在你又去招惹黄建安,你知不知道康梅这么多年的不易?你这么做,如何心安?"

舒雅愣了,心绪就像陷入沼泽一般,越是挣扎,下沉得越快。

她不想解释,是黄建安刻意隐瞒了康梅的存在,自己并不知情。

她不敢相信,自己在萧航的眼中,竟然就是一个专爱拆散他人的狐狸精。

舒雅的眼圈湿润了,尽管她努力地克制着,但眼泪还是不争气地流了下来。

良久……

舒雅轻轻擦去眼泪,说了声:"都是我的错,谁让我爱上了一个不该爱的人!"

哀大莫过心死。

所以,舒雅选择了孟吉凡。

舒雅破天荒主动请黄建安去喝红酒,黄建安以为桃花运要来,喜滋滋在家里一番捯饬,在衣柜里挑来选去,对着镜子忙个不停。

总算挑好一身帅气修身的西装,黄建安对镜子中的帅哥甚是满意,脱口就来了一句:"康梅,帮我把那条黑底白纹的领带拿来。"

空荡荡的屋子里,无人应答,透着一种说不出的寂寥……

黄建安猛然反应过来,康梅已经离开。

也难怪,整整七年的共同生活,黄建安早已习惯康梅帮他打点生活中的一切,这才刚刚离开几天,他还没有适应只有自己一个人的日子。

　　黄建安轻抚着身上这件西服,眼前清晰地回忆起当年的场景,那时自己的生意刚刚起步,还没有多少积蓄,康梅无怨无悔地跟着自己,没有"物质女人"的贪婪与埋怨,尽心地帮他打理好家中的里里外外。一次,当康梅知道黄建安隔天要去参加一个重要的商业酒会后,二话不说,拉着他就去商场买了这套西装。

　　黄建安还记得,当时他看到西装标价时的窘态,而康梅却说家里怎么苦点都行,不能让男人在外受了委屈。

　　往事萦绕在黄建安眼前,挥之不去。

　　有句话,没什么高深的道理,却是亘古不变的朴素真理——人,只有在失去后,才知道珍惜!

　　回想起最近这一两年来,黄建安也没少穿这套西装出席重要场合,却从来没有一次像今天这样回忆往昔。

　　睹物思人?

　　还是,往日里,自己心底对康梅的爱被絮絮叨叨的柴米油盐所遮蔽?

　　黄建安不愿再想,硬生生掐断脑海里的回忆,他知道,此刻不出门见舒雅,也许再过一会,他就再也不想去赴约了。

　　黄建安到了红酒屋,才发现,今天若不赴约,今后可能再也无约!

　　舒雅很直接,第一杯红酒刚碰了杯,就将黄建安想入非非的桃花梦轻轻捅破。

　　"建安,喝完这场酒,回家,把我忘掉,把康梅追回来。"

　　黄建安端着酒杯,喝也不是,不喝也不是。

　　舒雅也不勉强,浅浅品了一口杯中红酒,放下酒杯。

　　"红尘男女,有人喜欢你,也是种缘分,要感恩别人对你的这份高看。所以,谢谢你对我的这份情意!"

　　"舒雅,为什么不再给我点儿时间?"

　　"康梅给了你七年的时间,你都没有看明白,这个世界上谁才是最适合你的女人,我再多给你时间,有意义吗?"

"我和康梅的事儿，你不懂。"

"我不懂，是因为从你发第一条暧昧的微信给我的时候，并没有告诉我，你的世界里有个康梅的存在。"

"我们现在分手了，我是自由身。"

"身，不论何时，哪怕结了婚，又何曾不是自由的？可是，心，你确定是自由的？"

黄建安不知道如何作答，他的心里也乱了，是啊，和康梅几天前分了手，以为可以无牵无挂，可为何刚才站在试衣镜前，满脑子想的都是她，她的一切，她的好？

心若不自由，哪有空地安放另一个人？

舒雅从一个女人的角度，给黄建安分析康梅的不易与坚持。又从同班同学的角度，帮黄建安分析康梅为何是他今生最佳的伴侣。最终，又从一位情感过来人的角度，指出黄建安内心深处并非不爱康梅，而是被七年之痒的审美疲劳所干扰，被暂时的外部诱惑所蒙蔽……

红酒屋，一男一女，聊的是感情的事，交的却是好朋友的心。

白泓涵的狂追滥炸取得了成效，胡昊菲同意他当男朋友。

不过，是假冒男朋友。原因说来很无奈，为了应对孔德仁。

一转眼，已经临近期末，孔德仁还是经常以指导考试为由，让胡昊菲夜间去办公室上课。

白泓涵陪胡昊菲去了办公室，都没见到孔德仁的面，就被以涉及学术隐私为由，拒之门外等候。

不过，有了屋外白泓涵这个挡箭牌，办公室内的孔德仁多少收敛一些。

白泓涵送胡昊菲回宿舍的路上，一直逼问，才得知实情。

白泓涵心中郁闷，到教师公寓找萧航聊天，萧航也义愤填膺，与白泓涵合计，如何处置这种道貌岸然的"叫兽"。

其实，孔德仁的罪行毫无疑问，难在他老奸巨猾，不易取证！

白泓涵翻个白眼，一拍桌子："这老流氓，还取啥证？找我爸说一声，把他开除了。"

萧航："没有证据,你以为你爸想开谁就开谁?白校长这么忙,你别添乱了。"

白泓涵："那怎么办?堂堂大学,教学育人,竟然有这样的害群之马!"

萧航眼珠子一赚,计上心来:"我记得沈墨曾经给我说过一句话,对付这些坏人,按照常规手法,吃亏的只会是好人。有些手段,坏人会用,咱们也要用!"

根据萧航的计划,他和白泓涵躲到孔德仁办公室对面的教学楼去,刚好让白泓涵平日里用来泡妞的远焦相机派上用场,拍摄孔德仁的咸猪手,留作证据。

除此之外,萧航让胡昊菲反其道而行之。

孔德仁老奸巨猾,每次女学生进了办公室都会被要求关手机,倒空手提包里的东西,防止一切录音设备,可是他肯定不会防备自己的手机。

所以,若胡昊菲能有机会用孔德仁的手机拨通白泓涵的电话,藏在不经意之处,这样就能将孔德仁的骚扰言语远程录音。

胡昊菲没有想到自己曾经大闹萧航课堂,他却会不计前嫌,出力帮忙。

萧航笑了笑:"你对我有了误会,认为老师的人品也无非如此,我就更不能让孔德仁这粒老鼠屎再坏了教师的整体形象。"

胡昊菲来到孔德仁办公室,心中有些不安,不过当她装作若无其事望着窗外,对面虽然漆黑一片,但她知道有两个男人在为她蹲守,心情镇定了一些。

果然,孔德仁还是老一套:"上课就要专心,把你的手机关了。你们女孩子包里就应该多装些书,要学会利用时间,坐地铁坐公交都是学习的好场所,怎么能只是装这些乱七八糟的化妆用品。记住,容颜易老,诗书自华。"

越是卑鄙的人,越是冠冕堂皇。

胡昊菲与孔德仁保持着距离,耐心等待着机会。

孔德仁见已然安全,言语上开始露骨骚扰,手脚上却还没动手。这让胡昊菲很是恼火,孔德仁说着下流挑逗的话,却录不上;对面有远焦相机等着,可孔德仁目前还只动口不动手,也拍不到。

但是,自己却要留在办公室里,忍受着孔德仁恶心的挑逗……

终于,孔德仁要去上个厕所,让胡昊菲自己先把某段文献看一下。

机会难得,胡昊菲趁着空当,拿起孔德仁留在桌上的手机。

——请输入开机密码!

胡昊菲慌了,自己明明记得孔德仁一直没有设置手机密码。上周上课时,还随手滑开手机屏保,非要让胡昊菲看手机中下载的内衣嫩模照片,托词说是要做媒介研究的受众调查,询问胡昊菲,在女人眼里,是不是和男人一样,身材比脸蛋重要?

胡昊菲赶忙打开自己手机,向萧航汇报这个情况。萧航安慰胡昊菲镇定不要慌,试着输入孔德仁的生日试试看。没有成功。

再将数字倒过来试试,还是没成功。

胡昊菲似乎已经听到楼层厕所的开门关门声。

这个时间段,没有别的人,应该是孔德仁出了卫生间。

胡昊菲手心都是汗,怎么办?

萧航急中生智,让胡昊菲报出孔德仁的手机号码,用白泓涵的手机拨了过去。

楼道里,孔德仁的脚步声越来越近……

电话响了,此时不需要密码,直接动滑盖接听即可。胡昊菲等手机屏幕刚刚亮起,才响了第一声,就赶忙接通,将手机放到桌上一堆散乱的书本文件之下。

这边刚放好,那边孔德仁推门而入。

电话那头,蹲在对面楼层暗处的萧航与白泓涵都屏住呼吸,不敢有一丝声响,担心通过手机话筒传过去。

胡昊菲毕竟是小女生,表情有难以掩饰的慌张,孔德仁似乎有所觉察……

"你干什么了？干吗冒汗？"孔德仁贼溜溜的眼睛盯着胡昊菲。

胡昊菲强装镇定："没干吗,看文献。"

"看文献？"孔德仁有些怀疑,谨慎地四下张望。

胡昊菲眼看孔德仁的目光就要转到遮盖手机的那些书本文件,便转移他的注意力："我错了,我刚才没有看文献……"

孔德仁将目光收回,重新盯着胡昊菲："那你干吗了？"

胡昊菲怯生生将自己的手机递给孔德仁："我给男朋友打了个电话,问他到底啥时候下班,怎么还不来接我。"

孔德仁接过手机,翻看通话记录,果然有一个刚刚拨号的电话记录。

这小丫头,肯定是害怕我,才向男友求救,怪不得今天没有男生像上次一样陪她一起来,刚才我还怀疑其中是否有蹊跷,原来是男友还没下班呀。

"你们这些学生,上课总是分心,一会儿不玩手机都不行。"孔德仁随手关了胡昊菲的手机,"男朋友怎么说？什么时候来接你？"

胡昊菲噘着嘴,十分委屈："早不加班晚不加班,偏偏今晚加班。"

孔德仁眼前一亮,此时的胡昊菲在他眼中就是一只孤立无援的小羔羊,嘴上开始放肆起来："男朋友不来,有什么好委屈的。不是还有老师陪你吗？"

电话那头,白泓涵气得咬牙切齿,眼中喷火,若在跟前,肯定直接冲上去给孔德仁几记老拳。

萧航示意白泓涵不要只顾着生气,忘了手中的相机。

萧航小心翼翼点击了一直处于通话状态的手机上的"录音"键……

胡昊菲走出孔德仁办公室,关上门的一刹那,她下意识地用衣服角擦了擦手,似乎可以将刚才孔德仁的咸猪手留下的痕迹通通抹掉。

若不是为了留下证据,她怎么会忍受住孔德仁那么露骨的挑逗和不老实的双手。此时,她只期盼,萧航与白泓涵能够取到完完整整的证据！

证据确凿,照片＋录音,一样都不少！

萧航与白泓涵悄悄从对面楼层撤退,与等候在楼下的胡昊菲会合。

胡昊菲看到相机里的照片,孔德仁好色的嘴脸暴露无遗。

正在此时,白泓涵的手机响了——孔德仁!

原来,孔德仁在胡昊菲走后,也收拾东西准备离开,找来找去,在书本遮盖物下才找到自己的手机。

他隐约觉得哪里不对。打开手机,发现通话记录里有一通电话刚刚挂机,时间范围正是自己与胡昊菲在办公室的时间。

号码,陌生人来电。这会是谁?

胡昊菲为何要偷偷接听这个电话?

孔德仁的手开始发抖,难道是……

他不敢想,可是越不弄清真相,恐惧感就越强。

终于,孔德仁点击了回拨键。

电话通了,萧航点开免提,与白泓涵和胡昊菲一起听着手机。

"喂,请问刚才是哪位给我电话?"电话中传来孔德仁有些心虚的声音。

沉默……

电话那头无人应答。

孔德仁更是惊慌,这种沉默对他来说是种折磨,仿佛黑暗中有人在窥视着自己的一举一动,而自己连对方是谁都一无所知。

更何况,对方窥视的,是自己的罪行!

"喂,说话,你到底是哪位?"孔德仁色厉内荏给自己壮着胆。

"我是胡昊菲的男朋友。"白泓涵终于忍不住,冷冷的声音,暗含戏弄,"很高兴认识你,孔——叫——兽!"

所有人都认识了孔德仁,或者说,认清了这位道貌岸然的孔"叫兽"。

确凿证据面前,孔德仁丝毫没有抵赖的机会,被开除公职,也以性骚扰为由移交有关部门。

白校长召开全校大会,严肃批评孔德仁的恶劣行径,义正词严地做出表态,身为教师,不仅有才,更要有德!学高为师,更不要忘记身正为范!

最后,白校长声明,今后若还有类似情形,请学生们不要害怕,不要妥协，更不要屈从。

因为，从今日起，无州大学将开启师德一票否决制！

值得庆祝的事儿，不止这一件。

还有件大事——黄建安向康梅求婚了！

今天，是康松的生日，康梅请了萧航与沈墨，想要一起陪陪康松，让他重新开心起来。

也确实是，康松这些天烦心事很多。

先是因为校舍改建的大风波，让康松在合办学校里受到一些冷言冷语，再就是姐姐康梅失恋了，形单影只，懂事的他很是心疼。

生日蛋糕前，康松默默许愿，刚吹完蜡烛，门外就响起了敲门声。

康梅纳闷，自己和康松刚搬到这间出租屋不久，哪里来的访客？

一开门，黄建安捧着一大束火红的玫瑰站在门外，像是他胸口跳动的一团火。

萧航承认，是他偷偷将地址发给了黄建安，因为黄建安说，他有个生日礼物要送给康松。

黄建安走到康松身边："小松，建安哥哥送你的生日礼物就是——一个家！"

所有人还没有反应过来，黄建安已经冲着康梅单膝跪下，掏出精心准备的求婚戒指："康梅，我错了。我错在，我以为我早已不再爱你；我错在，我以为我会爱上别的女人；我错在，我以为你的心里压根没有我；我错在，我以为我离开你能更好地生活……"

康梅的眼睛湿润了，萧航、沈墨、康松也都静静地注视着这一切。

"康梅，今天是小松的生日，来的也都是咱们生命中最好的朋友。我想请他们见证，从今天起，我要送小松一个完整的家，我要当小松真正的姐夫，我要陪你康梅过完咱们的后半生……"

黄建安的声音因为内心的激动而哽咽，真情来袭，男人女人都一样。

"康梅，嫁给我吧！"

所有的目光都集中在康梅身上,连时间都仿佛凝结静止……

半晌……

终于,康梅点了点头,流下了幸福的泪水。

康松双手合十,感谢着上苍:"这么灵?我刚许的愿,就实现了?"

出租屋,简陋促狭,却有着空空荡荡大房子没有的欢乐与温馨。

"我和小松可以重新搬回你那里住,但是,我不再做全职主妇。这些天,我想了很多,这些年我的生活里有你黄建安,有小松,唯独没有我。"

康梅的眼中闪烁着坚毅与成长。

"女人不能太过依附于男人。沈墨现在正在创业,缺少人手,我决定和她一起干,三年内免费帮工,不为别的,只为我也能学有所用,也能打拼一份属于自己的事业!"

沈墨与康梅的手紧紧握在一起……

萧航笑了,傻乎乎像个孩子!

有人说,学校只有三个季节循环——上课、考试、放假、上课、考试、放假……

当你看到平日里不读书的学生开始抢自习室,往日里不看的书开始画重点,熬夜的寝室里不再打游戏,这就是期末考试来了。

本学期的 EMBA 班期末考试遇到个让孟吉凡头疼的难题,萧航发现有位学员的学期论文涉嫌抄袭,这个人就是——毛志雄!

萧航用笔在毛志雄的论文上标画出各种抄袭的段落,密密麻麻,占据了整篇论文的 80% 以上。

"这种学生,也太不拿学术当回事,这是权力者对教育的蔑视!"萧航仿佛看到毛副市长居高临下地冲着自己挑衅,你能把我怎么样?

萧航的气恼并非知识分子的矫情与敏感,先不说当初招生面试环节,毛志雄竟然缺考,让秘书前来凑合应付。就看后来开学后,毛志雄除了开学典礼来了一次,几乎所有的课程从未参加,一开始还让秘书装模作样地替他听了几节课,后来连秘书也不拿高校教学当回事,迟到早退,最终不了了之。

最可气的是,若说毛志雄身为副市长真的工作繁忙,缺课旷课也许还有些情有可原。可为何课没有时间上,但只要班级聚会郊游之类的活动,却又是频繁现身,觥筹交错,吆五喝六,举手投足间一副盛气凌人的官场习气,让萧航甚是反感。

除此之外,抄袭之风会毁了学生们的治学之路,致使学生们对学术丧失最基本的敬畏。

教育垮了,社会的希望何在?

这也是萧航针对毛志雄抄袭事件的初衷所在。

孟吉凡当然不愿把毛志雄的成绩以零分处理。

根据规定,EMBA 学员只要有任何一门主科不及格,就不能取得学位证书。而学位证书是毛志雄想要踏上下一个仕途之路的重要砝码。

孟吉凡劝萧航以大局为重,考虑到毛志雄身为市政府领导的难处,考虑到此事对今后管理学院招生的影响,句句话都看似从公家角度出发,苦口婆心。

萧航毫不让步,坚持作为任课老师的自主评分权利。

消息传到毛志雄耳朵里,他有些吃惊,身边这么多高官到高校混个文凭,从未听说还有高校老师如此不识相,真的胆敢给官员挂科。

毛志雄给孟吉凡打了个电话,略带嘲讽地说:"孟院长,看来管理学院的领导,也不是每个下属都管得了……"

孟吉凡听出了毛志雄的话外之音——"自己的兵都管不了,还教管理?"

但是,孟吉凡也只能自认倒霉,谁让自己的这个兵萧航压根不懂人情世故,咬着死理,油盐不进,自己就算作为院长还真没有办法从校规条例上反驳他。

无奈之下,孟吉凡只能求救于白莫生,谁让白校长这两天有事求毛志雄来办。

小子,我就不信,校长都治不了你?

校长还真治不了萧航！

萧航也很奇怪，学生论文抄袭事件竟然会惊动白校长？也更不理解，一贯在教学大会上强调学术尊严的白校长竟然也会劝说自己放毛志雄一马？

"白校长，这不是放人一马的问题，我和毛志雄没有私人恩怨，之所以这么做，是依照学校条例按规定办事。再说，他的抄袭确凿无疑，而且几乎是通篇全搬，如此明目张胆，不是对我个人，而是对知识界的肆意侮辱。"

若在平日，白莫生可能会表扬萧航不徇私情，可现如今自己有事要请毛志雄帮忙，死活绕不过这个槛。

都说，屁股决定脑袋，心态也会决定看法。

白莫生有些下不来台。

于公，自己身为校长，找普通教师帮个忙；于私，自己是长辈，找故交之子通个融，没想到萧航这么不给面子。

白莫生身为校长，当然不会矮下身段，苦苦哀求。更何况，这么多年大风大浪都挺过来，这点事白莫生还能摆不平？

白莫生好话说尽，也不再劝，转而一副公事公办的表情："是不是抄袭，也不能就凭你一人认定，最少也要通过管理学院学术委员会的集体表决。我们要尊重老师的权利，也要尊重学生的权利！"

萧航爽快应允，他是个负责任的老师，绝不会因为对某位学生有成见而蓄意为难，毛志雄的论文他很仔细地进行了文献比对，每个红笔圈出的段落都有抄袭出处，所以萧航安心回家，等着明天请学院学术委员会做测评。

沈墨郁郁寡欢地在家等他。

沈墨告诉萧航，不知是何原因，虚山市文博会突然取消了和她的合同，宁愿支付违约金也不再让沈墨担任设计师。

萧航立马明白，这肯定毛志雄利用副市长的职权，勒令文博会组委会取消合同。至于违约金嘛，反正是纳税人的钱，又不从自己腰包出，丝毫不会心疼。

这是毛志雄的报复，也是施压！

萧航心底涌起一丝痛意,不是为了这笔订单,而是想不到本应为百姓服务谋福利的政府官员,竟然不惜牺牲百姓之财,仅图心中一快。

萧航满脸歉意,将事情的来龙去脉告之沈墨,抱歉由于自己的坚持连累了沈墨,害得她将近一个月的辛苦创作都付之东流。

"如果我是因为能力不够失去合同,我会难过;因为被强敌抢单,我会沮丧;可今天这种情况……"沈墨轻轻托起萧航惭愧低垂的头,温柔看着他,"我会骄傲!"

萧航紧紧握住了沈墨的手,有此红颜知己,夫复何求?

"订单重要,机会也重要,可这些都是一时的,最重要的还是相伴一生的恋人,因为是一辈子的选择。"沈墨深情地望着萧航,"去吧,做你认为对的事!"

萧航去了,准时来到管理学院办公室,学术委员会的几名教授也陆续来齐。最后,孟吉凡终于出现。

"今天,为了尊重萧航老师的异议,也为了学术的神圣荣誉,我受学校委托,主持本次论文抄袭测评,请各位教授仔细阅读,认真评议。好了,请教务秘书将毛志雄的论文拿过来。"

话音刚落,教学秘书满脸惊慌,急匆匆跑了过来,怯生生道:"孟……孟院长,我刚才一直在找,可是不知道怎么回事儿,EMBA班的试卷里没有了毛志雄的论文……"

在场众人都愣了,萧航更是莫名其妙:"按照规定,我判完所有人的论文后,都装进试卷袋,交到系办了。"

孟吉凡面无表情,不急不躁:"萧老师,你再想想,会不会你给我看了毛志雄论文后,忘记归回原位了?"

"绝对不可能,我放进去的时候,还告诉教学秘书,鉴于要针对毛志雄的论文做学术评审,我就暂时不按班级同学学号序列插入正确位置,而是放在了EMBA班所有试卷最上面,便于今天好找。"萧航的语气不容置疑。

"既然这么说,我相信萧老师!"

孟吉凡转头严厉批评教学秘书："你身为教学秘书,竟然弄丢了任课老师的阅卷,怎么工作的? 这应该是我们管理学院的日常管理水平吗? 说出去,还不被别的院系笑掉大牙。"

孟吉凡骂得用心,教学秘书哭得真切,一切都是那么逼真。

或者说,看起来很逼真!

官场上的假戏真做分为两种:一种是"看得出很假",但你必须承认是真,比如指鹿为马;另一种是"看起来很真",可你心里却明知有假,比如今日之丢试卷。

而对于后一种,即便你知道此事蹊跷,却苦于无凭无据,只能自认倒霉。

尽管萧航心中一千种不愿,一万种怀疑,孟吉凡还是轻轻松松给出解决方案。"既然毛志雄卷子丢了,今天的测评会也只能取消。为了公正起见,请毛志雄重新补交一份考试论文,作为下次测评会的依据。"

谁都不是傻子,都知道毛志雄补交的论文岂能再次授人以柄,留有口实。

萧航懊恼,为何忘了让学员们除了纸质版,再多交一份电子版,这样的话,留有底稿,也不会让他们用这么卑鄙的手段钻了空子。

萧航头脑发蒙,迷迷瞪瞪走出办公室,漫无目的地穿行于校园。

校园本应是红色,处处是热血沸腾的壮志理想。

校园本应是绿色,莘莘学子犹如雨后春笋破土而出。

校园本应是黄色,好比教授学者们著作等身的秋日收获。

校园本应是白色,宛如俗世污潭中,不染垢尘的一尊象牙之塔。

可,象牙塔,究竟是什么颜色?

萧航带着一种被戏耍的屈辱,来到沈墨工作室。

这里,永远是他疲惫心灵的港湾,不论外界如何复杂,不管多少风吹雨打。

"今天的抄袭测评,你肯定想不到是什么结果……"萧航气鼓鼓。

沈墨端出早已准备好的柚子蜂蜜茶,为萧航去燥消火:"我已经知道了。"

萧航愣了一下，询问沈墨从何而知？

沈墨："就在刚才，孟吉凡给我打来电话，让我劝劝你，既然试卷丢了，就当是天意使然，过去的都翻篇！"

"这是让你劝我不要再较真，全当一切没有发生，下次阅卷不要难为毛志雄。"萧航叹口气，要是说刚才对试卷是否真丢还残存一丝怀疑，现在基本可以确认，一定是孟吉凡做了手脚。

这个手脚背后，白莫生究竟有无关系？萧航强迫自己打断念头，不愿深想。

"你打算怎么办？"沈墨试探问。

萧航满脸写着无奈："还能怎么办？咱们输了。办公室没有摄像头，根本查不出试卷究竟如何丢失，警方也不会介入丢了几张 A4 纸的调查。没有凭据，我们只能被动地等着毛志雄重新补交，哪怕就是找秘书代笔，只要下次没有抄袭，符合论文基本评分标准，我也没有办法给他不及格。"

这种无奈，就像踩在棉花堆上，身体一寸一寸地持续陷落，却无从借力的徒劳挣扎。

电话铃响，沈墨接听电话……

电话是毛志雄的秘书打来的，代表虚山市文博会组委会。

沈墨面无表情，静静地倾听，没有说任何话，任由对方把早已准备好的说辞一股脑全部说完。

末了，沈墨终于开口了："请转告你们的领导，这个世界上，比官阶更尊贵的是人格，比机会更难得的是底线。有些分数可以篡改，有些分数却刻在良心深处，永不可灭。这份合同，我不接！"

萧航猜得出何人打来的电话："文博会？"

"对，他们说取消合同是场误会，只要我愿意，可以重新续签合同。"沈墨脸上风轻云淡，水波不惊。

萧航轻轻捧起沈墨的脸，在唇上深情一吻。

他知道，沈墨拒绝的不仅是一份合约，也是一个机会，更是一个月来的心血。而这一切，只是为了让自己的男人可以毫无牵挂地坚持他的底线！

对于萧航与沈墨来说，浮于表面的甜言蜜语，流于形式的刻意浪漫，都不是他们心中对爱情的期许。

对他们来说，爱情宛如茫茫夜空，冲破漆黑夜色团团笼罩的不屈之光，愿我如星君如月，夜夜流光相皎洁。

正如冬天来了，我们不应该忘记春天。

生活中，负能量虽有，却终究压不住人性的光芒。

白泓涵听闻抄袭事件，以及萧航、沈墨所遭受的不公平待遇，心中不忿，主动帮忙在一家朋友的公司给沈墨求来订单，还担心沈墨会计较白沈两家的恩怨，特意让萧航不要提及自己。

沈墨的工作室重新启动，虽然"跌倒"，爬起后换来的是与萧航更加默契的相扶而行，值了！

舒雅却为自己的真情感到不值！

她怀孕了，在将这个消息告诉孟吉凡的当天，她才得知，自己是个小三。

孟吉凡哀求道歉，称自己是太爱舒雅，才不得不隐瞒婚史，并非恶意骗色。

舒雅心里说不出的恶心，是眼前这个男人的欺骗，让自己成自己平日里最为不齿的小三。现如今，一切都已经晚了。

孟吉凡请求舒雅将孩子打掉，承诺可以用钱来弥补她的青春。舒雅感到深深的羞辱，在孟吉凡的眼中，自己的身体与心灵和妓女一般，可以等价交换。

舒雅决定要为自己的尊严讨个公道，把孟吉凡隐瞒独立董事身份之事告到纪委，她知道，孟吉凡的收入有很多不干净的来源，独立董事一事，正是打开黑幕的突破口。

舒雅不是懵懂无知的小女生，当她决定报复一个有权势的男人后，她已经做了很多功课，不论是中组部"18 号文"，还是教育部有关规定，都明令要求副处级以上干部若"在经济实体中的兼职",或"未向组织报告",以及"兼职取酬未在领导个人有关事项报告中申报",都属于严重违反党的廉洁纪律和组织纪律。

孟吉凡面对纪委的质询时,后悔不该为了追求舒雅,将任职独立董事的事情拿出来炫耀,搬起石头砸自己的脚。

李庆丰书记亲自主抓此事,对这种顶风作案的行为提出要从严处理。

孟吉凡感觉事态不妙,找自己的靠山白莫生求救,话里话外,除了哀求,也有威胁:"白校长,查处我的独立董事兼职,其实是个信号,是有人想要动你,先拿我开刀,可能他们知道咱们有些共同利益,揪出我是为了整倒你!"

白莫生为孟吉凡支招,让他舍财保官,退回这么多年来所有的违规兼职所得。

但是,白莫生的以退为进并没有得逞,李庆丰书记坚持严办,一查到底,对孟吉凡这类明知国家规定,却还侥幸违规之人,除了收缴违规所得外,还应该免除职务,肃清教师队伍。

——只有提高腐败分子的犯罪成本,才能让他们对我们学校严惩腐败的决心有所忌惮!

李庆丰的提议得到了校务会的极力支持,民心所向,阳光下不容污垢!

沈墨的设计很有创意,得到白泓涵朋友所在的宝美舒智能科技有限公司的认可,又和她签署一个新合同,为他们公司刚刚竞标成功的项目做产品宣传设计。

沈墨拿到产品资料,觉得有些眼熟,虚山市自动化交通管理系统试行工程?!

萧航看完项目介绍,这不正是白校长的课题专利?

萧航想起前阵子白莫生竟然会为毛志雄的论文抄袭而费心出力,觉察到二者之间也许会有联系,便赶紧打开虚山市政府网,果然看到前不久虚山市进行了一次市容市貌综合改建,对许多公共设施进行了大规模的更换,其中就包括虚山市的交通信号系统。

再搜索相关报道,毛志雄作为副市长,正是市政改建项目招标的总负责人。

根据虚山市的面积与道路需求,若全市的交通信号都被替换采用专利产品,整个工程的造价高达亿元。

白校长和这件事到底是否有关?想要理清此事,还有几个疑问需要解答。

一、翻看课题资料,白莫生的专利是出让给张北科技发展公司,而虚山市官网的报道中,中标公司为何却是宝美舒智能科技有限公司?

二、就算是白莫生的专利产品,他已经出让了专利,这些后续的商业行为又怎能让他获益?

三、难道这些只是一种巧合,抑或是自己的多心?

想要解开谜底,首先的突破口就是竞标受益者与专利使用者——宝美舒智能科技有限公司!

既然是白泓涵介绍的订单,说明他和这家公司交情不一般。

萧航约见白泓涵,想要套出他和宝美舒智能科技有限公司的关系。可见了面,萧航心里油然而生一种负罪感,人家白泓涵好心帮忙介绍订单,你却要套他的话,还要对他爸爸有所不利。

萧航不敢直视白泓涵的眼睛,只好聊东聊西,漫无边际。

经过内心挣扎,萧航告诉自己,你不是打击报复,也不是栽赃陷害,而是为了正气原则,大义灭亲。

萧航终于下定决心,为了公义,不能再顾私心。

问,一定要问!

但,就问一次,点到为止。

白泓涵说就说,不说也绝不再从他身上追问。

主意拿定,萧航感谢道:"沈墨这些天心情好多了,她这个人,有了活干,一心就都扑在创作上。这一切,都要谢谢你介绍的订单。"

白泓涵:"你和我客气啥?一个电话的事儿,不麻烦。"

萧航鼓足勇气，漫不经心地随口问道："你小子，路子够野的，怎么认识的宝美舒智能科技有限公司？啥关系？"

白泓涵瞅了萧航一眼，难道是他觉察到什么？

萧航装作若无其事，喝了口咖啡，挡住了白泓涵投来的目光。

"你管这么多干吗？就一朋友。沈墨好好干，别给我丢人就行。"白泓涵还是一副没心没肺的样子。

萧航松了口气，不是因为白泓涵没有怀疑，而是没有从他嘴里听到秘密信息。

这种心理对于萧航来说有种如释重负的感觉：不问白泓涵，对不起自己的公义良心；问白泓涵，对不起朋友的一番好意。

所以，他问了，内心深处却不希望得到答案。

也许，从别处得知查处结果，将来面对白泓涵时，良心上好歹能够好过一些。

萧航让沈墨不动声色，以需要完整资料打开思路为由，搜集整个项目的前后期运作时的所有资料作为创作素材。

沈墨冰雪聪明，理解萧航的愧疚之心，也越发觉得他是个有情有义的男人。

沈墨借去商讨设计方案的机会，与宝美舒智能科技有限公司的管理人员各种闲聊。终于，从一名高管的无心之言中获得一个至关重要的信息——宝美舒智能科技有限公司的总经理张耀阳有个姐姐也在无州大学工作，名字叫张欣曼！

一切就像推理小说一样，隐约就要到了大结局的时刻，缺少的正是这么一个破解全局的关键信息。

张欣曼、张耀阳、白莫生、张北科技发展公司、宝美舒智能科技有限公司……

萧航嘴里念念有词，梳理着其中的联系，有些走火入魔。

沈墨苦笑摇头，从工作桌起身，为萧航倒了杯红牛，让他醒醒脑。

萧航却一屁股坐到沈墨的工作桌前,拿起画笔,在废纸上写写画画着这些人名与公司名称……

突然,萧航停下了画笔,眼睛望着纸上的拼音拼写,张大了嘴,就连瞳孔也因为兴奋而迅速扩张。

沈墨凑过头来看,纸上除了反复重复的汉字外,可能是萧航懒得书写繁杂的笔画,所写的名称拼音——BMS!

沈墨好奇问道:"这有什么大惊小怪,BMS 不就是白莫生吗?"

萧航没有回答,只是用画笔在宝美舒智能科技有限公司的前三个字下方划了条线。

沈墨眼前一亮,宝美舒——BMS!

这么巧,有点意思。可这会不会只是巧合而已呢?沈墨心里打着嘀咕。

萧航指着张北科技发展公司的名字:"张北,在无州方言里也发音成'张白'。"

"张耀阳!白莫生!"沈墨迅速反应过来。

萧航分析,以白莫生多年大权在握的官威感受而言,哪怕要隐藏自己与公司之间的联系,但也不甘心就此一撇两清,而是巧妙地留下自己的痕迹。

这是一种官员心态!

"对,再加上'宝美舒'三个字作为智能科技公司的名字,既能体现产品特点,又时尚洋气,何乐而不为?"

萧航点头同意沈墨的推断,更是指出,刚才上网查了查,张北科技发展公司的注册地在河北省张家口市张北县,这样的做法,非常隐蔽巧妙,既使得公司远离无州省而遮人耳目,又将隐含着公司股东秘密的"张白"两字伪装成混淆视听的地名。

白莫生真是处心积虑!

难怪他如此慷慨地将专利转让费平分给团队成员,自己一分不留,原来与虚山市交通设备改造的亿元级大合同相比,这点转让费压根是他看不上的蝇头小利。

萧航这才明白,也难怪白莫生会为毛志雄的学术抄袭做说客,原来是拿学术腐败做见面礼,与毛志雄进行权权交易。

萧航意识到与沈诤、孙同泰、孟吉凡等人的违法违纪对比来说,白莫生才是真正的大蛀虫!

张北科技发展公司离得远,不好查,可是宝美舒智能科技有限公司的注册地就在无州。

第二天,萧航就委托工商局的朋友调出宝美舒智能科技有限公司的资料,一切真相瞬间铺陈在萧航面前。

——宝美舒智能科技有限公司是张北科技发展公司的子公司!

至此,各种蛛丝马迹逐渐浮出,慢慢拼构成一个完整的智腐犯罪手法:

一、白莫生先用校长的权力为自己获取国家级课题,用国家下发的科研经费,使用青年教师与博士生为主的科研团队,研制出专利发明。

二、参加各种论坛、博览会,通过权权交易,获得金奖,形成宣传效应。

三、打着"知识产生价值、专利服务社会"的旗号,以低价将专利出让给张北科技发展公司。

四、为了避人耳目,张北科技发展公司不直接经手与地方政府之间的项目竞标,这样的话,在日后新闻报道中,即使有人搜索出虚山市换装新型交通信号系统,可参与投标的公司是宝美舒智能科技有限公司,不会让人直接联想到与白莫生专利转让相关的张北科技发展公司。

五、根据专利产品的使用范围,寻找合适的地方政府,贿赂政府官员,进行政府招标,通过暗箱操作,竞标成功。

这样一来,白莫生获取高额回报,毛志雄收受巨额贿赂,至于虚山市的交通信号系统是否真的需要进行规模浩大的整体换改,不仅无人追问,有时还会通过与媒体的勾结联动,包装成地方领导重建市政的光辉政绩。

而这一切,都由地方财政与老百姓埋单。

看到自己的分析,萧航有些触目惊心。

他从未想到心中的精神偶像白莫生校长才是无州大学的大蛀虫,才是玩弄学术腐败与权钱交易的高手。

可是,自己若检举揭发,受伤害的还有待己如子的张欣曼,还有亲如兄弟的白泓涵。

萧航再次陷入良知与人情的挣扎……

最终,还是沈墨说服了他:"我不否认,支持你去举报的原因之一有我为父报仇的想法。我也是俗人,没有百分之百的高尚。"

萧航静静地听着。

"可这个因素只占一小部分,更大的原因是我觉得,教育的腐败比社会上的其他腐败更可怕,也许从金额来说可能不及政界贪腐的平均数字,可是从危害来说,有过之而无不及,因为它毁掉的不仅是个体的人,而是毁掉了人心中善念和良知,毁坏的是一个民族文明和道德赖以承传的根本。当教育彻底失去教化人的社会功能时,这个民族的命运将走向何方?这种体制教育出来的学生,又怎么可能撑起中国的明天?"

侠之大者,为国为民!

萧航思索再三,终于敲响了李庆丰书记办公室的门……

经过调查,果然如萧航所料,不仅这个专利产品,白莫生以前主导的所有课题专利产品都是通过这个智腐路径,损害国家利益,谋取个人私财。

毛志雄也因为此事被查出受贿罪行,这么多年其他的贪腐行为也被逐一曝光,东窗事发。

据说,白莫生最终坦白,当年儿子学习成绩差,为了帮分数不达线的儿子进入无州大学,自己给时任校长送礼求情,才为儿子取得学籍。也由此欠下了时任校长的一个人情,这也是为何在修建教师公寓时,自己无奈选择与时任校长沆瀣一气,收受贿赂的根本原因。

有了第一次,就有第二次;

有了第二次,就有第三次……

第一次是害怕,第二次是兴奋,第三次就变成了习惯。

所以,每个贪官千万不要小瞧不起眼的第一次贪腐,它的危害不在金额,而在开启了罪恶心魔……

又是金秋九月,又是学子满园。

被破格提拔为管理学院副院长的萧航走在校园里,满眼的希望与丰收。

电话铃响——

萧航掏出手机,手指上一枚结婚戒指在秋日暖阳中熠熠生辉。

"老婆大人,比赛结果出来了?"萧航打趣着。

手机话筒传来沈墨的声音:"对,这次全国艺术设计展,我的作品获得了……"

沈墨故意卖起关子,萧航也冲着手机哼起了"当当当当……",用贝多芬的《命运交响曲》默契地配合着。

"——金奖!"沈墨兴奋喊道。

"实至名归!厚积薄发!"萧航不失时机地拍着马屁。

"少贫嘴。"沈墨打断萧航的诏媚,"你猜,我给决赛时选择的即兴创作起了什么名字?"

这哪能猜出来。萧航苦笑。

沈墨其实根本没想留给萧航猜测的机会,早就急不可待地报出了作品名称:

——象牙塔之恋!